Vuurduivel

W0223481

Nathalie Pagie bij Boekerij:

De toneelclub
De campus

De *Tara en Diego*-serie:
Paradijsvogels
Casa Familia
Rio Grande
De Trip

IJsengel
Noordkaap
Helsinki
Camping Oosthoek
Vuurduivel

Verhalen:
Familieweek Domburg
De grot
Cake
Gekke tante Julla
Kerst in De Eetkeet
Koning van het bos

boekerij.nl

Nathalie Pagie

Vuurduivel

Australië in de greep van een terrorist.
Een vader riskeert alles om zijn zoon te redden.

BOEKERIJ

ISBN 978-90-225-9497-1
ISBN 978-94-023-1951-4 (e-book)
ISBN 978-90-528-6523-2 (audio)
NUR 305

Omslagontwerp: bij Barbara
Omslagbeeld: © Shutterstock
Landkaart New Australia: © Yde Bouma
Auteursfoto: © Yvette Kulkens
Zetwerk: Mat-Zet bv, Huizen

© 2022 Nathalie Pagie en Meulenhoff Boekerij bv, Amsterdam

Niets uit deze uitgave mag openbaar worden gemaakt door middel van druk, fotokopie, internet of op welke andere wijze ook, zonder voorafgaande schriftelijke toestemming van de uitgever.

Smoke on the water
and fire in the sky

Deep Purple – 'Smoke on the Water'

The devil inside, the devil inside,
every single one of us the devil inside

INXS – 'Devil Inside'

New Australia

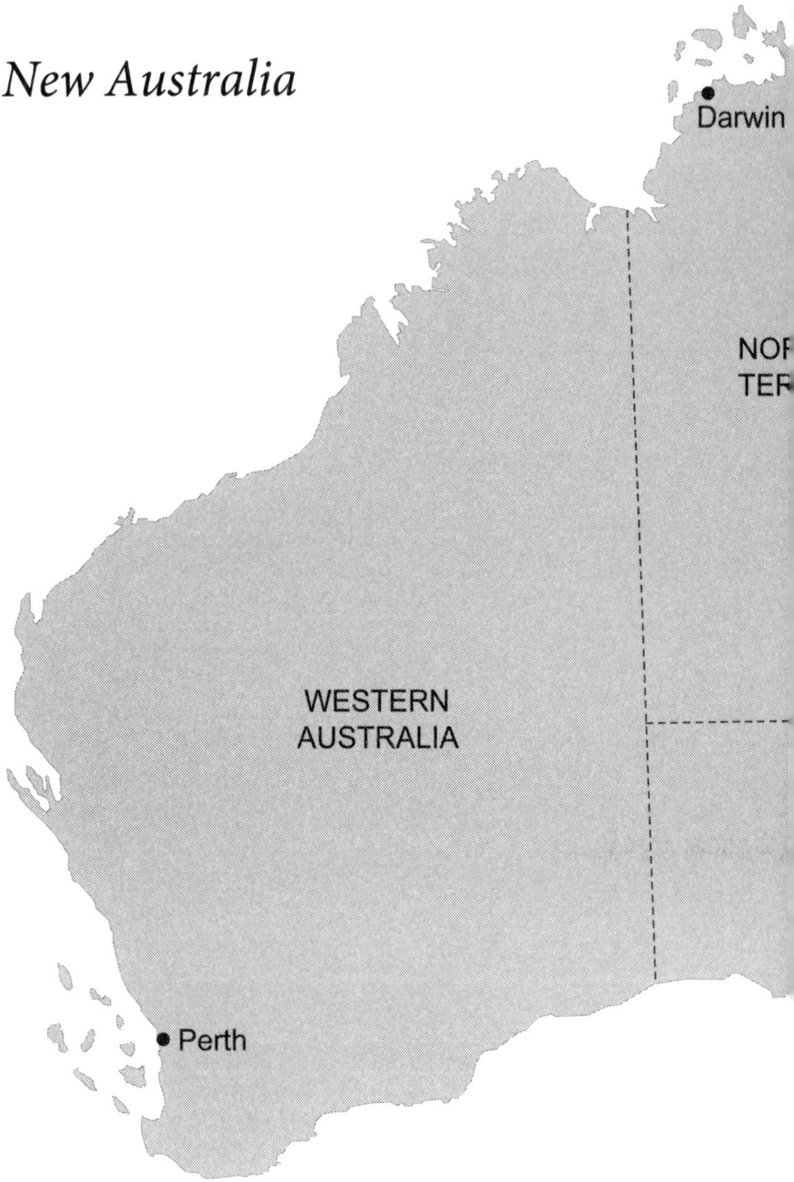

RN
RY
Cairns
ice Springs
QUEENSLAND
Coober Pedy
SOUTH
AUSTRALIA
Byron Bay
NEW SOUTH
WALES
Adelaide
Sydney
Canberra
SE 18
VICTORIA
Melbourne

1

Alice Springs, Northern Territory, New Australia – 20 januari 2052

Hoewel het niet eens extreem warm was – tweeënveertig graden lag in het begin van het jaar slechts een fractie boven de gemiddelde temperatuur – zou Jake Ryan zich deze rampzalige middag blijven herinneren als de heetste uit zijn leven. Voor het eerst in maanden was hij een lang weekend vrij. Een nieuwe collega had aangeboden Jakes dienst bij Airmail Australia over te nemen, met als gevolg dat Jake zich pas over drie dagen weer hoefde te melden. Drie dagen en nachten op de grond, hij kon zich niet heugen hoe lang geleden dat was voorgekomen. Al dertien jaar vloog hij post en pakketten van en naar afgelegen gebieden. Duizenden kilometers had hij afgelegd om bewoners van gehuchten in het uitgestrekte westen, het zuiden en in zijn eigen Northern Territory te verblijden met de vracht van zijn eenmotorige Cessna. In de beginjaren bestond het merendeel nog uit brieven, boeken en cadeaus die familieleden elkaar zonden, maar al snel hadden watertanks, voedselpakketten en medicamenten de overhand gekregen. Van vliegende postbode was hij verworden tot levende reddingsboei; voor de diehards die ondanks de soms onleefbare omstandigheden toch in de outback wilden blijven wonen, was hij het enige contact met de buitenwereld. Ze wachtten hem op aan het einde van de provisorische landingsbanen, vaak niet meer dan een met pylonen afgezette strook zand, en klapten enthousiast op zijn schouder zodra hij was uitgestapt. Ze beschouwden hem als een vriend en dat gevoel was wederzijds.

Over hoe hij zijn onverwachte vrije dagen moest invullen, hoefde Jake niet lang na te denken. Zijn vriendin Kirstie was een kampeerfreak. Ze had vaak verteld over de hikes die ze als kind met haar ouders maakte, de barbies op een kampvuur en de nachten in een swag, een dikke slaapzak met capuchon, onder de uitgestrekte sterrenhemel. Graag zou ze nog eens zo'n meerdaagse trip maken, maar dan met hem en Sam, hun driejarige zoontje. Buiten barbecueën zou niet gaan en sinds 's nachts kamperen een verboden activiteit was geworden, zat slapen in een swag er ook niet meer in. Hiken mocht nog wel, net als picknicken. Voorgegrilde worstjes smaakten bijna net zo lekker als die van de barbecue, en hij had gehoord van een bocht in een kreek waar zwemmen in de weekenden was toegestaan. Toen hij Kirstie vroeg of ze meeging, vloog ze hem eerst om zijn nek om vervolgens als een malle haar rugzak te gaan pakken. Met haar baan als webdesigner, waaraan ze doordeweeks haar handen vol had, en een vriend die elk weekend boven de wolken verkeerde, was een gezamenlijk uitje een unieke kans waarvan ze geen seconde wilde missen. Haar enthousiasme werkte aanstekelijk. Binnen een uur zaten ze bepakt en bezakt in de auto en klonk 'Kookaburra Sits in the Old Gum Tree' uit volle borst. Toen het toppunt van geluk, tegenwoordig werd Jake misselijk als hij ook maar een flard van het kinderliedje opving.

Na een lange rit over de Stuart Highway in noordelijke richting, stopten ze in Davenport bij het Devils Marbles Conservation Reserve. Deze 'knikkers van de duivel', zoals de enorme ronde keien werden genoemd, waren voorheen een toeristische trekpleister die Jake liever uit de weg ging, maar nu er amper nog toeristen kwamen, was het er aangenaam rustig. De Big Fires van

2040 lagen ruim tien jaar achter hen. Het verkoolde landschap had zich al aardig hersteld en er was meer dan genoeg moois te zien, maar de horden backpackers van weleer sloegen Australië voortaan liever over. Te heet, te veel regels en te gevaarlijk. Jake gaf ze geen ongelijk; op weinig plekken op de wereld was het risico op natuurbranden zo groot als hier. Net als de meeste aussies hield hij zich strikt aan de veiligheidsmaatregelen die direct na de branden waren getroffen, maar voor veel reizigers was dat een brug te ver. Een gunstig bijeffect, vond hij; het was er een stuk rustiger op geworden.

Ze volgden het pad tot aan de eerste overkapping, waar in de schaduw twee picknicktafels stonden opgesteld. Sam klom op de bank en keek verwachtingsvol naar zijn ouders op. Ze lachten. Sam was een kleine smulpaap. Het eerste wat hij wilde weten als hij 's ochtends wakker werd, was wat ze die avond zouden eten. Als dat een van zijn favoriete gerechten was, wat zo ongeveer neerkwam op alles zonder doerian 'stinkt!' of te hete peper 'au!', klapte hij enthousiast in zijn handjes.

Kirstie ging naast hem zitten en gaf hem een halve sandwich uit de trommel. Ze opende een fles water, vulde drie bekers en dronk er zelf een leeg. 'Dat is beter.' Ze wiste het zweet van haar voorhoofd en sloeg een arm om Jake heen. 'Superidee van jou. Hiermee scoor je bonuspunten. Ik zal eens diep nadenken over hoe ik je hiervoor ga bedanken.'

Hij grinnikte. 'Love me, babe?' Het was een overbodige vraag, maar hij stelde hem toch, omdat hij het haar wilde horen zeggen. Dat deed ze. In de nachtmerries die hem later achtervolgden zette op dit moment de pijn in. Het was de allerlaatste keer geweest dat ze zei dat ze van hem hield. Hier wilde hij stoppen met nadenken en herbeleven. Hij wilde de horror in haar blik uit zijn geheugen wissen, de geur van brandend vlees voor eeuwig uit zijn neus verbannen. Maar dat gebeurde niet; hij werd altijd te laat wakker.

De lunch was op. Hij tilde Sam op zijn schouders. Ze liepen verder. Een meter of vijftig en toen gebeurde het: vlak voor de eerste 'duivelse kei' sloeg Kirstie dubbel. Met haar handen tegen haar buik bleef ze voorovergebogen staan en uit haar mond ontsnapte een eigenaardig hoog geluid dat zo onmenselijk klonk dat het hem acuut de stuipen op het lijf joeg. Hij zette Sam op de grond en hurkte voor haar neer. De rook uit haar mond leek op een uitgeblazen rookpluim van iemand die een flinke hijs van een sigaret had genomen. Maar Kirstie rookte niet meer. Ze was gestopt, lang voordat het wettelijk verboden werd. Verbijsterd keek hij naar haar van pijn vertrokken gezicht. De rook kwam nu ook uit haar neusgaten. Wat hij zelf gezegd, gevraagd, geschreeuwd had, herinnerde hij zich later niet meer. Alleen haar stem, of beter, het geluid dat ze uitstootte, zat in zijn oren gevangen. Eerst het klaaglijk hoge piepen, daarna het hoesten, extreem hard. Rook en bloedspetters spoten haar keel uit, alsof ze haar longen uit haar lijf wilde blaffen. In doodsangst klemde ze zich aan hem vast, om zich vervolgens los te rukken en over het zandpad te rollen. Het water uit de fles dat hij over haar gezicht goot, leek één hemelse seconde verlichting te bieden, maar toen het vuur uit haar mond schoot, was de ramp compleet. Haar haren vatten vlam, net als de bandana om haar hals en het kaki bloesje. Ze zakte neer, haar ogen draaiden weg. Haar ziel had toen al afscheid genomen, hielden anderen hem later voor, maar al wat hij zag was het brandende lichaam van de vrouw van wie hij het allermeeste hield, de moeder van zijn zoon.

Hij sprong boven op haar, probeerde uit alle macht de vlammen met zijn handen te doven. Zonder veel effect; elke uitgeslagen vlam werd direct vervangen door een nieuwe. Hij scheurde het bloesje van haar lijf en dacht dat hij gek werd toen de huid van haar buik begon te roken. Hoe het kon wist hij niet, maar het vuur leek van binnenuit te komen, de brandhaard zat ergens in haar lichaam. Volkomen radeloos tilde hij haar op. Het enige wat in hem opkwam was dat ze zo snel mogelijk het water in moest, volledig kopje-onder om het vuurmonster dat haar opvrat de nek om te draaien. Maar waar? Waar in dit godvergeten stuk woestijn kon hij water vinden?

De parkbeheerder die hen uren later vond en de hulptroepen opriep, had Sam in zijn eentje langs de weg zien lopen, doodmoe en oververhit. Toen de man voor hem stopte vroeg het jochie om water, maar hij weigerde zelf een druppel te drinken. Het was niet voor hem, zei hij koppig, het was voor mama.

Deel I

2

Acht maanden later

De bruistablet gleed door het water naar de bodem van het glas, een spoor van belletjes achter zich aan slepend. Jake keek er met lege ogen naar, wachtte tot de tablet volledig door het water was opgenomen en dronk het glas in één keer leeg. Daarna liet hij zijn hoofd op de keukentafel zakken. Strepen zonlicht piekten tussen de houten lamellen door de keuken in. De krat met boodschappen die een week eerder was bezorgd, stond onaangeroerd op de vloer; hij was er 's nachts al een paar keer over gestruikeld. Het aanrecht werd bevolkt door vieze glazen en borden. Hij zou moeten afwassen, zodat hij de medicijnen die zijn inmiddels maandenlange roes in stand hielden, kon innemen met water uit een schoon glas. Ontbijten moest hij ook, hij had het Emily beloofd. Op een volle maag zag de dag er heel anders uit, beweerde ze. Het liefst zou ze elke ochtend langskomen om eieren te bakken, fruit te snijden en koffie te zetten. Ze had het zelfs een paar keer voorgesteld, de eerste maanden nadat zijn wereld finaal was ingestort, maar dat was tegen beter weten in. Zijn zus woonde tweeduizend kilometer verderop in Sydney en stond ingeschreven voor een bungalow op SE18, een van de populairste brandveilige eilanden voor de kust van New South Wales. Als ze zou verhuizen om bij hem te komen wonen, al was het tijdelijk, verloor ze haar plek op de wachtlijst en dat kon hij niet toestaan. Niet voor haar en niet voor Sam, die zij in huis had genomen toen duidelijk werd dat Jake niet langer in staat was voor zijn zoontje te zorgen.

Sam was een maand geleden vier jaar geworden en deed het wonderwel goed. Hij leek zich erbij te hebben neergelegd dat tante Em de plek van mama had ingenomen en dat hij papa maar af en toe zag. De nachtmerries waarvan hij krijsend wakker werd om vervolgens naar de douche te rennen en hevig snikkend onder de koude straal te gaan zitten, kwamen bijna niet meer voor. Het sneed Jake door zijn ziel dat Sam zo ver van hem vandaan woonde, maar hij troostte zich met de gedachte dat het jochie stukken beter af was bij zijn zus, die Sam behandelde als het kind dat ze zelf nooit had kunnen krijgen. Over hoe lang deze regeling zou voortduren, spraken ze niet. De tijd zou het leren; vooralsnog had Jake er een dagtaak aan zichzelf in leven te houden.

Met zijn werk was hij gestopt, angst- en paniekaanvallen maakten hem ongeschikt als piloot. Na een half jaar ziekteverlof had zijn baas hem een bezoek gebracht en samen waren ze tot de conclusie gekomen dat Jakes tijd bij Airmail Australia erop zat. Nu bracht hij zijn dagen door op de bank, waar films en series voor de broodnodige afleiding zorgden. Hij sliep amper en was kilo's afgevallen. Om de dag propte hij een paar sneeën brood met Vegemite of wat koeken naar binnen om overeind te blijven, maar zijn voornaamste dieet bestond uit een mix van pijnstillers en kalmeringsmiddelen, waarvan lorazepam de voornaamste was. Twee maanden maximaal, had de huisarts gezegd toen hij ze voorschreef, anders werd het risico op verslaving te groot. Jake had braaf geknikt, maar het risico kon hem gestolen worden; toen hij zijn pillen niet meer op recept kreeg, regelde hij zelf een voorraad via een bevriende apotheker die medelijden met hem had. Of hij verslaafd was, wist hij niet, maar zijn trillende handen wezen er wel op.

Hij schrok van een harde roffel op de voordeur, schoot overeind en kermde van de stekende pijn die dat in zijn voorhoofd veroorzaakte. Er kwam zelden iemand onaangekondigd langs. Zijn buren wisten dat hij met rust gelaten wilde worden en de paar vrienden die nog belangstelling toonden, deden dat vooral online.

'Wie is daar?' gromde hij, terwijl hij de lichtflitsen voor zijn ogen probeerde weg te knipperen.

In plaats van een antwoord klonk er een tweede roffel. Dat irriteerde hem. Hij stapte over de boodschappenkrat de woonkamer in, waar een enkel schemerlampje een gelig licht verspreidde. De luiken voor de ramen zaten al maanden dicht en de zonnestralen die door de kieren piepten werden door dikke gordijnen de toegang geweigerd. In het slot van de voordeur stak een sleutel, die hij omdraaide. Hij trok de deur een stukje open en zette zijn voet ertegen, zodat de ongewenste bezoeker niet binnen kon komen, of naar binnen kon gluren.

'Goodday mate!' Twee blauwe ogen keken hem stralend aan.

Jakes irritatie verdampte op slag. Verbaasd staarde hij naar de man op zijn veranda: het rossige haar, de spottende glimlach om de schrale lippen en de typerende houding – armen gekruist voor de borst, duimen onder de oksels – herkende hij uit duizenden. Oliver Wilson was tijdens de dienstplicht zijn beste maat geweest. Sindsdien hadden ze elkaar niet vaak gezien, maar de vriendschap was gebleven. Dit was de tweede keer dat Ollie onverwacht opdook, ook na Kirsties overlijden had hij aangeklopt en was hij een tijdje gebleven. Hij organiseerde de begrafenis en steunde zijn vriend na een aantal uitputtende politieverhoren. Zonder zijn hulp had Jake het destijds niet gered. Dat werd nooit hardop gezegd, maar ze wisten het allebei. Jake stapte naar buiten en hief een hand om het felle zonlicht uit zijn ogen te weren.

'Ollie?'

De man spreidde zijn armen en gaf Jake een stevige hug. 'Hoe gaat het, man? You look like shit.' Hij liet los en trok zijn neus op. 'En zo ruik je ook.'

Jake wreef beschaamd over zijn warrige baard. In zijn eentje op de bank leken dingen die vroeger zo vanzelfsprekend waren – douchen, scheren, tandenpoetsen – niet meer belangrijk. De laatste keer dat hij een bad had laten vollopen, was hij ingestort, verscheurd door de herinnering aan Kirstie en Sam die met duikbrillen en snorkels in het water speelden. Hij had de deur achter zich dichtgeknald en had de badkamer gemeden. Af en toe stak hij in de keuken zijn kop onder de koude kraan. Kauwgum hielp tegen de laffe smaak in zijn mond. Gênant, hij wist het, maar de energie om het anders te doen ontbrak.

'Ik wist niet dat je langskwam.' Of ik ben het vergeten, dacht hij. Hij keek zijn vriend onderzoekend aan. De grijns om Ollies lippen was dezelfde als altijd, maar hij zag ook iets anders: in de vriendelijke ogen school een zweem van ernst. 'Wat is er aan de hand?'

Ollie haalde zijn schouders op. 'Moet er iets aan de hand zijn? Mag een oude vriend niet gewoon op bezoek komen?'

'Lul niet.' Jake boorde zijn blik in die van zijn vriend en wachtte.

Het duurde niet lang voor Ollie zwichtte. Hij knikte naar de deur. 'Laat je me nog binnen? Ik weet dat het een puinhoop is, hou je voor mij niet groot.'

Een half uur later schonk Oliver een tweede dosis zwarte koffie in de door hem afgewassen mokken. Aan de keukentafel had hij de reden van zijn komst uit de doeken gedaan en daarna was het stil gebleven. Jake wist dat zijn vriend een reactie verwachtte, maar had tijd nodig om diens woorden tot zijn verdoofde verstand te laten doordringen.

'Dus je zit in een eliteteam van brandweermannen,' herhaalde hij, 'met een geheime missie, waarover je nu nog niks kunt zeggen.'

'Behalve dat die missie levensgevaarlijk is,' knikte Oliver ernstig. 'Ons team is met de uiterste zorg samengesteld, door de strenge selectie-eisen kwam bijna niemand in aanmerking, alleen de beste van de besten zijn gevraagd en zelfs daarvan zijn er nog een paar afgevallen.' Hij zweeg een paar tellen. 'Ik weet dit omdat ik familie heb bij de veiligheidsdienst: Toby, een neef van mijn moeder. We schelen maar twee jaar, vroeger trokken we veel met elkaar op. Hij vertelt me af en toe meer dan officieel is toegestaan, off the record natuurlijk, want zijn baan staat op het spel. Van hem weet ik dat ze hebben wie ze hebben willen. Alleen nog een bluspiloot, die bleek lastig te vinden. Ik heb gezegd dat ik nog wel iemand wist. Met jou erbij zijn we compleet.'

Jake snoof. 'Met mij erbij is de missie gedoemd te mislukken.' Hij keek zijn vriend ongelovig aan. 'Heb je gezien hoe ik eraan toe ben?'

'Niet best, daarom heb ik een rugzak meegebracht.' Oliver beet in een brownie uit de boodschappenkrat en humde goedkeurend. 'Good stuff. Neem er ook een.'

'Een rugzak? Blijf je logeren?' Jake hoorde zelf de afkeuring in zijn stem en gebaarde verontschuldigend. 'Sorry mate, maar...' Hij bolde zijn wangen en wees zuchtend naar de puinhoop om hem heen.

Ollie haalde zijn schouders op. 'Ik heb erger gezien.'

'Het is gewoon niet het goede moment. Ik in een eliteteam... Vroeger misschien, maar in deze toestand... Ik ben al moe als ik de trap op loop.'

'Je zit te zeuren. Hoog tijd dat je daarmee stopt.' Ollie veegde resoluut de kruimels van zijn mond en stond op. 'In deze toestand maak je inderdaad geen schijn van kans, dus zeg maar dag tegen je bank en de tv. We gaan aan de slag. Ik heb drie weken voor je uitgetrokken en daar was Jody het niet zomaar mee eens. Ik heb haar echt moeten overtuigen van mijn plannen voordat ze overstag ging. Ik hoop niet dat dat voor niets is geweest.'

Jake hapte toe. 'Wat voor plannen heb je dan?'

'Goeie vraag!' Met twee opgestoken duimen zette Oliver zijn woorden kracht bij. 'We beginnen met het huis. Dit donkere hol moet weer een frisse toko worden. Als dat op orde is, ben jij aan de beurt. Gezond eten, slapen, trainen, meer doen we niet. Ik ben je coach en ga de oude Jake tevoorschijn trekken; de Jake die zich schuilhoudt in dat kostuum van stinkende holbewoner. Na drie weken maken we de eerlijke balans op: ben je sterk genoeg, fysiek én tussen je oren, om de toelatingstest voor het team te kunnen doorstaan? Ik kan het weten, want ik heb hem al gedaan en ik zal niet liegen, hij is zwaar. Lukt het niet, of wil je niet, dan vertrek ik weer, even goede vrienden. Maar natuurlijk hoop ik dat je ja zegt en dat we samen een nieuw avontuur aangaan.'

Jake wist niet wat hij moest zeggen. Aarzelend kwam hij overeind. Naast Ollies opgeruimde verschijning voelde hij zich vies en zwak. Hij liet zijn hoofd hangen.

'Of had je wat anders te doen?' Ollie legde een hand op Jakes schouder en kneep er zachtjes in. 'Kom op, man,' zei hij op zachtere toon, 'vertrouw me. Je hebt een vreselijke tijd achter de rug, maar denk je dat Kirstie blij zou zijn je zo te zien? Zij is er niet meer. Jij leeft, gooi dat niet weg.'

Jake schudde zijn hoofd. Tranen prikten in zijn ogen. 'Misschien heb je gelijk.'

'Dus we gaan het doen?' Ollie verstevigde de grip op Jakes schouder.

'Ik... ik weet niet of ik het kan. Ik heb al zo lang niks gedaan.'

'Eén manier om daarachter te komen. Waar of waar?'

'Tja... misschien...'

'Good on ya!' Ollie straalde. 'Ik pak mijn rugzak uit de auto en installeer me boven. Daarna gaan we aan het werk.' Hij was al op weg naar buiten toen Jake hem terugriep.

'Wacht. Je bedoelt... nu meteen?'

Ollie grinnikte. 'Absolutely.'

3

Oliver bleek een meer dan strenge coach. Toen de keuken en de koelkast waren gesopt, de afwas weggewerkt en de boodschappen opgeruimd, stond Jake te tollen op zijn benen, maar nog wilde Ollie van geen pauze weten. Pas toen de was buiten hing te drogen en er een verse groentelasagne in de oven stond, stuurde hij zijn vriend naar de badkamer voor een scheer- en douchebeurt. Jake redde het net, maar na het avondeten stortte hij in. Hij had in één dag meer energie verbruikt dan in de afgelopen maanden bij elkaar.

Hij sliep als een os en schrok de volgende ochtend bij het eerste daglicht wakker van de wekker die Oliver had gezet. Het duurde even voordat hij het ding had uitgeschakeld; net als de oven en wasmachine was de wekker een haast vergeten voorwerp. Hij voelde zich beter dan de ochtenden ervoor; een volle maag en goede nachtrust deden meer goed dan hij zich kon herinneren. Zonder al te veel tegenzin zette hij zich aan de 'lichte circuittraining' die Ollie in de tuin had uitgezet, maar na een uur gaf Jake het op. Hij liet de kettlebell in het gras vallen en zakte er zelf naast. Het zweet gutste van zijn lichaam.

'Vergeet het, dit wordt niks,' hijgde hij. 'Ik weet dat je het goed bedoelt, maar de kans dat ik over drie weken klaar ben voor dat eliteteam van jou is nul komma nul.'

Oliver leegde een bidon met koel water over Jakes hoofd en ging naast hem zitten. 'Voor de test, bedoel je. No worries, we bouwen het rustig op,' zei hij, onverbiddelijk. 'En we verkassen naar binnen. Het is hier warmer dan bij mij thuis in Sydney, je mist de zeewind. Daar heb ik me op verkeken. Na negen uur is het te heet om buiten te trainen.' Hij hees zijn vriend overeind en wees naar de achterdeur. 'Die kant op.'

Jake gehoorzaamde en dat bleef hij doen. Eten, slapen, trainen, Ollie had niets te veel gezegd: dag na dag werkten ze een vast schema af dat kracht- en duursport combineerde met intensieve cardio-oefeningen. Ollie zorgde voor gezonde, voedzame maaltijden en ging er een paar keer op uit voor extra voorraad. In de eerste week gunde hij Jake 's middags een uur rust, maar dat was er vanaf week twee niet meer bij. Jake maalde er niet om, de training viel hem bijzonder zwaar, maar het was heerlijk om niet meer alleen te zijn. Nu pas had hij door hoe eenzaam hij was geweest. Hij knapte zienderogen op, en niet alleen doordat hij nu wel de moeite nam zich te douchen en te scheren. Aan het begin van de derde week merkte Ollie het op.

'Ik zie de oude Jake verschijnen. Je ogen glimmen weer.' Hij gaf zijn maat een vriendschappelijke por in zijn zij. 'Daar ben ik blij om.'

Jake grijnsde. Hij had het zelf ook gezien. In de badkamerspiegel herkende hij de man die hij was kwijtgeraakt, maar die kennelijk toch niet voorgoed was verdwenen. De baard was weg, net als zijn lange haren, die Ollie met schaar en tondeuse had bewerkt. Er zat weer leven in zijn donkerbruine ogen en hij had zichzelf al een paar keer horen lachen. Dat vond hij moeilijk. Er waren momenten geweest waarop hij had geloofd dat hij nooit meer zou lachen. Zijn vriendin was een afgrijselijke dood gestorven en zijn zoontje zat duizenden kilometers van hem vandaan. Er was erg weinig om blij mee te zijn. Dat mocht ook niet: als Kirstie niet meer kon lachen, welk recht had hij er dan nog op? Die overtuiging had hem maanden in de greep gehouden, maar begon nu te wringen. Misschien had Ollie gelijk: Kirstie zou niet willen dat hij zijn leven vergooide. Makkelijk praten, klonk een verontwaardigd stemmetje in zijn hoofd, als zij gewoon was blijven leven, was hij nooit in die diepe put beland. De gedachte bezorgde hem op slag een schuldgevoel. Hij balde zijn vuisten en ramde ze tegen de muur.

'Dat is het!' riep Ollie. Hij griste een rechthoekig stootkussen van de keukentafel en hield het voor zijn borst. 'Sla die frustratie er maar uit.'

Jake wilde weglopen, maar dat stond zijn trainer niet toe. Die blokkeerde de doorgang en duwde het kussen hinderlijk in Jakes gezicht. 'Kom op, sla dan. Durf je niet?'

'Kappen!' Geïrriteerd draaide Jake zich om, maar ook dat was buiten Ollie gerekend. Hij draaide met Jake mee en stootte de zijkant van het kussen plagerig tegen Jakes buik. 'Kom op, watje. Als Kirstie kon zien wat voor pussy je bent geworden, zou ze je keihard uitlachen.'

Die was raak. Jake haalde onverwacht uit en schampte met zijn vuist langs het kussen tegen Ollies borst. Die verplaatste het kussen en hief zijn kin uitdagend. Jake ramde nog eens, en nog eens. Hij sloeg totdat zijn knokkels bloedden en Ollie brulde dat hij moest stoppen. Dat lukte met moeite, want de adrenaline gierde door zijn lijf. Eindelijk had hij zichzelf toegestaan even te stoppen met denken, piekeren, rouwen. Hij voelde zich bevrijd.

Ollie zag het, maar zei het niet. In plaats daarvan gaf hij het bevel voor dertig burpees. Hij telde hardop en vulde ondertussen een glas water. Toen Jake na de oefening hijgend op de keukenvloer bleef liggen, ging hij naast hem zitten.

'De test is over vijf dagen. Ik zou het pas aan het einde van onze drie weken aan je vragen, maar ik denk dat ik het antwoord al weet.'

Jake kneep zijn ogen dicht en zag hoe Kirstie hem toelachte. Hij bolde zijn wangen en blies uit. 'Ik ook.'

4

Pas tijdens de vlucht naar de testlocatie vertelde Oliver waar ze naartoe gingen: de legerbasis van de Royal Australian Air Force, zes kilometer ten noordwesten van Darwin. Tot dan toe had hij amper wat over de test en de missie losgelaten. Geheim was nu eenmaal geheim, vond hij, en alles wat Jake moest weten zou hij snel genoeg te horen krijgen. Mits hij de test doorstond, en daar had Ollie alle vertrouwen in. Zo zeker voelde Jake zich bij lange na niet. Ten opzichte van drie weken terug was hij misschien een ander mens, maar zijn huidige fysieke gesteldheid haalde het niet bij die tijdens zijn dienstplicht, toen hij examen deed voor de pilotenopleiding, de laatste test die hij had afgelegd.

‘Dat is zestien jaar geleden,’ schamperde Ollie. ‘Achttienjarige broekies waren we. Waarschijnlijk inderdaad fitter dan nu, maar wat wisten wij nou? Geloof me, voor de missie die nu op ons wacht is een beetje levenservaring ook niet verkeerd.’ Geërgerd over zijn onbedoelde openhartigheid, klapte hij zijn stoel naar achter en sloot demonstratief zijn ogen. ‘Doe jij ook een dutje, nu kan het nog.’

Maar daar was Jake te gespannen voor. Bij wijze van afleiding dwong hij zichzelf terug te denken aan zijn diensttijd. Die was verplicht. In het belang van de nationale veiligheid moesten alle jongens vanaf de maand waarin ze achttien werden de opleiding tot brandweerman volgen. Het toenemend aantal natuurbranden had de regering tot die maatregel gedwongen. Vanaf 2029 was er geen maand voorbijgegaan of er brak ergens in het land een natuurbrand uit. Klimaatverandering was de voornaamste boosdoener: de combinatie van extreme droogte en de steeds hogere temperaturen bleek een explosieve cocktail. Het bestaande korps kon er niet meer tegenop, dus was het alle hens aan dek, of je nu wilde of niet. Ook vrouwen waren welkom, al was de opleiding voor hen niet verplicht. Jake had er als een berg tegen opgezien en had bijna geweigerd. Hij vond het een verspilling van zijn tijd, zei hij tegen iedereen die het horen wilde, om maar niet te hoeven toegeven dat hij bang was. Hij haatte vuur en bleef er het liefst zo ver mogelijk bij vandaan. De opleiding had die angst grotendeels weggenomen, maar zijn ontzag voor grote branden was nooit verdwenen.

Zijn tegenzin bleek onterecht. Het jaar branddienstplicht werd een geweldige tijd, waarin hij Oliver ontmoette en zij zich allebei, tot Jakes grote verbazing, ontpopten als natuurtalenten. In de theorie- en praktijklessen gooiden ze hoge ogen, maar vooral tijdens oefeningen staken ze met kop en schouders boven hun dienstmaten uit. De trainers roemden hun 'aangeboren talent' en 'de niet aan te leren feeling' met het werk. Aan het einde van het jaar werden ze gekroond tot top van hun lichting en dringend verzocht te blijven. Ollie hapte toe en ontwikkelde zich de jaren daarna van allround firefighter tot specialist. Als gaspakdrager werd hij ingezet bij incidenten met giftige gassen, maar ook als duiker kon hij uit de voeten. Jake koos een andere route: hij volgde de opleiding tot piloot op blusvliegtuigen. De baan bij Airmail Australia, die hij kort daarna aannam vanwege het goede salaris, zou tijdelijk zijn, maar beviel zo goed dat hij er uiteindelijk dertien jaar bleef hangen. Als bluspiloot was hij niet meer actief geweest en ook op de grond had hij geen brand meer geblust, totdat Kirstie...

Met een ruk schoot Jake in zijn stoel naar voren. Zijn hart bonkte in zijn keel en zijn handen trilden. Hij snakte naar een pil om de rauwe pijn die hem onverwacht overviel te stillen, maar zijn zakken waren leeg. Twee dagen terug had hij zijn laatste halve lorazepam geslikt. De rest van zijn voorraad had hij onder toeziend oog van Ollie door de plee gespoeld. Al in de eerste week had Ollie de pillen ontdekt en gevraagd of Jake van plan was verslaafd te blijven. Zo ja, dan was de hele missie einde verhaal en reed hij linea recta terug naar huis. Jake besloot te stoppen. Hij had altijd geweten dat het er een keer van moest komen en nu zijn vriend in huis was durfde hij het aan. Samen stelden ze een schema op dat de inname geleidelijk terugbracht tot nul. Afgezien van wat misselijkheid vielen de bijwerkingen mee. Ollies trainingen namen zo veel tijd en energie in beslag dat Jake amper taalde naar een pil. In het vliegtuig was er voor het eerst een moment om rustig na te denken en sloeg met de pijn ook de paniek toe. Het voelde alsof zijn luchtpijp werd dichtgeknepen. Hij kreeg het bloedheet en begon te hyperventileren.

Ollie werd er wakker van. Hij schrok toen hij Jakes bezwete gezicht en trillende handen zag. 'Hang in there, mate,' zei hij, met een hand boven op die van Jake, 'het is maar een paniekaanval, dit gaat zo voorbij.'

Jake schudde hevig met zijn hoofd. 'Vergeet het,' piepte hij, 'ik kan dit niet.' Happend naar adem rukte hij aan zijn stoelriem. 'Ik stik... Zuurstof... Ik...'

Het papieren zakje in de elastiek aan de stoel vóór hem, bedoeld voor het legen van de maag bij turbulentie, bood uitkomst. Ollie duwde de opening tegen Jakes gezicht en telde zijn ademhaling naar een rustiger ritme. 'Zo,' zei hij, na een paar minuten, alsof er niets aan de hand was, 'we zijn er bijna.' Hij propte het zakje tot een balletje en gaf het aan de stewardess die bezorgd in de buurt was gebleven. 'Er staat zo een shuttle klaar die ons in een kwartiertje naar de basis brengt.' Hij trok een grimas. 'Bereid je maar voor, want daar zul je hem eindelijk ontmoeten, de man die jouw toekomst gaat bepalen: chief William Kelly.'

5

Royal Australian Air Force, Darwin, Northern Territory

Bevelvoerder William Kelly wachtte hen voor het hoofdgebouw op. Vanuit de shuttlebus zag Jake hem staan: een lange man in kaarsrechte houding, de benen licht gespreid, handen achter de rug, stevige kaaklijn, priemende blik en kortgeknipt grijs haar. Ondanks de hitte, die bijna tastbaar van de betonplaten leek op te stijgen, droeg hij een volledig uniform, met lange broek en jas.

'Daar gaan we geen feestje mee bouwen,' zei Ollie. Hij schoof de deur open en sprong naar buiten. Jake liep mee naar de achterkant van de bus om hun tassen te pakken.

'Bullebak?'

Ollie tuitte zijn lippen. 'Soms. Autoritair vind ik een betere typering. Hij is de baas en dat laat hij graag merken. Van mij mag het; hij zat bij de commandotroepen, hij weet wat hij doet, is eerlijk, direct en zorgt goed voor zijn mannen. Maar belazer hem niet, want dan kun je je geen grotere vijand voorstellen.'

Jake was benieuwd welk verhaal er achter die laatste opmerking stak, maar kreeg de kans niet het te vragen. Met zijn tas over zijn schouder beende Ollie op de bevelvoerder af. Jake volgde met iets minder enthousiasme.

William Kelly verwelkomde de twee mannen met een stevige handdruk en ging hun voor naar zijn aangenaam koele kantoor. Hij wees op twee stoelen voor zijn mahoniehouten bureau, liep naar zijn eigen stoel en ging zitten. 'Ik kom meteen ter zake,' begon hij, 'Jake Ryan, je bent hier voor een toelatingstest voor een missie waarover ik pas meer kan vertellen als blijkt dat je geschikt bent. De test bestaat uit vier onderdelen: straks de conditietest, morgenvroeg een serie brandoefeningen en morgenmiddag ga je de lucht in met een blusvliegtuig en een van mijn trainers. Morgen einde dag hoor je of je bent geslaagd. Zo niet, dan scheiden onze wegen direct.' Hij wendde zijn blik naar Oliver. 'Met jou spreek ik morgen een deel van de missie door. Als een en ander voorspoedig verloopt, komen we over twee dagen hier samen voor de eerste briefing. Helder?'

Zowel Jake als Ollie gaf een korte knik. Jake begreep dat hij het 'een en ander' was dat 'voorspoedig moest verlopen'. Het was alsof hij in een tijdmachine was teruggeschoten naar zijn diensttijd. Het gebouw droeg daaraan bij, maar ook de kordate taal van Kelly en diens machogedrag brachten het gevoel van toen weer terug. Het maakte hem alert, strijdbaar zelfs, en dat deed hem goed. Het was lang geleden dat die kant van hem werd aangesproken. Hij merkte dat Kelly hem nauwgezet observeerde en keek onverschrokken terug. Nu pas ontdekte hij het litteken op het voorhoofd van de bevelvoerder. Het lag ietwat verstopt onder zijn haargrens en liep van oor tot oor.

'Weet jij hoeveel mensen er onder mijn leiding van een verbrandingsdood zijn gered?' vroeg Kelly. 'Zeventienhonderdvierennegentig. Mensenlevens welteverstaan. Als ik dieren meetel zijn het er naar schatting meer dan tweeduizend. Honderdzesendertig paarden exact, andere dieren heb ik niet bijgehouden.'

Jake zweeg. Hij voelde aan dat William Kelly niet in de rede gevallen wilde worden. Bovendien echoden Ollies woorden nog na. Als dit de man was die zijn toekomst ging bepalen, begon hij hun kennismaking liever niet op slechte voet.

'Het eerste leven dat ik redde was dat van mijn vader. Ik was zeven. We woonden op een boerderij en mijn pa was van zijn paard gegooid. Een brumby die hij al weken probeerde te temmen. Dat beest had zo veel pit in zijn donder dat mijn pa met een boog over het hek van de longeerbak vloog. Mijn oudere broer David zat op de trekker en had het niet gezien. Hij reed recht op mijn vader af, die buiten westen in het gras lag. Er was verder niemand in de buurt. Ik kon twee dingen doen: David proberen te waarschuwen, maar die had muziek op zijn hoofd en zou me met geen mogelijkheid horen, of mijn vader voor de trekker wegslepen, maar de man woog toen al meer dan honderd kilo, de kans dat dat zou lukken was nihil. Er was weinig tijd, de trekker reed recht op mijn vader af. Dus wat deed ik? Ik rende zo hard ik kon naar dat wilde beest dat mijn vader had afgeworpen en sprong op zijn rug. Ik ramde mijn hakken in zijn flanken en dwong hem het hek over, recht voor de trekker. David gaf net op tijd een zwiep aan het stuur. Het rechterwiel scheerde rakelings langs mijn vaders hoofd, maar dat had die broer van mij nog steeds niet door. Die was kwaad op me. Mijn vader kwam er met een hersenschudding van af. Toen hij hoorde wat er gebeurd was, kon hij niet geloven wat ik had gedaan. Dat een wild paard de commando's van een klein kind accepteerde, daar kon hij met zijn kop niet bij. Mijn moeder wel, die wist wat voor vlees ze in de kuip had. Zij noemde het "natuurlijk leiderschap".'

In de lange stilte die de bevelvoerder liet vallen vroeg Jake zich af wat de man verwachtte. Applaus? Als Kelly gelijk had over de vele levens die onder zijn leiding waren gered, en Jake had geen reden daaraan te twijfelen, verdiende hij beslist respect, maar daarom vragen met een sterk verhaal voelde kinderachtig aan. Wat was zijn bedoeling? Wilde hij dat Jake nu met een verhaal kwam dat getuigde van zijn eigen kwaliteiten? Zodat Kelly kon peilen wat voor vlees híj in de kuip had? Daar paste hij voor.

'Wilson hier heeft een uitstekende staat van dienst,' vervolgde Kelly, met een knikje naar Ollie. 'Het is niet voor niets dat ik hem gevraagd heb zich aan te sluiten bij het eliteteam, waarover je geïnformeerd bent. Alleen de beste van de besten zijn goed genoeg. Alle leden zijn door mij persoonlijk geselecteerd. Ik ken ze stuk voor stuk, met sommigen heb ik eerder samengewerkt en ik weet waartoe ze in staat zijn. Het team is bijna compleet, er ontbreekt alleen nog een piloot.' Hij kuchte, voor het eerst sinds hun ontmoeting brak er een licht ongemak door zijn masker van totale controle. 'Ik ken een aantal kundige piloten, maar die zijn helaas ongeschikt voor de klus die mij te wachten staat. De reden daarvoor doet nu niet ter zake. Jou ken ik niet. Je bent hier op voordracht van Oliver, wiens oordeel ik vertrouw. Uiteraard heb ik jouw doopceel gelicht, maar daaruit blijkt vooral dat je zestien jaar geleden de beste was. Zestien jaar is een lange tijd.' Met een minieme beweging van zijn wenkbrauwen liet hij niet alleen zijn twijfel blijken, maar daagde hij Jake ook uit in de ring te stappen.

Jake besloot toe te happen, op een manier die Kelly waarschijnlijk niet verwachtte. 'Ollie heeft gezegd dat er een geheime missie moet worden uitgevoerd door een eliteteam. Meer weet ik niet. Of ik de beste ben, weet ik ook niet, maar ik was een goede piloot, tot mijn vriendin overleed. Ik stortte in en kon amper nog voor mezelf zorgen. Daarom woont mijn zoontje bij mijn zus. Ik heb bijna een jaar lang geen fluit uitgevoerd en als Ollie niet had aangebeld om me wakker te schudden en me te trainen voor die missie van jullie, lag ik nu nog in het donker op de bank.' Jake keek de bevelvoerder recht aan. Vanuit zijn ooghoeken zag hij Ollie in zijn stoel verschuiven. Waarschijnlijk was dit niet de informatie waarmee hij Jake had aanbevolen.

'Ik ben hier omdat ik verder moet. Deze test is voor mij belangrijker dan voor u. Als ik faal, zoekt u een ander. Zonder mij zal die missie vast doorgaan. Dat boeit me niet. Wat me wel interesseert is vliegen. Het zit in mijn bloed en dat krijg je er niet uit, ook niet met een jaartje pauze. Ik ben een goede piloot en een goede brandweerman, want ook dat verleer je niet. Dat weet ik. Ik hoef aan niemand iets te bewijzen, behalve aan mezelf. Ik wil die test halen voor mezelf. Zodat ik mijn leven weer kan oppikken en bij mijn zoon kan zijn.'

Na die woorden stond de bevelvoerder op en liep naar de deur. 'Er zijn twee kamers in orde gemaakt. Meld je bij de balie, dan zal iemand jullie begeleiden. De conditietest is over een uur in gymzaal twee, het avondeten om zes uur in de kantine van gebouw B, maar voel je vrij om elders te dineren. In Darwin zijn een paar goede restaurants.' Hij wachtte tot zijn gasten voor hem stonden en opende de deur.

'Nog één vraag,' zei Jake, 'u had het over vier onderdelen en noemde de conditietest, de brandoefening en de vliegtest. Wat is het vierde onderdeel?'

Er glinsterde iets in Kelly's ogen. Hij stak zijn hand uit naar Jake en schudde die van hem kort. 'De psychologische test,' antwoordde hij, 'en die heb je zojuist doorstaan.'

6

Surry Hills, Sydney, New South Wales

Emily Ryan tilde een verhuisdoos op de stapel dozen in de bijkeuken. Ze diepte een zwarte stift op uit de zak van haar chino en beschreef het etiket: *Sam – zwemspullen, speelgoed, stripboeken, familiefoto's.* Ze zuchtte voldaan; mooi, weer een doos. De bijkeuken stond bijna vol en haar huis raakte steeds leger. Over twee weken zouden de verhuizers met hun wagen op de stoep staan en de hele boel inladen. Daarna was het op naar haar nieuwe bungalow op eiland SE18. Sam had al gevraagd of hij in de verhuiswagen mee de pont op mocht, maar dat vond ze geen goed idee. Bij haar in de Toyota kon ze hem beter in de gaten houden. En hij haar, dacht ze er mismoedig achteraan.

In de keuken dronk ze een glas water en checkte ze haar horloge. Haar cholesterol was mooi laag, bloeddruk en hartritme in orde, alleen haar calciumwaardes waren te hoog, maar niet hoger dan gisteren. De kramp in haar kuiten was weggetrokken en heel moe voelde ze zich vandaag niet. Ze mocht niet klagen. Collega's en vrienden met dezelfde nierproblemen, een van de gratis bijkomstigheden van klimaatverandering, waren er over het algemeen erger aan toe. Sommigen hingen dagelijks misselijk boven de pot en daar had zij gelukkig geen last van. De toenemende flauwtes werden wel een probleem. Zoals vorige week, toen ze Sam naar school had gebracht en bij het koffiezetten onderuitging. Ze kwam bij op de keukenvloer met een flinke bult op haar achterhoofd. Een ijskompres bood verlichting, maar ze was er niet gerust op. Wat als ze flauwviel als Sam thuis was? Als die schat moest meemaken dat na zijn moeder ook zijn tante gewond op de grond lag? Haar hart kromp. Dat mocht ze hem niet aandoen. Ze zou binnenkort toch echt bij haar arts langs moeten gaan.

'Tante Em! Papa belt!'

Emily vond Sam op de bank in de woonkamer. In zijn favoriete kangoeroe-onesie zag hij eruit om op te vreten. Hij droeg het ding elk weekend, al was het tot op de draad versleten. De splinternieuwe onesies die ze voor hem kocht wilde hij niet aan en hij had uitgelegd waarom. In de buidel van het kangoeroepak zaten twee schatten verstopt: een verkreukelde foto van hem en mama in het zwembad, en zijn tablet, die hij, behalve voor games en oude filmpjes van *Brandweerman Sam*, gebruikte om met papa te bellen. Ze hadden afgesproken dat hij het altijd eerst moest vragen aan tante Em, want papa had het heel druk met vliegen en een piloot kon je natuurlijk niet zomaar storen. Dat begreep hij best, stelde hij stoer, maar elke keer als Jake hem belde sprong hij een gat in de lucht en waren zijn wangen uren later nog rood van opwinding. Het maakte Emily blij en verdrietig tegelijk.

Ze ging naast hem zitten en sloeg een arm om hem heen. Sam veegde zijn vinger langs het scherm en begon enthousiast te zwaaien toen zijn vaders gezicht in beeld verscheen.

'Daddy!'

Jake zwaaide vrolijk terug. 'Hey buddy! Hi Em, how are ya?'

'We gaan vanmiddag naar het slangenhuis en Bindi mag mee,' riep Sam. Bindi was zijn buurmeisje en beste vriendinnetje. Na de verhuizing zouden ze elkaar waarschijnlijk niet meer zien. Net als de meeste inwoners van New South Wales hadden ook Bindi's ouders zich ingeschreven voor een plek op de eilanden voor Sydneys kustlijn. En net als Emily hadden ook zij SE18 als voorkeur opgegeven, maar tot hun grote spijt waren ze uitgeloot. Ze hoopten nu op een van de andere eilanden. Hoezeer Sam en Emily ook uitkeken naar de verhuizing, het naderende afscheid van Bindi drukte de stemming behoorlijk.

'Cool!' Terwijl Jake met zijn zoon kletste, bestudeerde Emily de verandering in het gezicht van haar broer. Zijn korte coupe had ze tijdens een eerdere videocall al gezien. Sam vond het mooi en had gezegd dat papa en tante Em nu weer op elkaar leken. Dat beschouwde ze als een compliment. Allebei hadden ze de looks van hun vader, die al jong aan kanker was gestorven. Hun moeder, een kleine vrouw met een pittig karakter, was hun ook al vroeg ontvallen. Mede daarom waren Jake en Emily twee handen op één buik. Ze scheelden nog geen twee jaar, hadden dezelfde donkerbruine ogen en hetzelfde dikke haar en stonden altijd voor elkaar klaar. Dat Jake zich na Kirsties dood zo verwaarloosde had haar veel pijn gedaan. Maar nu leek het tij te keren: zijn ogen stonden helderder en zijn huid leek minder dof. Ook zijn stem klonk anders, steviger, alsof hij na maandenlang doelloos zweven eindelijk weer grond onder zijn voeten voelde. Ze kon niet wachten hem te vragen wat er aan de hand was. Die kans diende zich aan toen ze Jake hoorde zeggen dat hij tante Em wilde spreken.

Sam beloofde dat hij een foto zou sturen van de grootste slang in het slangenhuis, gaf de tablet aan Emily en huppelde naar zijn kamer.

'What's up, bro? Je ziet er goed uit. En waar ben je? Ik herken de omgeving niet.'

'Goed nieuws, ik heb een baan.' Jake draaide de camera om Emily te laten zien waar hij stond: voor een OZ Air CL-415, bijnaam Superscooper, het amfibievliegtuig waarin hij zojuist zijn vliegtest had afgelegd.

'Je hebt weer gevlogen?' Emily's mond viel open.

Jake draaide de camera terug en grijnsde. 'Ik kon het nog. Sterker, ik ben geslaagd voor een toelatingstest en mag mee met een team brandweermannen. Missie Wasteland, top secret, dus ik mag je er verder niets over vertellen.'

'Wasteland? Ga je Mad Max achterna? Haha, wat goed!' Emily lachte hardop en voelde zich in één klap kilo's lichter. Ze luisterde naar Jakes relaas over de tests die hij had afgelegd en dwong zichzelf geen kritische vragen te stellen. Waar hij naartoe ging en hoe lang, waarom de missie geheim was, of hij nog pillen gebruikte of last had van angst- en paniekaanvallen, toch levensgevaarlijk voor een piloot, ze wilde het allemaal weten, maar vroeg het niet. Zijn enthousiasme telde nu zwaarder dan haar bezorgdheid. Dus slikte ze haar vragen in en feliciteerde hem van harte.

'En jij, zus,' vroeg Jake, 'klaar voor de verhuizing? Heeft Hanks je die vrije dagen gegeven?'

Ze rolde met haar ogen. 'Hoezo? Verhuizen doe je toch in het weekend? Bovendien zijn die bungalows op SE18 piepklein, die heb je in één dag ingericht.'

'Zegt hij dat? De vrek.'

'Yep, één hele vrije dag heb ik gekregen. Ach, hij kan me gewoon niet missen. Ik ben tenslotte de beste journalist van de *New South Wales Journal*.'

'Zeker.'

'Dat doet me ergens aan denken,' zei ze, plots serieus. Ze schoof naar het puntje van de bank. 'Je weet dat ik werk aan dat ene verhaal?'

Jakes gezicht betrok. Het was duidelijk dat hij wist waar ze op doelde en dat hem dat niet aanstond. 'Mmm.'

'Ik denk dat ik wat op het spoor ben. Een derde geval, Jake, dit zou iets kunnen zijn.'

'Je baas wilde toch niet dat je daarmee doorging?'

'Hanks denkt dat ik gestopt ben. Ik doe het in mijn eigen tijd.' Onbewust ging ze wat zachter praten. 'Gisteren reageerde een man uit Canberra op mijn vragen op dat online forum. Zijn vader is begin dit jaar bij een woningbrand om het leven gekomen, maar hij denkt dat er iets anders aan de hand was. Misschien net zoiets als bij...'

'Oké, ik moet weer gaan, Ollie is hier.' Jake draaide de camera abrupt naar Oliver, die aan kwam lopen en een hand opstak toen hij Emily in beeld zag.

Ze had nog net genoeg tijd om terug te zwaaien voordat Jake de verbinding verbrak. Zuchtend zakte ze terug in de bank. Boos omdat ze Jakes goede humeur alsnog had getemperd, maar toch ook hoopvol. De man uit Canberra, codenaam 'Amberfluid', was zelf geen getuige van de brand geweest, maar zijn vaders buurman wel. Die buurman scheen zulke bizarre dingen te beweren over wat hij had gezien dat de politie en de brandweer weigerden langer naar hem te luisteren. Meer wilde Amberfluid op het forum niet vertellen, maar hij had Emily beloofd een mail te sturen met alle informatie die hij over zijn vaders dood kon achterhalen. Misschien had hij gelogen, of was het een grote fantast. Maar de kans bestond dat hij oprecht vraagtekens plaatste bij de omstandigheden waaronder zijn vader stierf. Net zoals zij en Jake dat deden bij de dood van Kirstie.

Ze kreeg het er warm van, net als van het vorige 'soortgelijke' incident dat ze had opgespoord, maar bij Jake hoefde ze er niet mee aan te komen. Het deed hem te veel pijn. Alsof zijn eigen rouw en die van kleine Sam niet genoeg waren, had de politie hem nog vóór Kirsties begrafenis als verdachte aangehouden en in een verhoorkamer binnenstebuiten gekeerd. Door verregaande verbranding kon de doodsoorzaak niet officieel worden vastgesteld en Jakes onsamenhangende getuigenis over de rook en de vlammen uit haar mond deed hem weinig goed. Hadden ze ruzie gehad? Wilde hij de relatie beëindigen? Of was hij bang dat Kirstie dat van plan was geweest? De vragen raakten hem recht in zijn gebroken hart, totdat hij zich afsloot en tot ergernis van de rechercheurs geen antwoord meer gaf. Wegens gebrek aan bewijs dat Jake iets met Kirsties dood van doen had, moesten ze hem laten gaan. Het kon hem weinig schelen, Emily had zich toen al over Sam ontfermd, hij had alleen zichzelf nog. En of hij zich in een cel ellendig moest voelen of thuis was hem om het even. Wat hem wel woedend maakte was de 'absolute onzin' op de overlijdensakte: *doodsoorzaak onbekend, natuurlijke dood.* Hij had de haren uit zijn hoofd getrokken en geschreeuwd dat er 'godverdomme niets natuurlijks aan was!'.

Die tijd was voorbij, had hij maanden later gezegd, en daar wilde hij niet naar terug. Als zij erin wilde duiken om een verhaal te schrijven, moest ze dat doen, zolang ze hem er maar buiten liet. Begrijpelijk. Emily vond oprecht dat ze zijn gevoelens moest respecteren, maar toch bleef Kirsties raadselachtige dood aan haar knagen. Daarom had ze wat lijntjes uitgegooid en op verschillende fora gevraagd of meer mensen gevallen kenden van spontane zelfontbranding. Aan de meeste reacties had ze niets: om een date zat ze niet verlegen en in oneerbare voorstellen had ze geen interesse. De mail van Amberfluid was de enige die hout leek te snijden.

Een zacht kloppen op het raam kondigde de komst van Bindi aan. Het buurmeisje stond met een roze zonneklep op haar twee vlassige vlechtjes te zwaaien voor het raam. Emily lachte naar haar en sprong op. Hoogste tijd voor een paar uurtjes slangenhuis. Misschien was er daarna mail uit Canberra. Fingers crossed.

7

Royal Australian Air Force, Darwin, Northern Territory

Toen Jake voor de tweede keer in korte tijd het kantoor van chief Kelly binnenstapte, brak het zweet hem uit. Vier mannen en een vrouw stokten hun gesprek en keken hem nieuwsgierig aan. Hij had ze nooit eerder ontmoet, maar wist direct dat dit leden van het eliteteam moesten zijn. Sterke, fitte en dappere vaklui die door de bevelvoerder persoonlijk waren uitverkoren voor zijn heilige missie. Hoewel Jake zelf de tests had doorstaan en Kelly kennelijk had weten te overtuigen van zijn kunnen, voelde zijn aanwezigheid hier vreemd aan. Nog geen maand geleden had hij als een zombie op de bank gelegen, niet eens in staat zijn eigen huis schoon te houden, en nu was hij onderdeel van deze groep? Dit moest een vergissing zijn, hij had hier niets te zoeken. Het liefst maakte hij direct rechtsomkeert, maar dat was buiten Oliver gerekend, die achter hem de kamer binnenkwam.

'Lady en gentlemen,' riep hij, met veel gevoel voor theater, 'dit is mijn vriend Jake, de beste piloot down-under. Met hem zijn we compleet, let the games begin!' Ollie zette een applaus in dat spontaan door de anderen werd overgenomen.

Jake lachte als een boer met kiespijn. Hij schudde een paar uitgestoken handen en stapte dankbaar opzij toen de chief met grote passen binnensnelde en alle aandacht opeiste.

William Kelly stak direct van wal. 'Mensen, welkom bij missie Wasteland. De formele introductie slaan we over, net als de nadere kennismaking met Jake, daar is nu geen tijd voor. Onze eerste opdracht komt veel sneller dan verwacht: over een half uur moeten we de lucht in.'

Jake schrok, maar net als de anderen hield hij zijn gezicht in de plooi.

'Waar gaan we heen?' vroeg de enige vrouw in de kamer, een no-nonsensetype met stekelhaar dat zich zojuist aan Jake had voorgesteld als Lily Walker.

Kelly liep naar een kaart aan de muur en tikte op een stad in het noordoosten van het land, in de deelstaat Queensland. 'Cairns. Een brand in het Great Barrier Reef Museum.'

'Crap. Daar ben ik pas nog geweest. Mijn zoontjes vonden het prachtig,' zei Ollie.

'Wacht even. Als het al in brand staat, zijn wij er toch nooit op tijd?' Lily wees naar de kaart. 'Dat is drie uur vliegen. Kunnen de collega's ter plekke het niet af?'

'Het staat nog niet in brand,' antwoordde Kelly, 'maar er is reden aan te nemen dat dit binnenkort wel het geval is. Ik ben gewaarschuwd door de binnenlandse veiligheidsdienst. Zij hebben een melding ontvangen die ze uiterst serieus opnemen en als ik vertel wie de afzender van die melding is, begrijpen jullie waarom.' Hij liet een korte stilte vallen en keek de kring rond. 'Cody Cox.'

'No way!' Verbijsterd keken de teamleden elkaar aan. Jake voelde een klomp in zijn maag. Cody Cox was een internationale bekendheid, hij had het land in 2040 volledig op stelten gezet en nog steeds joeg alleen al zijn naam de meeste inwoners de stuipen op het lijf. Als aanvoerder van Climate First, een geradicaliseerde groep milieuactivisten, werd hij verantwoordelijk gehouden voor de Big Fires die nagenoeg het hele land in de as hadden gelegd en duizenden slachtoffers hadden geëist. De identificatie van verkoolde menselijke resten was na al die jaren nog niet afgerond, het officiële dodental liep nog steeds op.

De Big Fires vormden een nationaal trauma, een gitzwarte bladzijde in de vaderlandse geschiedenis, die een kentering had geforceerd van de Australische way of life. In een vuurzee die achtenzestig dagen aanhield waren steden grotendeels vernietigd. De geliefde outback veranderde in een zwartgeblakerde vlakte. Afgezien van enkele Aboriginalgemeenschappen, die weigerden hun grond te verlaten, wilde niemand er nog wonen. De angst voor volgende verwoestende vuren was te groot. Inwoners waren massaal gevlucht naar de Whitsundays, Frasier, Magnetic en andere eilanden voor de kust, waar ze zich veiliger waanden door de nabijheid van het water. Maar op zulke mensenmassa's waren de eilanden niet berekend. Het tekort aan voorzieningen leidde tot felle ruzies, ongewoon voor de doorgaans zo relaxte volksaard. De overheid greep fors in en liet in allerijl een reeks nieuwe eilanden opspuiten en inrichten met brandwerende materialen. Twaalf jaar later stond de teller in 'New Australia', zoals het land inmiddels heette, op achtenvijftig eilanden en er zouden er meer volgen.

De Australiërs toonden hun veerkracht. Na achtenzestig dagen hel zetten ze hun levens voort, op een eiland of aan de kust van het vasteland. Climate First kwam abrupt ten einde: drie van de zes bestuursleden pleegden zelfmoord, twee leden werden opgepakt, veroordeeld en opgesloten. Ook voorman Cody Cox werd berecht, maar wist de dans te ontspringen door al tijdens de Big Fires van de radar te verdwijnen. Hoe langer hij wegbleef, hoe sterker het geloof en de hoop dat de 'Vuurduivel', zoals hij in de pers werd genoemd, bij de enorme groep verbrande slachtoffers hoorde. Als dat niet zo was, en hij onverhoopt toch weer ergens opdook, wachtte hem een levenslange gevangenisstraf. De rechtbank had hem daartoe bij verstek veroordeeld wegens het leiden van een criminele organisatie, brandstichting en meervoudige poging tot doodslag.

Hoewel Cox' naam in het collectief geheugen stond gegrift, werd hij nauwelijks nog uitgesproken, dat zou te veel eer zijn. Nu Kelly het totaal onverwacht wel deed, sloeg het in als een bom. Het kostte hem veel moeite de hevige verontwaardiging te temperen.

'Luister,' riep hij, ernstig, 'de tijd dringt. In het vliegtuig praten we verder. Voordat jullie je spullen pakken, nog dit: alles wat we doen is geheim. Dat wil zeggen dat je niemand zegt waar we heen gaan, ook het thuisfront niet. De naam Cody Cox wordt niet genoemd. Het is nog niet zeker of we daadwerkelijk met hem te maken hebben, maar als de pers er lucht van krijgt dat hij mogelijk nog leeft en actief is, staat het land binnen de kortste keren opnieuw op zijn kop en dat moeten we voorkomen. Is dat helder?'

Ze knikten.

Kelly checkte zijn horloge. 'Vertrek over eenentwintig minuten. Pak je spullen. Luchtflessen liggen in het vliegtuig, een Superscooper met watertanks, zodat we zo nodig ook vanuit de lucht kunnen werken. Hij staat klaar op baan vier. Go!'

8

Cody Cox liet het ijskoude water net zolang over zijn handen en polsen stromen totdat hij er rillingen van kreeg. Hij boog zich voorover en duwde zijn natte handen tegen zijn gezicht. Daarna richtte hij zich op en keek in de spiegel. De passie spatte uit zijn ogen. Eindelijk was het zover. Twaalf lange, eenzame jaren was zijn geduld op de proef gesteld. Eerst had hij moeten herstellen van de brandwonden die hem bijna fataal waren geworden. Tijdens ontelbare operaties werden gezonde stukken huid uit zijn rug gesneden en verplaatst naar gebieden waar de huid ontbrak en niet meer op eigen kracht kon aangroeien. De pijn was onbeschrijflijk geweest, vooral op de momenten dat de pijnstilling begon uit te werken, maar hij dat door de verlammende narcose niet kon aangeven. Van die periode herinnerde hij zich vooral de koortsachtige dromen waarin hij als een slang in een ondergronds hol zijn nieuwe huid bleef afwerpen totdat er enkel een kaal en hulpeloos wezen overbleef, tot niets meer in staat dan het voelen van pijn.

Na de operaties volgden de jaren van revalidatie. Bijna alles moest hij opnieuw leren, van het vastpakken van een glas water en drinken door een rietje tot zelfstandig lopen en staand plassen. Het kostte meer geduld dan hij kon opbrengen en regelmatig werd de frustratie hem te machtig. Tot twee keer toe had hij er bijna een einde aan gemaakt, maar dan dacht hij aan zijn moeder en staakte hij beschaamd zijn poging.

Het plan voor een magistrale comeback van de Vuurduivel bleek zijn redding. Het begon met een vluchtige gedachte, een klein idee dat als een vonkje in zijn hart ontsprong en in rap tempo uitgroeide tot een laaiend vuur. Hij beet zich erin vast en werkte het uit, eerst in zijn hoofd en zodra zijn vingers weer deden wat hij wilde, op een tablet. Het plan was zacht gezegd overambitieus en het kon aanvankelijk nog op duizend punten misgaan, maar het was een strohalm geweest waaraan hij zich met hart en ziel had vastgeklampt. Het was alles wat hij had.

Nu was Cody Cox terug en de wereld zou het weten. Toegegeven, het streelde zijn ego dat hij met de Big Fires een onuitwisbare plaats in de geschiedenisboeken had opgeëist, maar honderd procent terecht voelde dat niet. De boel was uit de hand gelopen. Hij was overvallen door zijn eigen succes en was onbezonnen te werk gegaan. Er was te weinig aandacht besteed aan de voorbereiding en hij was de controle kwijtgeraakt. De vuurzee, hoe prachtig ook, was hem de baas geweest, in plaats van andersom. Hij schaamde zich om het toe te geven, maar een ware leider was mans genoeg zijn fouten onder ogen te zien. Hij had ervan geleerd en was gegroeid. Dit keer zou het anders gaan.

Hij droogde zijn gezicht met een papieren doekje uit de dispenser en bestudeerde zichzelf in de spiegel. Een golf van trots welde in hem op. Daar stond hij toch maar, wijzer en grijzer, maar vanbinnen nog steeds dezelfde eigengereide klootzak die hij altijd was geweest. Wie geloofde dat Cody Cox zijn kunstje niet nog een keer kon flikken, kwam bedrogen uit. Hij voelde zich beter en sterker dan ooit en was meer dan klaar voor de wederopstanding van de Vuurduivel. Na Australia zou ook New Australia branden, zijn moeder kon trots zijn.

9

Jake duwde beide gashandels naar voren en controleerde het toerental van de motoren. Met een lichte druk op zijn voetpedalen bewoog hij het vliegtuig beheerst naar de centerline van de baan. Hij gaf gas bij tot honderd knopen, trok rustig aan het stuur en zag de neus omhoogkomen. Een tel later kwamen ook de hoofdwielen los van de grond, een sensatie die voor Jake haar magie nooit had verloren, en schoten ze het blauwe hemeldek tegemoet.

De Superscooper bood, behalve aan twee gigantische tanks voor bluswater, plaats aan zeven passagiers: één voorin naast Jake en zes achterin. Het toestel was speciaal ontworpen voor het blussen van grote natuurbranden, maar werd ook ingezet voor zoek- en reddingswerkzaamheden. Het was snel, wendbaar en kon landen op water en land. Heel iets anders dan de eenmotorige Cessna waarin Jake zijn postpakketten had rondgevlogen, maar niet minder prettig. Vliegen ging hem nog steeds gemakkelijk af. Hij had het tijdens zijn testvlucht weer ervaren: in de cockpit was hij in zijn element en leken de angsten die hem soms overvielen niet te bestaan. Daar voelde hij zich vrij en ver weg van zorgen. Als hij eerder van de bank was afgekomen om achter het stuurwiel te gaan zitten, was hij vast eerder uit zijn dal geklommen, bedacht hij. Dat besef deed even pijn, maar hij wist dat achteromkijken geen zin had. Ook de twijfels die hij in Kelly's kamer had gevoeld zette hij bewust overboord. Wat nu telde was de missie, daarna zou hij verder zien. Stap voor stap, zou Ollie zeggen. Hij controleerde zijn hoogte en snelheid en stak een duim omhoog naar de chief, die naast hem zat.

Kelly knikte, pakte de zender waarmee hij met zijn team kon communiceren en hield hem voor zijn mond. 'Attentie.' De stem klonk luid en duidelijk door de ontvanger die elk teamlid in het linkeroor droeg. Boven de stoelen was een zender bevestigd, waarmee ook zij met de cockpit konden praten.

'Nu jullie weten met wie we te maken hebben – en daar gaan we van uit totdat het tegendeel bewezen is – begrijpen jullie het immense belang van de taak die voor ons ligt. Ik eis dan ook niets minder dan jullie volledige inzet en toewijding om van deze missie een succes te maken.' Hij wachtte een moment om de ernst van zijn woorden tot iedereen te laten doordringen en sprak verder: 'Wat is het geval? Twee maanden geleden meldde een man die beweert dat hij Cody Cox is zich online bij premier Crawford. Hij dreigde opnieuw toe te slaan als zijn eisen niet worden ingewilligd. Zijn idealisme is hij nog niet verloren, want wat wil hij? Vijftig miljoen dollar voor een rij organisaties en stichtingen die zich inzetten voor natuur en milieu in Australië. Hij heeft een gedetailleerde planning gemaakt met data waarop de bedragen op een beveiligde rekening moeten staan. De premier heeft direct de minister van Veiligheid en Justitie en de binnenlandse veiligheidsdienst ingeschakeld, die met hem aan het hoofd staan van de operatie. De dienst focust op één ding: het achterhalen van de verblijfplaats van Cox, zodat hij zo snel mogelijk achter slot en grendel kan. Ik wens ze succes. Als dit inderdaad de Vuurduivel is, weet die zich al jaren schuil te houden. Maar let op, dat is niet onze zorg. Onze focus ligt namelijk primair op de branden die Cox dreigt te stichten. Het is simpel:

die moeten uit, snel en clean. Of Cox uit is op de Big Fires 2.0 weten we niet, maar het mag duidelijk zijn dat we dat moeten zien te voorkomen.

Dan de actualiteit: het eerste geëiste bedrag is weliswaar op tijd overgemaakt, maar de eis is nadien opgehoogd en dat extra bedrag kwam kennelijk niet op tijd door. Daarom gaat ergens in het land de fik erin; Cox heeft het museum in Cairns als eerste doelwit aangewezen. Tot zover. Vragen?'

'Smith.'

Bij het horen van de zware stem voelde Jake weer de handdruk die hij van deze man had gekregen. Ollie had vóór de kennismaking voorspeld dat één collega de meeste indruk op hem zou maken en daar kreeg hij gelijk in. Luitenant Thom 'Tank' Smith deed zijn bijnaam eer aan. Met zijn twee meter tien en absurd brede borstkas was het onmogelijk hem over het kaalgeschoren hoofd te zien. Vriendelijker vind je ze niet, beweerde Ollie. Tank is een zachtaardige man, die zijn gezin aan het vuur verloor en sindsdien zijn collega's als familie ziet.

'Zeg het maar.'

'Heeft Cox gezegd waarom hij de branden aankondigt? Dat lijkt onlogisch.'

'Hij beweert dat hij niet uit is op het maken van slachtoffers,' antwoordde Kelly. 'Door te dreigen met brand wil hij druk op de ketel zetten, zodat hij het geld binnen zijn gestelde termijnen in handen heeft. De herstelwerkzaamheden van de overheid gaan hem te langzaam. Voor de mensen is gezorgd, maar de dieren en de natuur worden vergeten, zegt hij. Met zijn actie haalt hij het geld op om de natuur te redden. De premier wil niet toegeven aan chantage, maar in dit geval heeft hij weinig keus. Op een herhaling van 2040 zit niemand te wachten.'

'Robinson.'

Deze zachtere stem hoorde bij de man die een zee van rust uitstraalde, wist Jake. Noah Robinson was niet groot, maar had een pezig lichaam en volgens Ollie was hij ijzersterk. Zijn ogen verraadden een pientere geest.

'Ja?'

'Weten we of hij daarop uit is, een herhaling van 2040? De aandacht die hij toen kreeg kan een grote egoboost geweest zijn, die hij gewoon nog een keer wil voelen. In dat geval is de eis om geld misschien een afleidingsmanoeuvre.'

'Het is niet aan ons daarover te filosoferen.' Kelly klonk streng. 'De taakverdeling is glashelder: Canberra regelt de financiën en de veiligheidsdienst zoekt Cox, daar bemoeien we ons niet mee. Wij richten ons puur op het vuur. Ik ben zojuist ingelicht, het museum staat nog niet in brand. Het is ontruimd en de straten eromheen zijn afgesloten. Special agents van de dienst doorzoeken de omgeving, voor het geval Cox ter plekke aanwezig is. Ze zijn in burger, dus daar zullen we niets van merken. Verder staan de collega's van brandweerkorps Cairns stand-by, die zijn slechts beperkt geïnformeerd, ze weten niet wat wij weten en dat blijft zo.'

'Wat als het vals alarm is? Een slechte grap van iemand die zich Cox noemt?'

'Naam!'

'Sorry, chief, Lucas hier.'

De Piraat, wist Jake. Lucas Campbell was aan één oog blind geraakt toen hij tijdens een uitslaande brand zijn beste vriend en medeteamlid Ethan Lee redde. Ethan raakte bedolven onder een instortend dak van een boerderij en toen Lucas hem probeerde weg te slepen ontplofte de giertank. Scherven doorboorden zijn helm en Lucas was op sterven na dood. Gelukkig herstelde hij wonderwel, op zijn linkeroog na, waaruit het licht voorgoed was verdwenen. Volgens Ollie waren de twee vóór het ongeluk al hecht, maar daarna leken ze helemaal onafscheidelijk. Hij wist dan ook zeker: als één van hen niet gevraagd zou zijn voor het eliteteam, had de ander ook vriendelijk bedankt.

Kelly zuchtte geërgerd. 'Vals alarm kan altijd, maar daar gaan we niet van uit. Zelfs als blijkt dat het vals alarm was, zijn we niet voor niets gegaan. We moeten deze melding serieus nemen, Cody Cox is geen man om mee te spotten.' Plots kwaad verhief hij zijn stem. 'Wie dat niet snapt kan oplazeren, want dan kan ik je niet gebruiken! Wie meldt zich?'

Iedereen zweeg. Vanuit zijn ooghoeken zag Jake de gebalde vuist in Kelly's schoot.

'Genoeg voor nu. Ik meld het als de landing wordt ingezet.'

10

Cairns, Queensland

Het Great Barrier Reef Museum lag aan het einde van een winkelstraat. Net als in andere steden aan de kust oogde alles nieuw. Gevels en kozijnen zaten strak in de verf, vuilnisbakken stonden stijf in het gelid, geen watertappunt was omvergetrapt en nergens viel ook maar een vleugje graffiti te ontdekken. Met winkelend publiek als afleiding viel het minder op, maar nu de straat was afgezet gaf de gekunstelde perfectie een onaangenaam gevoel.

'Een spookstad,' noemde Lily het, zodra ze uit de shuttle stapte die hen naar de locatie had gebracht.

'Na de zombie-apocalyps,' vulde Lucas aan. 'Allemaal dankzij mister Cox, de klootzak.'

Hij had gelijk, dacht Jake. De Big Fires hadden meer kapotgemaakt dan de afgebrande steden en natuur alleen. De steden waren deels heropgebouwd en de eilanden voelden voor velen als een veilige haven, maar het land zoals hij het kende was voorgoed veranderd. Sinds de wederopbouw was fors ingezet op handhaving. Steden langs de kust werden dag en nacht gecontroleerd. Elke actie die mogelijk tot brand kon leiden, van roken tot het deponeren van afval op de openbare weg, werd met hoge boetes bestraft. De maatregelen hadden de hangjongeren weggejaagd; die zochten hun heil voortaan in de brandveilige sport- en spelhallen. Ook de buitenlandse toeristen bleven weg. Wat restte was het deel van de lokale bevolking dat nog niet massaal naar de eilanden was gevlucht: ouderen die verknocht waren aan hun woonplaats en opzagen tegen een verhuizing en de talrijke arme gezinnen die zich geen nieuwe bungalow konden veroorloven.

Cairns was een van de populairste steden van het land geweest, vooral vanwege de nabijheid van het Great Barrier Reef en het tropische regenwoud in Daintree National Park. Jake kende de stad goed. Kirstie kwam er vandaan. Hun eerste ontmoeting was tijdens een optreden van zijn band in de Woolshed, zes jaar na de Big Fires. De kroeg was tot op de grond toe afgebrand geweest, maar daar merkte je toen niets meer van. Jake had er opgetreden en na afloop... Niet aan denken! Jake dwong zichzelf de bitterzoete herinnering opzij te zetten en inspecteerde van een afstand de contouren van het museum. Er leek nog geen sprake van brand, maar als Cody Cox zijn dreigement waarmaakte kon dat ieder moment veranderen en dan had Jake al zijn focus nodig.

Met zijn achten, chief Kelly en Tank voorop, liepen ze naar de twee brandweerwagens die voor het museum stonden opgesteld. Uit het groepje collega's dat hen opwachtte, maakte zich een man los, de bevelvoerder van het brandweerkorps van Cairns. Hij had net een paar woorden met Kelly gewisseld toen er plots een loeiende sirene afging. Het geluid kwam uit het museum.

'Brandalarm!'

Vlammen waren niet te zien, maar ze wisten allemaal dat dat niet lang zou duren. Chief Kelly nam onmiddellijk de leiding. 'Team Cairns waterwinning, team Kelly brandbestrijding!' brulde hij.

Kelly's ploeg moest in tweetallen naar binnen. Oliver en Jake via de achteringang, waar nog eens twee bluswagens paraat stonden, de rest via de zij- en hoofdingang. Team Cairns kreeg het bevel de buitenzijde van het museum nat te houden, net als het naastgelegen pand, een meter of vijftig verderop.

Meer hoefden ze niet te weten. Jake en Ollie spurtten langs de zijkant naar achteren. Collega's waren daar al bezig twee slangen op een brandkraan aan te sluiten, één voor henzelf en één voor team Kelly. Het was in een mum van tijd gebeurd. Een van de weinige positieve gevolgen van de Big Fires was de toename van het aantal brandkranen, zowel onder- als bovengronds. De binnenlanden waren nog steeds aangewezen op blusvliegtuigen, maar in de bevolkte gebieden langs de kust stond minstens op elke straathoek een brandkraan. Ollie en Jake trokken hun helm over hun hoofd en koppelden een gelaatstuk voor, dat in verbinding stond met de luchtfles op hun rug. Daarna namen ze een slang over van hun collega's en trokken de deur open. Een nevel van waterdruppels viel op hen neer; het brandalarm had het sprinklersysteem in het museum geactiveerd.

Achter elkaar liepen ze door een lange gang met in de muren aan weerszijden een rij aquaria. Kleine visjes in allerlei kleuren bewogen zigzaggend door het water. Onder andere omstandigheden zou het een vredige aanblik geven, maar het helse kabaal van het brandalarm en de dreiging in de lucht zorgden voor een grimmige sfeer.

'Kelly hier, is iedereen binnen?' De stem van de chief klonk wat blikkerig, maar was duidelijk verstaanbaar via de zender in hun helm.

Ollie antwoordde bevestigend, net als de leiders van de andere duo's, Ethan en Lily. Omwille van een heldere communicatie werden de nummers twee geacht enkel te luisteren. Jake, Lucas en Noah mochten hun zenders alleen in geval van nood gebruiken.

'Al zicht op vuur?'

Nee, geen vuur te bekennen. Vreemd, vond Jake, het brandalarm was afgegaan, hij had op zijn minst een stevige rookontwikkeling verwacht. Op de plattegrond die ze in het vliegtuig hadden bestudeerd was te zien dat het gebouw grofweg uit vier delen bestond: een centraal plein waar de grootste zeeaquaria stonden opgesteld en van daaruit leidden drie gangen naar de drie vleugels van het gebouw, noord, oost en west. Dat geen van de teams nog vuur had ontdekt deed vermoeden dat de brand ergens in het hart van het gebouw moest zijn ontstaan. Kennelijk dacht Kelly er hetzelfde over.

'Iedereen naar centraal, blijf alert.'

Ollie herschikte de slang in zijn handen en keek achterom. Zonder los te laten stak Jake een duim omhoog: alles oké. Snel maar behoedzaam stapten ze door. Ze betraden het plein als tweede duo. Een eind verderop zag Jake Lily en Noah staan, met de slang naar de vloer gericht, zodat de krachtige waterstraal de enorme glazen aquaria niet zou beschadigen. Ollie volgde hun voorbeeld en liep verder, iets langzamer dan net. Jake begreep zijn aarzeling. Bij een brand wisten ze exact wat hun te doen stond, maar dit was anders. Zou Cox hen voor niets op pad hebben gestuurd? Was dit een grote grap? Maar het brandalarm dan, en de sprinklers? Iets klopte er niet.

Ethan en Lucas kwamen ook het plein op. Langzaam bewogen de drie duo's zich in de richting van een cirkelvormig zeeaquarium, het pronkstuk van het museum. Op de stenen vloer lag inmiddels een flinke plas water, afkomstig uit de brandslangen. De muren, aquaria en informatiezuilen waren door de sprinklers natgeregend. Als dit een vals alarm bleek te zijn, was de schade voor het museum alsnog enorm, bedacht Jake. Daarvan leken de bewoners van het zeeaquarium zich weinig aan te trekken. Twee gigantische mantaroggen en een walvishaai bewogen zich zonder zichtbare inspanning door de glazen watertank. De grootste mantarog, een zwart-witte beauty van zo'n vijf meter lang, zwom recht op Jake af.

Betoverd bleef hij kijken, totdat een gigantische knal de wereld op zijn kop zette. Een drukgolf duwde Jake en Ollie met enorme kracht meters achteruit. De slang schoot uit hun handen en spoot als een wilde in het rond. Jake bonkte met zijn schouder tegen een muur en viel op de grond. Hij had een paar tellen nodig om bij zinnen te komen. Wat was er in godsnaam gebeurd?

'Brand!'

'Lucas! Campbell is gewond! Hij moet weg hier!'

'What the fuck! Water!'

'Help!'

'Terugtrekken!'

Commando's en angstkreten werden door elkaar geschreeuwd. Jake kon er geen touw aan vastknopen en kreeg de kans ook niet, want voordat hij overeind kon komen werd hij overspoeld door een watergolf die als een razende door de ruimte rolde. In een reflex trok hij nog het gelaatstuk van zijn helm los, daarna nam het water de regie over. Hij ging kopje-onder en werd meegesleurd tot halverwege de gang waar hij en Ollie zojuist nog hadden gelopen. Naar adem happend kreeg hij een slok zout water binnen en een verlammend moment lang dacht hij dat hij stikte. Eruit, hij moest eruit! In doodsangst strekte hij zijn benen en trapte hij zichzelf omhoog. Zijn ademhaling gierde door zijn longen en het leek eindeloos te duren voordat hij merkte dat het voorbij was. Even snel als het water was gekomen, zakte het weer weg. Hoestend stond hij op en met één hand tegen de muur voor balans begon hij terug te waden. Hij moest naar Ollie, dat was het eerste wat in hem opkwam. Ollie had een paar passen vóór hem gestaan toen de knal klonk, daarna had hij hem niet meer gezien.

Terug op het plein overzag Jake de ravage. In minder dan geen tijd had de zaal een volledige transformatie ondergaan. Het zeeaquarium was weggevaagd en recht boven de nu akelig lege plek gaapte een groot gat. De rest van het dak brandde als een fakkel. Rook trok door het gat naar buiten, maar onder het resterende plafond ontwikkelde zich een ondoorzichtige wolk. Lily en Noah stonden als enige duo nog overeind. Vanuit de westelijke gang richtten ze een straal op het dak en probeerden ze de vlammen onder controle te krijgen. In het water op de vloer glinsterden miljoenen glassplinters van het stukgesprongen aquarium. Tegen een informatiezuil lag de tijgerhaai krampachtig te spartelen. De twee mantaroggen blokkeerden de gang naar de oostvleugel. De reuzen moesten net als Jake door de watermassa uit het gesprongen aquarium zijn meegesleurd, maar waren te groot voor de doorgang. Nu lagen ze stuiptrekkend naar adem te happen. Het was een verschrikkelijk gezicht, maar Jake wist dat ze niet meer te redden waren. Zijn zorg ging uit naar zijn maat, die leek te zijn verdwenen.

'Ollie!'

'Oi...' klonk het zwakjes, even verderop.

Zo snel hij kon in zijn door water verzwaarde pak stapte Jake op het geluid af. Tegen de voet van een aquarium lag Ollie op zijn rug. Ook hij had zijn gelaatstuk losgekoppeld. Hij was wit weggetrokken en kon zijn ogen amper openhouden. Zijn handschoenen hield hij tegen zijn buik en toen Jake naast hem neerknielde zag hij waarom: een glasscherf in de vorm van een driehoek stak recht in Ollies maagstreek.

Jake vloekte.

'Niet aankomen,' pufte Ollie, 'in mijn been zit er nog een, geloof ik, ik voel daaronder niks meer.'

Jake keek naar Ollies benen en werd op slag misselijk. Tientallen kleinere scherven hadden Ollies broek aan flarden gereten. Bloed vloeide rijkelijk uit de scheuren en mengde zich met het water op de vloer.

'No worries, mate,' zei Jake met ferme stem. 'Ik help je. Hou vol, dit komt goed.'

Het volgende uur beleefde Jake als in een roes. Ollie werd op een brancard getild en afgevoerd, net als Lucas, die eveneens geraakt was door rondvliegend glas, al bleken zijn verwondingen minder ernstig. Het brandende dak werd betrekkelijk snel geblust. Kelly prees de teamleden voor hun inzet; dankzij hen was de schade aan het museum beperkt gebleven en had de brand zich niet verder verspreid. Toch bleef de stemming bedrukt. Van de gedeelde opwinding die ze tijdens de heenreis in het vliegtuig hadden gevoeld, was niets meer over. Cody Cox had niet gelogen of gebluft, hij had weer toegeslagen en daarbij waren twee van hun eigen teamleden gewond geraakt. Dat ze met een levensgevaarlijke tegenstander te maken hadden wisten ze al, maar nu voelden ze het ook. En dat was heel wat anders.

11

Die avond lag Jake op een hotelbed naar het plafond te staren. Tanks uitnodiging om in de bar wat te drinken, had hij afgeslagen. Na de debriefing en het eten, surf-and-turf met noedels, had hij een korte strandwandeling gemaakt en nu lag hij uitgeput op bed. De airco blies op vol vermogen en nog stond het zweet op zijn voorhoofd, alsof de hitte van die middag zich in zijn lijf had opgeslagen en nu pas een weg naar buiten zocht. Hij knipte de televisie aan en sloot zijn ogen. Het voelde vertrouwd: plat op zijn rug, ogen dicht en het geruststellende geluid van de televisie op de achtergrond. Op deze manier had hij het maanden volgehouden. Hij verlangde er hevig naar terug. Niks voelen en nergens aan denken, niet aan Ollie in het ziekenhuis, niet aan de prachtige vissen die waren gestorven, niet aan de doorgeslagen gek die dit op zijn geweten had, alleen een beetje dobberen op het ritme van zijn ademhaling.

Kirstie was hem niet direct opgevallen. Als hij op het podium stond, richtte hij zijn blik meestal net iets over het publiek heen. Een trucje uit de beginperiode van de band, toen hij nog verlegen was en bang voor teleurgestelde gezichten. Niet dat die er veel waren, de covers van AC/DC, INXS, Midnight Oil en andere Australische rockers werden doorgaans luidkeels meegebruld, maar het trucje had hij aangehouden. Een paar keer per maand leefde hij zich uit op de podia van de kroegbazen die beloofden niet alleen in bier uit te betalen.

Het optreden in de Woolshed was lekker gegaan. Het publiek was zo enthousiast dat ze vijf toegiften hadden gespeeld. Moe maar voldaan stond hij na afloop aan de bar, toen naast hem een groepje mensen 'Happy Birthday' inzette. Het slachtoffer, een blonde slungel in een bandshirt, werd op de schouders van twee vrienden gehesen en de kroeg rondgedragen. Opeens stond ze daar en gebeurde er iets. Wat het was wist hij niet, maar het was alsof al het andere vaag werd en alleen zij scherp stond afgesteld; hij moest naar haar blijven kijken: groene ogen, lang bruin haar, een simpel zwart hemdje en een intelligente uitstraling. Hij tikte haar op de schouder, zonder plan of gedachte. Geen bewuste actie, het ging vanzelf. Toen ze opkeek vroeg hij het eerste wat in hem opkwam. Ze verstond het niet en boog zich zo dicht naar hem toe dat hij haar parfum kon ruiken, een frisse citrusgeur. 'Hoor je ook bij het feestje?' herhaalde hij.

Ze knikte lachend en stak haar hand uit. 'Ik ben Kirstie.'

Later verklapte ze dat ze haar bedenkingen had gehad. De zanger van de band, om het even welke band, stond over het algemeen niet bekend als de meest betrouwbare persoon. Terecht, vond hij, want dat was hij in die tijd ook niet. Hij zag er goed uit, in de kroeg had hij aanspraak genoeg en het kwam zelden voor dat hij na een optreden alleen naar zijn hotel ging. Dit keer wel. Na hun korte maar veelbelovende ontmoeting nam Kirstie afscheid met een kus op zijn wang en ook daarmee maakte ze indruk. De volgende dag nodigde hij haar uit voor een etentje. Gelukkig hapte ze toe.

Jake glimlachte in zijn halfslaap. De herinnering aan die zorgeloze tijd gaf hem een gelukzalig gevoel. Door de week vloog hij zijn pakketten rond en in de vrije weekenden haastte hij zich naar Cairns om bij Kirstie te zijn. Ze was er geboren en getogen en had nooit gedacht er weg te gaan, maar toen zij hem een keer opzocht in Alice Springs, was ze verkocht. Achter zijn huis, aan de rand van de stad, begon een andere wereld: een desolaat landschap van zand en stenen dat elk moment van de dag een andere kleur aannam. Betoverend, noemde ze het. Hier wilde ze zijn, op deze plek, met Jake. Hoezeer ze ook op Cairns en de kust gesteld was, in deze eindeloze zandbak voelde ze zich vrij en thuis.

Ze bleef. Twee jaar later werd Sam geboren. Jake stopte met de band en ging minder werken om zo veel mogelijk bij zijn gezin te zijn. Dat was het idee, maar gaandeweg liep het aantal vlieguren toch weer op. Als hij geweten had hoe weinig tijd ze met zijn drieën zouden hebben, had hij het anders aangepakt. Dan was hij acuut gestopt met werken, hadden ze alleen nog leuke dingen gedaan en had hij elk moment gefilmd. Dat laatste zou Kirstie nooit goedgevonden hebben. Tijdens optredens van de band stoorde ze zich vaak aan de opgestoken telefoonschermen in het publiek. Als je bezig bent met filmen, gaat het moment aan je voorbij; herinneringen bewaar je het beste in je hoofd, vond ze. De goede wel, wist Jake inmiddels, de slechte zou je het liefst voorgoed van je harde schijf wissen.

Hij huiverde. De hitte in zijn lijf was verdampt en had plaatsgemaakt voor een kille leegte. Met de afstandsbediening zette hij de airco een standje lager. Hij kroop onder het laken, trok het dicht om zich heen en tuurde nog uren in het duister.

12

The Rocks, Sydney, New South Wales

Op de redactie van de *New South Wales Journal* in de ooit zo sfeervolle wijk The Rocks was het abnormaal druk. Het kwam niet vaak voor dat veel medewerkers gelijktijdig op kantoor aanwezig waren. Al vóór de Big Fires was thuiswerken de norm en dat was daarna fors toegenomen, alleen al vanwege het gebrek aan kantoorpanden, die ook in grote delen van Sydney in vlammen waren opgegaan. Het nieuwe kantoor was stukken kleiner. Het telde drie verdiepingen in plaats van acht en was van tientallen branddeuren voorzien, wat een hokkerig effect gaf. In elke ruimte hingen twee blusapparaten en dankzij de verplichte blustraining wisten alle medewerkers daarmee om te gaan. Mocht er onverhoopt toch brand uitbreken, dan zou die, in theorie, beperkt worden tot één ruimte. De eerste weken in het nieuwe pand voelden erg onwennig, maar de wil om er iets van te maken was groot en al snel waren de meeste medewerkers aan de nieuwe situatie gewend. Het was niet per se slechter, vond Emily, die zich in de kantoortuinen uit haar stagetijd amper kon concentreren. Zelf laveerde ze het liefst vrijelijk tussen haar huis en het kantoor, maar sinds Sam bij haar woonde had ze vaste afspraken gemaakt: twee dagen thuis, drie op de redactie.

Emily draaide het volume van haar headset wat omhoog om de discussie tussen twee collega's elders in de kamer te blokken.

Ze startte haar computer op en opende haar inbox. Dat had ze thuis voor vertrek ook al gedaan en onderweg in de auto nog een keer. Het leverde twee keer een teleurstelling op, maar dit keer was het raak: ze had bericht van Amberfluid, de anonieme man uit Canberra die op een online forum aanhaakte op de zoektocht van Emma Holmes, Emily's pseudoniem, naar mensen die ervaring hadden met het fenomeen spontane zelfontbranding. Ze had hem haar mailadres gegeven en had gewacht op het bericht dat hij beloofd had te sturen. Eindelijk was het zover. Ze spiedde om zich heen. De twee collega's waren het kennelijk eens geworden; ze pakten hun mokken koffie op en verlieten de kamer. Emily was alleen. Ze trok de headset van haar hoofd, zodat ze het kon horen als er iemand binnenkwam, draaide haar scherm weg van de deuropening en opende de mail.

Beste Emma,
Je vragen hebben veel bij me losgemaakt, daarom duurde het even voordat ik de woorden juist op papier kon krijgen. Het is nu tien maanden geleden dat mijn vader overleed, maar het verdriet is er niet minder om. Ik hield veel van hem en mis hem nog iedere dag. Daarnaast voel ik woede, omdat niemand wil luisteren naar mijn verhaal. Ik heb meerdere keren met de politie gepraat, maar ze geloven me niet, denken dat ik gek ben, of hebben het gewoon te druk. Voor hen is de dood van mijn vader een tragisch sterfgeval van een man op leeftijd, die, als hij niet gestikt was in de rook, toch geen lang leven meer voor zich had. Uit het 'onderzoek', als je dat half uurtje rondkijken zo wil noemen, is niets duidelijk geworden, alleen dat er geen verdachte omstandigheden aangetroffen zijn. Politie en brandweer hebben geconcludeerd dat de brand moet zijn veroorzaakt door

een omgevallen kaars of een smeulende peuk. Dat bestaat niet. Mijn vader heeft zich zijn leven lang aan de regels gehouden. Ik heb hem nooit één keer door rood zien rijden. Regels scheppen orde, zei hij altijd, en daar hield hij zich aan vast. In mijn kindertijd rookte hij wel eens een sigaartje, maar toen roken verboden werd, is hij gestopt. Moeiteloos. Het mocht niet meer, dus deed hij het niet. En nu zou deze man kaarsen en sigaretten in huis gehad hebben? Verboden waar? Onmogelijk.

Zoals ik op het forum al aangaf, was ik zelf niet bij de brand aanwezig. Ik hoorde het pas toen het vuur geblust was. Ik heb de verkoolde resten van mijn vader nog wel zien liggen, op de vloer van de badkamer. De buurman was er ook, compleet overstuur. Hij zei dat hij me wilde spreken, maar kwam niet uit zijn woorden. Drie dagen later ben ik teruggegaan. Wat ik toen hoorde heeft me alleen maar bevestigd in mijn overtuiging dat er iets gebeurd is wat mijn verstand te boven gaat. Wat precies weet ik niet en misschien zal ik het nooit weten, maar jouw vragen op het forum geven me hoop. Als jij een verklaring vindt, moet je me bellen. Kun je dat alsjeblieft beloven?

Dit is wat de buurman van mijn vader, Victor Owen, een vriendelijke vrijgezel van 63, me vertelde: Vic kwam terug van boodschappen doen en zag de deur naar mijn vaders flat openstaan. Hij riep mijn vaders naam, ging naar binnen en rook direct een brandlucht. Mijn vader zat op zijn knieën in de badkamer, hij had zijn shirt uitgetrokken en stak zijn hoofd en bovenlichaam steeds onder de waterstraal in de douchecabine. Vic vroeg wat er aan de hand was, maar mijn vader kon niet meer praten. Hij wees naar zijn borst en buik en hoestte de longen uit zijn lijf. Vic klopte op zijn rug, die gloeiend heet aanvoelde. Toen pas begreep hij dat de rook die hij zag niet van de stomende douche kwam; het water was ijskoud. De rook kwam uit mijn vader, uit zijn huid, mond, neus en oren. Mijn vader probeerde zichzelf te blussen, maar dat had geen zin, de hitte zat vanbinnen. Vic heeft nog geprobeerd mijn vader te laten drinken, maar die sloeg hem van zich af. Een seconde later vatte hij vlam. Vic kan zich niet herinneren waar het precies begon, kennelijk ging het heel snel. Mijn vader stond van top tot teen in brand. Hij stond op, draaide om zijn as en viel neer. Toen heeft Vic de alarmdiensten gebeld. Dat had hij eerder moeten doen, vindt hij nu, maar ik denk dat dat weinig verschil had gemaakt. Het vuur kwam van binnenuit en heeft hem opgevreten.

Je vroeg naar gevallen van spontane zelfontbranding. Ik denk dat dit zo'n geval is. Succes met je zoektocht. En nogmaals, hou me op de hoogte, alsjeblieft.

'Amberfluid', ofwel Andrew Ferrigan, enige zoon van Angus Ferrigan

Emily las het bericht twee keer en klikte het toen weg. De tranen stonden in haar ogen, en niet alleen vanwege het afschuwelijke beeld dat Andrew had geschetst. Als dit leek op wat Kirstie was overkomen en waarvan Jake en Sam getuige waren geweest, dan... dan was dat absolute horror. Haar hart kromp nu ze een beeld had van wat er mogelijk met haar schoonzus was gebeurd. Jakes omschrijving was lang niet zo gedetailleerd geweest, en na die eerste keer weigerde hij er verder over uit te weiden, maar wat hij had gezegd kwam zonder meer overeen met het verhaal van Andrew: de onverklaarbare rook uit het lichaam, de doodsangst, het hoesten, het vuur... Twee mensen levend verbrand, zomaar opeens, zonder aanwijsbare reden. Drie, als ze het berichtje waarop ze eerder was gestuit meetelde. Het klopte niet, er móést meer achter zitten. Haar baas wilde niet dat ze tijd verspilde aan fake news. Hij kon de pot op. Jake verzon het niet, dat wist ze zeker, en ook Andrew leek oprecht. Hier zat een verhaal in dat naar buiten moest en ze zou net zolang peuren totdat ze het had.

13

Royal Australian Air Force, Darwin, Northern Territory

Ollie had geluk gehad, de scherf in zijn buik had geen vitale organen geraakt en zijn beschadigde benen konden met een lange reeks hechtingen worden opgeknapt. Hij was vooral veel bloed verloren, maar dat kwam met een paar infusen en de nodige rust snel goed. Drie dagen na de rest van het team kon hij terug naar de basis in Darwin. Ondanks de verzengende hitte wachtte het voltallige team hem langs de landingsbaan op om hem met een luid applaus te verwelkomen. Vooral Jake was blij zijn maat weer te zien. Ze begroetten elkaar met een stevige hug en snelden naar binnen, de koelte in.

Chief Kelly ging hun voor naar een vergaderzaal, waarin een scherm stond opgesteld. Zodra iedereen zat, zette hij een filmpje aan. In beeld verscheen een man in witte jas en met veiligheidsbril op, in een laboratorium. Hij plaatste een okergele substantie, die nog het meest weg had van een flink stuk bubbelgum, in een doorzichtige bak. Daarna sloot hij de bak af en stapte buiten beeld. De explosie kwam onverwacht; ze schrokken er allemaal van.

'Een kneedbom?' vroeg Lily, toen de gemoederen bedaard waren.

Kelly knikte. 'Tijdens het onderzoek na de brand in het museum zijn op glassplinters resten aangetroffen van PETN, pentaerytritoltetranitraat, een van de bestanddelen van semtex. Waarschijnlijk was de kneedbom bevestigd tegen het zeeaquarium. Hoe de ontsteking heeft plaatsgevonden was niet meer te achterhalen. Mogelijk elektrisch, met een signaal van buitenaf.'

'Dus Cox was in de buurt?' vroeg Tank verontwaardigd.

'Of hij heeft er iemand voor betaald,' opperde Lily.

'De explosie veroorzaakte de drukgolf die we allemaal hebben gevoeld,' vervolgde Kelly. 'En uiteraard de vernietiging van het zeeaquarium.'

'Dat snap ik niet,' zei Ollie, 'ik heb er in het ziekenhuis lang over nagedacht.' Hij keek een fractie van een seconde naar Jake, die al wist dat Ollie zijn neef Toby bij de veiligheidsdienst had gesproken en dat ook daar met onbegrip naar Cox' acties werd gekeken. 'Cox dreigt met een grote fik en wat doet hij? Hij laat een aquarium ontploffen. Oké, de fik kwam daarna inderdaad, maar groot kunnen we die niet noemen. Ik hoorde dat jullie binnen het uur al klaar waren met het dak.'

Lucas haalde zijn schouders op. 'Juist goed dat je hem niet snapt, de man is gek.'

'Dit lijkt toch in niks op de branden van 2040? Wat is dit voor mager resultaat? Eén enkel museum en het is niet eens helemaal afgebrand.' Verbaasd keek Ollie de kring rond.

'Wees blij.'

'Wie heeft gezegd dat hij weer hetzelfde zou doen?'

'Cox zelf!'

'Nee, hij heeft...'

'Stilte.' Kelly ging voor het scherm staan en keek zijn brandblussers vorsend aan. 'Misschien zullen we Cox en zijn acties ooit begrijpen, vooralsnog lijken ze onnavolgbaar. Jullie zijn niet de enigen die er vraagtekens bij plaatsen. De veiligheidsdienst heeft me vanmorgen laten weten dat er aan de top twijfels bestaan of we daadwerkelijk met Cox van doen hebben, of dat er sprake is van een copycat. Mogelijk doet iemand zich voor als Cody Cox. Voor het geld, voor de aandacht of het aanzien, wie zal het zeggen? Dat is nog steeds ernstig, alle schade die door brand wordt aangericht is immers verwerpelijk, maar, zoals jullie ook opmerkten, vergeleken bij de schade die de Big Fires hebben opgeleverd is één museum peanuts.' Hij kuchte en hief zijn kin. 'We moeten er dan ook rekening mee houden dat het volgende geëiste geldbedrag niet wordt betaald.'

'Wat?' Lucas' mond viel open. 'Niet betalen en dan maar hopen dat we inderdaad niet met Cox te maken hebben? Of dat die copycat niet kwaad wordt en uithaalt? Wat als hij nog erger is?'

'Of zij,' dacht Lily hardop.

'De meeste terroristen zijn mannen,' wist Noah, 'pyromanen sowieso.'

'Erger dan Cox bestaat niet,' meende Tank.

'Willen ze het risico nemen?' Lily fronste haar wenkbrauwen. 'Die museumbrand was klein, maar zou best een voorbode kunnen zijn van meer.'

'Wellicht,' antwoordde Kelly. 'Het besluit is nog niet genomen, maar er is mij verzocht rekening te houden met elk scenario. Dat lijkt me sowieso verstandig.' Hij liep naar de deur en draaide zich nog één keer om. 'Onze focus blijft het vuur. De volgende melding kan snel komen of uitblijven. In dat laatste geval komt deze missie ten einde. We weten het niet. Tot die tijd zit er maar één ding op: be ready.'

14

De punt van het potlood prikte in zijn tong. Langzaam drukte hij door. Cody wist uit ervaring dat de tong lang standhield, maar uiteindelijk onvoldoende weerstand bood tegen de vers geslepen potloodpunt. De pijn was het felst vlak vóórdat het gaatje ontstond en er bloed naar buiten vloeide. Het was geen prettig gevoel, maar vervelend vond hij het ook niet. Vergeleken bij de pijn die hij geleden had en die nog regelmatig opvlamde in de verplaatste stukken huid, stelde een prikje in de tong niets voor. Hij deed het niet vaker dan een paar keer per week, in zijn tong, een vingertopje of een teen. Meer was niet nodig om zijn reflexen te trainen de pijn te verdragen. Controle, daar ging het om, impulsbeheersing.

Hij bewoog zijn tong langs zijn tandvlees en proefde een mengsel van bloed en grafiet. Met de natte potloodpunt zette hij een perfect vinkje in het schrift waarin hij zijn vorderingen bijhield. Stap één was gezet. En hoe! Het experiment was geslaagd. De kneedbom had zijn werk gedaan, het aquarium was stukgesprongen en had voor een vloedgolf gezorgd. Exact zoals gepland. De onzekere factor had hem vooral gezeten in wat daarna gebeurde, maar ook dat was uitstekend verlopen. De golf was groter dan hij had verwacht; de helft van het water had waarschijnlijk ook volstaan, maar dat deerde niet, de explosie was een feit. De testjes die hij in het lab had uitgevoerd waren al veelbelovend geweest. Dat het nu ook op grotere schaal was gelukt, gaf hem de zekerheid die hij nodig had. De volgende experimenten zouden snel kunnen volgen, stap voor stap, in aanloop naar de grote finale. Hij voelde de opwinding, maar zou zich beheersen. Geen haast, geen gekke sprongen, dit keer heerste de totale controle.

De vorige keer was het anders gelopen dan gepland. De Big Fires, hoe overweldigend ook, en van een ongeëvenaarde schoonheid, waren aanvankelijk niet de bedoeling geweest. Een verwoestend vuur in een afgebakend gebied, dat was het idee. Groot genoeg om behalve de staat ook de centrale overheid te alarmeren. Met als zogenaamd doel: het overbrengen van de 'heilige boodschap', die hij in een slapeloze nacht in elkaar had geflanst:

Natuurbranden teisteren dit land al jaren. Wereldwijd eist klimaatverandering haar tol. Elke dag verliezen we kostbare natuur, dieren, mensen. Er wordt veel over vergaderd, maar gerichte actie komt amper van de grond. Een pilot hier, een proeftuin daar, en daar blijft het bij. Onze Environmental Protection Authority is een papieren tijger. Internationaal doet Extinction Rebellion zijn best, maar ook hun inspanningen zetten te weinig zoden aan de dijk. Dat moet anders. Dat kan anders, met Climate First! Concrete acties die de wereld wakker schudden. Niet morgen, maar nu. Red Australië! Steun ons en doe mee!

Hij had erom gegrinnikt toen hij de tekst online gooide. Want wie ging dit geloven? Aanvankelijk gebeurde er weinig, toen popten er wat likes op en een uur of wat later ging het bericht viral en stroomden de steunbetuigingen binnen. Eindelijk iemand die opstaat! Climate First is precies wat we nodig hebben! Kom maar op met die actie, het is de hoogste tijd! Hij wist niet wat hij zag. Ook de volgende dagen regende het complimenten en aanmoedigingen. Op de rekening die hij inderhaast had geopend stond na een week al een bedrag met vier nullen, meer dan hij in dezelfde periode als invaldocent biologie ooit bijeen had kunnen schrapen.

Mensen mailden ideeën voor acties naar de website. Daar zat hij niet op te wachten, net zomin als op een grote club aanhangers. Aan een handvol had hij genoeg. Die koos hij met zorg. De eerste contacten met mogelijke kandidaten verliepen online. Toen hij zijn selectie eenmaal had gemaakt en zeker was van hun loyaliteit ontmoette hij ze in levenden lijve: popje Mei-Linn, tweelingbroers Tex en Buster, yogi Jeremiah en de mooie Jada. Vijf labiele, weinig intelligente, maar zeer strijdvaardige types die zich makkelijk lieten manipuleren. Trots op de titel 'senior bestuurslid' waren ze als was in zijn handen. Hij begon voorzichtig en opperde een plan voor een middelgrote, gecontroleerde brand. Het risico op slachtoffers was minimaal, maar niet geheel uit te sluiten. Het bestuur ging unaniem akkoord, er was geen greintje tegenspraak. Kennelijk heiligde het doel de middelen, voor een 'veilig Australië' waren deze mensen tot zeer veel bereid. Met kleine, noodzakelijke offers nu konden ze in de toekomst immers veel pijn voorkomen. Precies, zei hij, jullie begrijpen het, toekomstige generaties zullen jullie dankbaar zijn.

Samen stichtten ze een serie wonderschone vuren, zonder te worden betrapt. Climate First eiste elke brand op, maar wie er achter deze naam zat, hielden Cody en zijn handlangers nauwlettend geheim. Politie, brandweer én burgers werden steeds alerter, het was een krachttoer om buiten beeld te blijven en toch oogde elke nieuwe brand weer een stuk groter en indrukwekkender dan de vorige. Bij elke stap was Cody de baas, van de voorbereiding tot de uitvoering. Hij koos de locatie, bepaalde de aanpak en het juiste moment en hield toezicht. Bij de evaluatie, nadat het vuur was geblust, niet zelden pas een paar weken later, was hij weer aan zet. Wat ging goed, wat moest beter? Hoe zouden volgende acties nog effectiever zijn in het overbrengen van de boodschap? Hij oreerde erop los, de bestuursleden hingen aan zijn lippen.

Het succes streelde zijn ego zozeer dat hij het gevaar niet zag. De verzameling jaknikkers om hem heen had hem overmoedig gemaakt, slordig ook. Bij de laatste branden vielen meer slachtoffers dan voorzien, twee bestuursleden liepen brandwonden op, hij werd nota bene zelf een keer opgepakt omdat hij een brandweerman in de weg zou hebben gelopen. Op het politiebureau aangekomen, mocht hij al snel weer gaan; niemand had tijd om zich om hem te bekommeren. Een close call, Cody lachte in zijn vuistje.

In de pers was Climate First inmiddels tot criminele organisatie bestempeld, een club terroristen die nobele klimaatdoelen schandelijk misbruikte als excuus voor brandstichting. In plaats van steunbetuigingen regende het nu haatmails in de inbox. De politie was naarstig op zoek naar de aanvoerder van de club, of naar leden die naar de aanvoerder konden leiden, maar tastte in het duister. Cody had zich goed ingedekt: noch de website met inbox, noch het rekeningnummer waarop nauwelijks nog donaties binnenkwamen, linkte naar zijn persoon. In de eerste weken van de Big Fires wisten maar vijf anderen wie de voorman van Climate First was en die vijf hielden hun mond.

Een tijdlang ging het goed, maar de fouten stapelden zich op. Cody wilde het niet zien, geloofde heilig dat hij onaantastbaar was. Toen eindelijk tot hem doordrong dat hij de controle kwijt was, dat de door hem veroorzaakte zee van vuur een eigen leven was gaan leiden en dat ook hij moest vluchten, was het te laat: het vuur kreeg hem te pakken. Hij raakte ingesloten en stond al in brand toen twee brandweermannen vanuit een muur van dichte rook een blusdeken over hem heen gooiden en hem in een reddingshelikopter zetten. Meer dood dan levend en onherkenbaar verbrand. Van de vlucht naar het traumacentrum herinnerde hij zich later niets. Om zijn leven te redden werd hij in een kunstmatig coma gehouden. Pas zeven weken later werd hij wakker op de brandwondenafdeling van het ziekenhuis in Geelong, in de buurt van Melbourne. Een arts vroeg hem naar zijn naam en vertelde dat gebitsidentificatie niets had opgeleverd, er was geen match met de landelijke database. Voor het eerst was Cody zijn vader dankbaar: diens afkeer van de medische wereld was er de reden voor dat hij en zijn broer nooit een tandarts hadden bezocht. Hij was in geen database te vinden.

Het verband om zijn lichaam en een groot deel van zijn hoofd maakte het onmogelijk zichzelf te bekijken, maar de arts liet hem foto's zien van vlak na de laatste operatie. In het vuurrode en haarloze wezen met een gapend gat op de plek waar zijn neus had gezeten, herkende hij zichzelf niet meer. Het was alsof Cody Cox was weggewist.

Na achtenzestig dagen kwam er een einde aan de Big Fires en werd nooit meer iets vernomen van Climate First. Algemeen werd aangenomen dat de voorman in rook was opgegaan. Ondanks de onbeschrijflijke pijn van zijn brandwonden voelde Cody zich verlicht. Hij besefte dat hij door het oog van de naald was gekropen en dat hij een kans kreeg op een nieuw leven. Die greep hij met beide handen aan: gedurende vijf loodzware jaren van revalidatie fakete hij volledig en onherstelbaar geheugenverlies. Hij was een man zonder naam en zonder verleden.

Dat later alsnog aan het licht kwam dat Cody Cox de grote aanstichter was, de man achter Climate First, was te danken aan een van de opgepakte bestuursleden. Jeremiah Mills hapte toe toen de politie hem de worst van strafvermindering voorhield. Hij onthulde niet alleen de naam van de leider, maar ook die van de vier andere bestuursleden. Het was groot nieuws, Cody hoorde het in het ziekenhuis en moest zijn uiterste best doen om zijn woede over dit verraad te verhullen. Er verschenen tientallen foto's van hem online, gekopieerd uit oude jaarboeken van zijn highschool en college en uit het smoelenboek van een school waar hij had lesgegeven. Oud-collega's en studenten spraken in beeld hun verbijstering uit. Dorpsgenoten van het gehucht waarin hij was opgegroeid en die hij nooit eerder had gezien, beweerden stellig dat hij vroeger al een rare snuiter was geweest, net als de rest van de familie, maar dat ze dít niet hadden verwacht. 'Hij was anders, maar niet onaardig,' zei een blozende jonge vrouw die Cody herkende als een ambitieuze studente. Het deed hem goed haar zo mild over hem te horen praten, totdat ze afsloot met de hoop dat hij zou branden in de hel, omdat haar zus in de Big Fires was omgekomen.

Cody stopte het potlood terug in het etui en ritste het dicht. In de glazen kastdeur bestudeerde hij zijn weerspiegeling. De kans dat hij in zijn huidige verschijningsvorm geïdentificeerd zou worden als Cody Cox leek hem bijzonder klein, maar gebeurde dat wel, dan hing hem een levenslange gevangenisstraf boven het hoofd. Die kon hij niet gebruiken, hij had andere dingen te doen.

15

Royal Australian Air Force, Darwin, Northern Territory

Jake grijnsde breeduit toen het enthousiaste koppie van Sam in beeld verscheen. Het viel hem op dat zijn gezicht veranderd was. De bolle babywangen waren verdwenen en hadden definitief plaatsgemaakt voor strakkere gelaatstrekken. Zijn kleine dreumes werd een jongen. 'Hey buddy, what's up?'

Geamuseerd luisterde hij naar een warrig verslag van Sams schooldag. Nadat Sam verteld had over een spel met waterpistooltjes en over de ijsjes die de juf had uitgedeeld, betrok zijn gezichtje opeens. 'Papa, als tante Em en ik straks verhuisd zijn, kun je me dan nog wel vinden?'

'Natuurlijk!' Met een vrolijke grimas probeerde Jake de golf van schaamte te verhullen die zijn wangen deed kleuren. 'Ik kom zo snel mogelijk naar het eiland en dan kun je me je nieuwe kamer laten zien. Weet je wat cool zou zijn? Een stapelbed! Dan kies je elke avond of je boven of beneden slaapt en kan er altijd een vriendje of vriendinnetje blijven logeren.'

'Of jij!' Sam leefde op bij het idee. 'Ik wil boven, dan mag jij beneden, oké?'

'Zeker weten, vriend. Ik mis je wel, hoor, en ik hou van je. Dat weet je, toch?'

Sam knikte en boog zijn hoofd. Met een grap wist Jake hem op te beuren, maar toen hij ophing voelde hij zich waardeloos.

Bij gebrek aan een beter idee trok hij zijn sportschoenen aan en spurtte naar buiten. Het was vroeg in de avond, de ergste hitte was iets gezakt en het voetpad om de legerbasis lag er verlaten bij, net als het luchtruim boven hem waarin die dag aanhoudend vliegoefeningen hadden plaatsgevonden. Hij rende totdat zijn adem schuurde in zijn keel. Met zijn handen op zijn knieën bleef hij staan. Het zachtgele licht aan de horizon gloorde achter de skyline van de stad. Het was een fraai beeld, maar het kon hem gestolen worden. Wat deed hij in Darwin? Hij hoorde hier niet. Zijn zoon had een vader nodig en voor het eerst sinds Emily Sam had meegenomen voelde hij dat hij die rol misschien weer aan zou kunnen. Ollie en de missie hadden hem wakker geschud. Hij vloog weer, hij werkte in een team en had goddomme de ontploffing van een zeeaquarium overleefd. Wat lette hem nog om een vader voor Sam te zijn?

Het aanzwellende geluid van een horde dreunende voetstappen maakte een einde aan zijn overpeinzingen. Vanuit de legerbasis kwam een groep marcherende militairen zijn kant op. Hun gelijke tred creëerde een ritme waarin geen afwijking te horen was. In het samenspel lag hun kracht. Zo was het in brandweerkorpsen ook: alleen waren ze nergens, samen konden ze de wereld aan. Hij herinnerde zich het gevoel van onoverwinnelijkheid en kameraadschap uit zijn diensttijd. In zijn huidige team was dat er nog niet, daarvoor waren ze te kort samen, maar toch was hij ervan overtuigd dat hij op zijn collega's kon rekenen en dat ze samen sterker waren dan alleen. Hij liet de militairen passeren en keek ze na. Misschien gold dat ook voor hem en Sam, bedacht hij. Zonder zijn zoon was hij tot weinig in staat geweest. Dicht bij hem zou hij zich waarschijnlijk stukken sterker voelen. Gek dat hij dat eerder niet had ingezien. Of was dat helemaal niet gek en had hij tijd nodig gehad om bij zinnen te komen?

Joggend herhaalde hij in gedachten het gesprekje met Sam. Het was een mirakel dat de jongen zich na het verlies van zijn moeder zo kranig had geweerd. Zonder Em was het niet gelukt. En zonder haar kon hij zich ook geen toekomst voorstellen. Ze zou altijd een rol blijven spelen in het leven van hem en zijn zoon, maar misschien, na deze missie, kon hij de verzorging van Sam weer van haar overnemen. Niet in Alice Springs, in het donkere huis dat doordrenkt was van pijn en verdriet, maar op een nieuwe plek. Sam en Emily's verhuizing naar eiland SE18 was aanstaande. Zodra de missie was afgerond zou hij misschien tijdelijk bij hen in kunnen trekken om vandaaruit te zoeken naar een nieuw thuis. Best een idee. Als hij geluk had, vond hij een stek voor hem en Sam op hetzelfde eiland, ergens dicht bij zijn zus. En waarom niet? Een beetje geluk had hij wel verdiend, net als Sam, zijn grote kleine zoon.

Hij zette aan en trok een sprintje terug naar de basis. Nog nahijgend stond hij even later onder een koude douche, een stuk lichter dan zojuist.

16

Hoewel Kelly hun had gevraagd paraat te staan en rekening te houden met elk scenario, kwam de sirene die nacht toch nog onverwacht. Slaapdronken pakte Jake zijn spullen en holde achter Ollie aan naar buiten. De anderen stonden al in een rij opgesteld, hun rugzakken voor hen op de grond. Kelly wachtte ongeduldig tot ook Oliver en Jake zich hadden aangesloten en nam direct het woord.

'Cox heeft zich gemeld: zijn volgende actie vindt plaats in Alice Springs, op een uur vliegen hiervandaan. Er brandt nog niets, maar dat zal volgens Cox spoedig veranderen. De lokale brandweer weet dat we komen en staat stand-by. Meer informatie volgt binnen het uur. Iedereen aan boord!'

Ze renden naar het vliegtuig, stuk voor stuk op scherp. De aankondiging van een nieuwe brand dreef slaap en vermoeidheid linea recta naar de achtergrond. Jake handelde zo snel hij kon en in no time schoot de Superscooper de lucht in. Hoewel de vlucht voorspoedig verliep, beet Jake zijn onderlip stuk. Het beviel hem niets dat zijn eigen woonplaats de volgende bestemming was. Hij had er ondanks alles ook mooie herinneringen aan en wilde niet dat Cox die zou besmeuren. Midden in de outback was Alice Springs ooit een drukbezochte stad geweest, vooral vanwege de toeristische trekpleisters in de omgeving, zoals Ayers Rock en Kings Canyon. Nadat de Big Fires de stad bijna volledig hadden weggevaagd hadden toeristen de plek vermeden, maar na de wederopbouw wisten die hun weg naar Mparntwe, zoals de Aboriginals de stad noemden, langzaam maar zeker weer te vinden. Tot vreugde van lokale ondernemers die na vele magere jaren verlangden naar een dikkere boterham. Ook Kirstie was er blij om geweest: hoe meer toeristen, hoe groter de behoefte aan websites en webshops. 'Nog even en we hebben genoeg voor een kasteel!' had ze geroepen toen er een goedbetaalde opdracht binnenkwam. Ze was door het dolle geweest en hij wist waarom; een groter huis was ruim genoeg voor nog een kindje. Hij had het afgehouden, vond het voorlopig prima met zijn drietjes, maar als het aan haar had gelegen was die tweede er al geweest.

'Luisteren!'

De stem van chief Kelly klonk zo scherp dat Jake ervan schrok. Hij keek opzij en zag de bevelvoerder gespannen door de zijruit turen. De lichten van de stad waren al zichtbaar.

'De locatie is bekendgemaakt: het Outdoor Adventure Center, aan de rand van de stad. Vijf minuten rijden vanaf de landingsbaan.' Hij keek vragend naar Jake, die vier vingers opstak. 'Over vier minuten zijn we beneden.'

Omwille van de snelheid bracht Jake het toestel onder een flink steile daalhoek naar de grond en manoeuvreerde het over de landingsbaan tot vlak naast de bluswagen. Zodra het vliegtuig stilstond, sprongen de mannen eruit en renden ze naar de wagen, waarin een lokale collega hen opwachtte. Met zwaailicht en gillende sirene stoven ze het vliegveld af in noordelijke richting. Het was stil op straat; de bars waren dicht en pas over een uur of twee zouden de eerste ontbijttentjes hun deuren openen. Door het raam keek Jake naar de straten die voorbijflitsten. Hij kende ze stuk voor stuk, net als het Outdoor Adventure Center, al was hij er nooit binnen geweest.

'Brand!' Lily wees naar de oranje gloed die zich een eind voor hen tegen de zwarte hemel aftekende. 'Dit keer laat die gek ons tenminste niet wachten.'

De opluchting in de wagen was bijna tastbaar. De herinnering aan de onverwachte explosie in het museum in Cairns lag nog vers in hun geheugen en op een herhaling daarvan zat niemand te wachten. De dreiging van brand, terwijl je niet wist waar de vlammen vandaan zouden komen of wanneer ze je zouden verrassen, had hen nerveus gemaakt. Bovendien waren twee van hen gewond geraakt. Dit keer hoefden ze niet te wachten op vuur, het was er al en dat werkte een stuk prettiger. Hiervoor waren ze getraind, ze wisten wat ze moesten doen. Dachten ze. Dat Cox toch een verrassing voor hen in petto had, werd duidelijk toen ze arriveerden.

Het Outdoor Adventure Center was een ruim opgezet vierkant gebouw met een bungeejump- en tokkeltoren. De laagbouw werd aan drie zijden omgeven door een veranda en grensde aan de achterkant tegen een rotswand. De zijkant van het pand stond in brand en uit een deel van het dak schoten vlammen naar boven. De toren had nog geen vlam gevat, maar als niet snel werd ingegrepen zou het hele gebouw verloren gaan. Opeens vloog de voordeur open en rende een groepje jongeren in paniek naar buiten. Hoestend en huilend zochten ze in het donker naar een veilige plek, weg van de rook en de hitte waardoor ze binnen waren overvallen.

Lily en Noah, die als eersten de wagen uit sprongen, snelden naar hen toe. Ethan en Lucas rolden zo snel ze konden twee slangen uit en koppelden die met een opzetstuk aan de brandkraan vóór het centrum.

'Hoezo zijn er mensen binnen? Het is midden in de nacht!' Ollie sprong uit de wagen en staarde ongelovig naar de houten toren die hoog boven het gebouw uitstak. De toren, niet meer dan een veredeld trappenhuis van zestig meter hoog, eindigde in een platform waarop een onbekend aantal mensen stond te zwaaien. De sirenes van de bluswagen en die van de twee toesnellende ambulances hadden hun hulpkreten overstemd. Pas toen de laatste sirene stilviel, werd het geschreeuw hoorbaar.

'Haal ons hier weg! Snel! We kunnen niet naar beneden!'

17

Met zijn telefoon in zijn hand stapte chief Kelly uit. Ook hij observeerde het platform. Strenge lijnen tekenden zijn gezicht. 'Ze blijken hier op verzoek aan avondopenstellingen te doen voor bungeejumps by night,' riep hij, 'de beheerder is onderweg. Als zijn administratie klopt waren er elf mensen aanwezig. Vijf staan er al buiten, dus zijn er nog zes binnen. Die lui daarboven moeten direct gehaald worden; Wilson en Ryan, jullie taak!' Hij stak zijn telefoon weg en rende naar de ingang. 'Tank, met mij mee, begane grond. De rest, blussen! En hou die toren nat!'

Dat was niet aan dovemansoren gezegd. Jake en Ollie zetten hun gelaatstuk met ademlucht op en holden achter Tank en Kelly aan naar binnen. Vlammen deden zich gretig tegoed aan een deel van de wanden en het meubilair. Onder het plafond hing een dikke laag rook die hen dwong voorovergebogen verder te lopen.

'Is hier iemand?' brulde Tank. 'Laat je horen!' Hij had het nog niet gezegd of er klonk een zwakke hulpkreet. Ollie rende op het geluid af en ontdekte twee jonge vrouwen achter de bar; de een bewusteloos, de ander hevig verzwakt door ingeademde rook. Zonder aarzelen tilde hij de bewusteloze vrouw op en drukte haar in Tanks armen. De chief nam de andere vrouw onder zijn hoede.

'We brengen ze naar buiten en komen terug!' schreeuwde Kelly. 'Jullie daarheen!' Hij wees op een deur met de tekst

STAIRWAY TO HEAVEN. Ollie stak een duim op, trok de deur open en nam de trap met twee treden tegelijk. Jake volgde op de voet.

Hijgend kwamen ze boven. Twee jongens en twee meisjes van een jaar of achttien staarden hen met grote ogen van angst aan. Een spichtige jongen zat op de grond en droeg een harnas waaraan een bungeekoord naar beneden bungelde. Met twee vuisten kneep hij zo stevig in de balustrade om het platform dat zijn knokkels wit uitsloegen. Het meisje naast hem trilde van top tot teen.

Ollie nam het voortouw. 'Volg mij naar beneden, jongens, de toren brandt nog niet, we moeten snel zijn.'

'Mijn broer zit vast!' Het trillende meisje begon te huilen. 'Kevin was aan de beurt om te springen. De instructeur had hem al vastgemaakt, maar toen de brand uitbrak is die naar beneden gerend met de rest van onze groep. Wij wilden hem niet achterlaten.' Ze wees op het harnas. 'Ik heb geprobeerd hem los te maken, maar als ik hem aanraak gaat hij schreeuwen.'

Jake wierp een blik op de jongen en wist genoeg. Bevroren gezichtsuitdrukking, trillende kaak, afwezige blik, zo had hij er zelf vaak genoeg uitgezien als hij vanbinnen duizend doden stierf. Hij stak een hand uit naar het meisje en trok haar overeind. 'Hij heeft een angstaanval, ik zal hem helpen, maar jij gaat naar beneden.' Hij wenkte de twee anderen. 'Jullie ook, achter Ollie aan, nice and easy.'

Ollie leidde de drie naar de trap en keek een laatste keer om naar Jake. 'Je moet snel zijn. Die toren houdt het niet lang meer.'

Jake stak zijn hand op en concentreerde zich op Kevin, die zich na het vertrek van zijn vrienden met twee armen aan de balustrade had vastgeklemd. Tussen zijn blote benen bungelde een dik koord over de rand van het platform de diepte in. Jake ging ook zitten en schoof behoedzaam in de richting van de jongen. Net toen hij hem wilde aanspreken, klonk de stem van chief Kelly in zijn oor.

'De vlammen slaan ieder moment over naar de toren! Walker, Robinson, naar binnen, hou de trap nat! Ryan, ben je nog boven?'

'Ja, chief!'

'Wilson is beneden, iedereen is eruit. Nu jij en die jongen, schiet op!'

Jake keek tussen zijn benen door naar beneden en zag de vlammen uit het dak slaan. De chief had gelijk; nog even en de toren was aan de beurt. Toch trok hij zijn gelaatstuk af. Hij moest de jongen op zijn gemak zien te stellen en dan hielp het niet als hij eruitzag als een alien.

'Hey Kev, ik ben Jake,' begon hij, 'niet echt de beste avond voor een bungeejump, vind je wel? Je zus en vrienden wachten beneden. Zullen we naar ze toe gaan?'

'Ik zit vast.'

Kevin keek hem niet aan, maar dat hij antwoord gaf, vond Jake een goed teken. Hij bekeek het harnas. Met een paar simpele bewegingen zou hij een deel los kunnen maken, maar daarmee waren zijn benen nog niet vrij.

'Je moet gaan staan, mate,' zei Jake. 'Dan trek je het harnas uit en kunnen we de trap af. Ik help je, oké? Vertrouw me maar, ik weet wat ik doe.'

Vanuit zijn ooghoeken keek Kevin naar Jake. Zijn pupillen waren sterk vergroot. 'Ik... ik heb het in mijn broek gedaan.'

'No problem!' Jake duwde zichzelf omhoog en pakte Kevin bij zijn elleboog. 'Kom, ga staan.' Hij trok aan zijn arm en tot zijn opluchting werkte de jongen mee.

'Top!' Met een paar klikken viel het bovenste deel van het

harnas van Kevins middel. 'Trek nu zelf die riemen van je benen!'

Kevin boog zich om het tuigje van zijn bovenbenen te trekken, toen plots een dikke rookwalm uit het trappenhuis ontsnapte en hen verblindde. Jake hield direct zijn adem in, zakte door zijn hurken en trok het masker voor. Op hetzelfde moment klonk Kelly's brullende stem in zijn oor: 'De toren brandt, de trap is een no-go! Er is al een heli onderweg! Blijf daar!'

'Yes, chief!' Met gestrekte armen tastte Jake om zich heen. Kevin was weg. Fuck. Op zijn knieën schoof Jake over het platform. De rook bulkte in een gestage stroom uit het trappenhuis naar buiten. Als Kevin de rook inademde zou hij snel buiten westen raken en dan was het maar de vraag hoe lang hij het volhield tot de heli hen zou oppikken. Aangenomen dat een heli de brandende toren überhaupt dicht genoeg kon naderen. Jake vloekte binnensmonds. De situatie werd met de seconde penibeler en de spanning in zijn maag nam toe. Niet aan toegeven nu, hij moest Kevin vinden. Hij draaide zich een kwartslag, maaide met zijn armen om zich heen en raakte iets hards. Het was een balk van de balustrade. Vlak ernaast voelde hij een trillend been. Hij greep het vast.

'Kevin, ga liggen!'

'Het wordt te heet! De rook... Ik... ik kan niet ademen...'

'Nog even volhou...'

Voordat Jake zijn zin kon afmaken, werd hij hard tegen zijn masker getrapt. Hij viel achteruit en luisterde vol afgrijzen naar de langgerekte kreet van Kevin, die uit doodsangst naar beneden was gesprongen. Hij draaide zich op zijn buik, schoof naar de rand van het platform en pakte het touw. Het trok strak, rekte uit en kwam weer terug. Zijn hart sloeg over toen hij Kevins witte shirt uit het donker tevoorschijn zag schieten. Het harnas mocht dan deels los zijn, de riemen om zijn benen zaten kennelijk strak genoeg.

'Kevin is gesprongen! Hij hangt aan het touw. Haal hem binnen!'

Hij hoorde hoe Kelly zijn orders doorgaf en keek toe hoe Kevin door de lucht vloog, het koord als een dansende slang achter zich aan. Op het hoogste punt hing hij even stil, om vervolgens terug de diepte in te vallen. Jake volgde hem met zijn blik het duister in en wachtte. De ijselijke kreet die na een paar tellen volgde, ging door merg en been en bracht Jake terug naar zijn ergste nachtmerrie. Hij begreep wat er gebeurd moest zijn en hoopte met alles wat hij in zich had dat het niet zo was. Die hoop bleek tevergeefs. Toen Kevin voor de tweede keer omhoogkwam, brandde hij als een fakkel. Het vuur dat het Outdoor Adventure Center in zijn greep had, had ook hem te pakken. Hij krijste van pijn en sloeg met beide handen op zijn hoofd en borst in een poging zijn brandende shirt en haardos te doven. Het bungeekoord vatte vlam en knapte net voordat Kevin, of wat er van hem over was, het hoogste punt bereikte. Het touw viel recht naar beneden, Kevin volgde iets later, als een felgele vuurbal tegen de zwarte hemel.

Jake kon het niet langer aanzien. Hij kneep zijn ogen stijf dicht en rolde zich in foetushouding. Beelden van Kirstie tijdens haar doodsstrijd verlamden hem totaal. Ook de commando's van Kelly in zijn oor gingen langs hem heen. Als dit het was, was dit het. Het vuur had gewonnen. Nog even, dan stortte de toren in en zou het vuur ook hem verzwelgen. Vechten had geen zin meer, hij had zijn best gedaan.

Pas toen de heli verscheen en de zwaaiende wieken de rook om zijn hoofd verdreven, kwam hij weer bij zijn positieven. Hij stond op en trok het masker van zijn gezicht. In de open zijkant van de helikopter zat een reddingswerker met een touwladder in zijn handen. Eén welgemikte worp deed de truc. Jake greep de ladder, sloeg zijn benen eromheen en liet zich meevoeren, weg van het hellevuur dat Kevin had opgevreten. De helikopter had niet later moeten komen. Na amper vijf tellen stortte onder een donderend geraas de toren in.

18

'Daarom lijkt het me beter dat ik achterblijf in Alice Springs, mijn woonplaats, en dat een andere piloot het team terugvliegt naar de basis. Het spijt me, chief, ik stop ermee.'

Met zijn borst vooruit en zijn handen achter zijn rug stond Jake voor chief Kelly in de hal van het ziekenhuis. Hij was zojuist door een arts onderzocht en ontslagen. De ingeademde rook had geen schade aangericht en zijn pak had hem voldoende beschermd tegen de hitte en het vuur. De rest van het team had zich verzameld in de lokale brandweerkazerne, waar Jake en de chief ook werden verwacht. Na de debriefing zouden ze terugvliegen naar Darwin voor een douche, een maaltijd en een paar uur slaap. Dat was het plan, maar Jake zag het niet zitten. Wat had je aan een brandweerman die als bevroren op een toren lag te wachten tot alles voorbij was? Als die heli hem niet was komen halen, was hij er niet meer geweest. En wat het ergste was: daar had hij zich bij neergelegd. Het was te veel: eerst Kevin, brandend aan het elastiek, en daarna de herbeleving van Kirsties laatste momenten. Het had hem lamgeslagen. Hij wilde naar huis en verder niks.

William Kelly zag dat het menens was. Hij legde een hand op Jakes schouder en leidde hem naar een lege wachtkamer. 'Ga zitten,' zei hij. Uit een automaat haalde hij twee flesjes koud water, waarvan hij er één aan Jake gaf. 'Ik heb het idee dat je meer dwarszit dan alleen de brand in de toren. Klopt dat?'

Jake zweeg, maar uit zijn van pijn vertrokken gezicht viel voldoende op te maken.

'Oliver vertelde me dat je je vriendin in een brand bent verloren. Ik kan me voorstellen dat elke nieuwe brand die herinnering triggert. Vooral in deze stad, waar jullie samen hebben gewoond.' Hij zette zijn ellebogen op zijn knieën en vouwde zijn handen samen. 'Vertel het me maar, dat lucht op.'

Jake aarzelde. Het was maanden geleden dat hij met de politie over Kirstie had gesproken. Daarna sloot hij zich op en verbood hij de weinige vrienden met wie hij contact hield over haar te praten. Alleen zijn zus probeerde het af en toe, met als excuus het artikel waaraan ze werkte voor de krant. Hij had het verhaal voor zich gehouden, omdat dat het enige was wat hij nog met Kirstie deelde. Naarmate de tijd vorderde kostte het hem meer en meer moeite zijn kaken op elkaar te houden. Het verhaal vocht zich een weg naar buiten en hij miste de kracht het langer tegen te houden. Hij keek naar de chief, nam een hap lucht en gooide het eruit: van de uitgelaten autorit naar Devils Marbles en de gezellige picknick tot de rook uit Kirsties mond en neus, het hoesten en piepen, het vuur, haar dood. Hoe vreselijk ook, het voelde als een bevrijding.

De chief luisterde tot Jake stilviel. Peinzend draaide hij het waterflesje rond in zijn handen. 'Ik vraag me af wat er gebeurd kan zijn,' zei hij, meer tegen zichzelf dan tegen Jake. 'Is er een doodsoorzaak vastgesteld?'

Jake schudde zijn hoofd. 'In haar overlijdensakte staat: natuurlijke dood. Ze zeiden dat dat altijd gebeurt als er geen wapens in het spel zijn of sprake is van opzet. Maar voor mij voelde het helemaal niet natuurlijk. Wat het wel geweest is, zal ik waarschijnlijk nooit weten.'

'Dat spijt me.' Chief Kelly leek oprecht aangedaan. Hij wreef met een hand over zijn gezicht en stond op. 'Luister, Ryan. Wat er vannacht gebeurd is op die toren is niet jouw schuld. Die jongen, Kevin, had nooit moeten springen. Dat hij dat in paniek toch deed, is zijn eigen verantwoordelijkheid. Als hij langer had gewacht, had hij net als jij aan de touwladder gehangen en leefde hij nog.'

'Misschien. Maar dat is het probleem niet. Ik bevroor, ik kon niets meer, wilde niets meer. Wat als dat nog een keer gebeurt? Wiens leven riskeer ik dan?'

'Vergeet niet dat je drie levens hebt gered. Die drie zullen jou en Wilson eeuwig dankbaar zijn. En dat je bevroor, zoals je het noemt, dat moet je niet groter maken dan het is,' vond Kelly. 'Het is niet meer dan menselijk dat je na een intense ervaring tijd nodig hebt om je te herpakken. Elke soldaat en brandweerman zal dat beamen. Bovendien ben ik ervan overtuigd dat het je niet snel nog een keer overkomt. Je voelde je omvergeblazen door een combinatie van factoren. Wat sterk meewoog is de locatie, je eigen woonplaats. Maar ook het opkroppen van het trauma dat je is overkomen, hielp niet mee. Dat zet je op slot, dat merkte je wel. Je moet erover praten om jezelf te bevrijden van de last. En daarvoor kun je altijd naar me toe komen, maar natuurlijk moet je zelf kiezen wie je hiermee vertrouwt.' Hij rechtte zijn rug en klakte zijn hakken tegen elkaar.

Jake begreep de hint. Hij stond ook op en keek de bevelvoerder recht aan.

'Wat je hierna doet is aan jou,' zei Kelly, 'maar aan deze missie zijn we samen begonnen en we maken hem samen af. Akkoord?'

Hoewel Jakes twijfels niet verdwenen waren, besefte hij dat hij de man die hem een kans op een beter leven had gegeven veel verschuldigd was. Kelly had gelijk; wat de toekomst voor hem in petto had, wist hij niet, maar voorlopig bood deze missie de houvast die hij nodig had.

'Akkoord, chief.'

19

Surry Hills, Sydney, New South Wales

In niets meer dan haar ondergoed zat Emily op de vloer van haar slaapkamer. Ze had een drukke dag achter de rug waarin ze amper aan de hitte had kunnen ontsnappen. De stad zat al een paar dagen gevangen in een onzichtbare bubbel van een schroeiend droge lucht, die op je adem sloeg en die je hondsmoe maakte, zelfs al deed je niks. Nadat ze weer een stuk of wat verhuisdozen had ingepakt en boodschappen had gedaan, dacht ze op kantoor even wat rust te pakken, maar die was van korte duur. De school belde om te zeggen dat Sam had overgegeven. Hij was bevangen door de hitte, een veelvoorkomend probleem onder jonge kinderen en ouderen, al had Sam er tot dan toe weinig last van gehad. Ze had hem opgehaald en mee naar huis genomen. Een waterijsje en een lauwwarm bad maakten veel goed, maar haar eigen energiepeil was tot het nulpunt gezakt en dat lag niet alleen aan de hitte. Haar horloge meldde dat haar calciumwaardes alarmerend hoog waren en dat haar bloeddruk de pan uit rees. Gedwongen rust dus. Het kwam vaker voor, haar fragiele gezondheid dwong haar regelmatig een pas op de plaats te maken, maar wennen deed het nooit en vrolijk werd ze er niet van.

Peinzend bekeek ze de papieren die ze om zich heen had uitgespreid: geprinte mails en een paar artikelen, haar eigen handgeschreven aantekeningen en een kopie van Kirsties overlijdensakte. Op een leeg vel had ze onder elkaar de overeenkomsten geschreven tussen de drie verhalen die ze bestudeerde: die van de dood van Kirstie, van Angus Ferrigan en van een achtjarig meisje uit een Aboriginalgemeenschap in Hope Vale, Queensland. Van het meisje wist ze het minst: enkel de informatie uit een kort bericht dat ze een paar maanden eerder tijdens een online zoektocht had gevonden in een lokaal krantje. Verder zoeken had niets opgeleverd en op een mail naar de redactie kwam geen antwoord. Het bericht meldde de dood van het meisje, dat niet bij naam werd genoemd. Ze was bij een woningbrand om het leven gekomen, maar de oorzaak van de brand was niet gevonden. De politie vermoedde opzet en had een onderzoek ingesteld. Omdat Emily de resultaten van dat onderzoek nergens kon vinden, belde ze het lokale politiebureau. Daar meldde een agent stug dat het dossier was gesloten en dat de familie 'geen behoefte had aan ramptoeristen'. Dat bevreemdde haar. Aan de woorden 'geen commentaar' was ze als journalist gewend, maar een ramptoerist was ze nooit eerder genoemd. Juist die woordkeuze versterkte haar gevoel dat er iets niet in de haak was en mogelijk onder het tapijt werd geveegd.

Tot zover zag ze drie overeenkomsten tussen de sterfgevallen van Kirstie en Angus: het vuur leek ín het lichaam te ontstaan, het begon met rook uit de mond en neus en het vuur liet zich niet doven, ondanks inspanningen van de slachtoffers zelf en van omstanders. Twee zaken, precies dezelfde omstandigheden. Het kon bijna geen toeval zijn en toch twijfelde ze. Een derde zaak zou zekerheid geven; dan zou zelfs Hanks niet om het verhaal heen kunnen. Ze moest meer te weten komen over de dood van het meisje, maar hoe? Het liefst zou ze het vliegtuig pakken om haar familie te vragen wat er precies was gebeurd, maar dat was geen optie. Ze had Sam. Over een paar dagen reed ze met hem de pont op en voeren ze samen naar hun nieuwe, veilige stek. Ze zuchtte. Een reis naar Hope Vale zou geen garanties geven, zelfs als ze de nabestaanden wist te vinden. Eerdere pogingen tot het vastleggen van gebeurtenissen die zich in een Aboriginalgemeenschap hadden afgespeeld, stuitten altijd op weerstand. Wars van de ellende die hun in het verleden was aangedaan en de voortdurende ongelijke behandeling door de regering hadden de inheemse bewoners geen behoefte aan pottenkijkers. De weinige keren dat ze instemden met een interview, werd vaak niet meer dan het hoognodige gezegd. Er zat niets anders op dan stug online verder te speuren. Tenzij...

Bah, nee. Ze stond te snel op en een paar tellen werd het haar zwart voor de ogen. Met een hand tegen de muur om niet te vallen, schuifelde ze naar de keuken, waar ze een groot glas vulde met water, dat ze in één keer leegdronk. Zodra de duizelingen waren weggetrokken checkte ze de badkamer. Sam ging volledig op in een spel met zijn kleurrijke verzameling clownsvissen. Hij mompelde instructies en dreef de houten figuren langs een zelfgemaakt parcours van shampooflessen en lege wc-rollen. Ze glimlachte. Het beeld verdreef het onbehaaglijke gevoel dat haar daarnet had overvallen. Met haar glas liep ze terug naar de slaapkamer, waar ze het bericht over het achtjarige meisje voor de honderdste keer las. Daarna pakte ze haar telefoon en zocht ze het nummer op waarvan ze nooit had verwacht het nog eens te hoeven gebruiken. Ze wilde het niet, maar het moest. Voor Kirstie en de andere slachtoffers, voor Jake en vooral voor Sam. Ze ademde diep in en belde.

20

De telefoon ging lang over. Emily had al bijna opgehangen toen er werd opgenomen.

'Doug.'

Zijn stem klonk nog even kil en hees als altijd. Emily had de man dik twee jaar niet gezien of gesproken, maar het gevoel van onbehagen dat alleen al zijn stem haar kon bezorgen, was in één tel terug. De heesheid werd veroorzaakt door een stevige rookverslaving. Doug Freeman was een kettingroker en, voor zover Emily wist, de enige die het rookverbod bewust met voeten trad. Op de redactie had hij het nooit gewaagd, maar in zijn eigen huis en buiten liet hij zich door niemand van zijn 'cancersticks' afhouden. Alle collega's kenden zijn levensmotto: 'Een Freeman draagt zijn naam met trots en leeft volgens zijn eigen regels.' De boetes nam hij voor lief, net als de dagen celstraf, al dreef hij de baas ermee tot waanzin. Niemand was zo vaak 'bijna ontslagen' als hij en toch stond het hele team versteld toen het uiteindelijk – om een heel andere reden – toch gebeurde.

'Hallo?'

'Ik ben het, Emily.' Ze hoorde zelf hoe ze overkwam, als een gepest schoolmeisje, bang voor de bullebak. Om dat te maskeren ratelde ze door: 'Toen je wegging zei je dat ik mocht bellen als ik hulp nodig had. Eerlijk gezegd was ik het niet van plan, maar ik heb geen andere opties meer. Ik ben in mijn eigen tijd met een verhaal bezig en heb iemand nodig die wat uitzoekt.'

Met een hand voor haar mond en haar ogen gesloten wachtte ze op zijn reactie. Als hij nu ophing, was haar kans verkeken en zou ze haar heil toch weer op de online fora moeten zoeken. Ze had één keer raak geschoten en Amberfluid gevonden, misschien had ze nog een keer geluk.

'Emily Ryan?' Doug stootte een hese lach uit die overging in een hevige hoestbui. 'Dat ik dit nog mag meemaken. Hoe gaat het met de knapste dame van ons krantje?'

'Ik bel niet voor de gezelligheid.' Ze rilde bij het beeld dat voor haar ogen verscheen: dat van een gedrongen man met doorlopende wenkbrauwen en een vettig staartje in zijn nek. Hij was trots op zijn afkomst, vloog op als iemand hem denigrerend 'Abo' noemde en werd geregeld aangesproken op zijn intimiderende houding jegens zijn mannelijke collega's. Tegenover vrouwen liet hij een heel andere kant van zichzelf zien, maar die was niet per se beter.

'Dat was me al opgevallen,' zei Doug, met een minzaam lachje, 'en toch wil ik het weten. Je was niet voor niets mijn favoriete collega.'

Ze deed haar best een zucht te onderdrukken. 'Prima, dank je.'

'Kijk eens aan, dat doet me goed. Ik mag zelf ook niet klagen, ik sta weer buiten na vier weken retraite. Ik begon net te wennen aan dat gevangenisvoer, maar zal nu toch een eigen potje moeten koken. Heb jij nog een lekker recept voor...'

'Luister, Doug, ik heb hier geen zin in. Heb je tijd voor een klus, of niet?'

Even was alleen zijn hijgende ademhaling hoorbaar. Toen Doug weer begon te praten leek het of een kille wind Emily's oor in blies. 'Als jij in je eigen tijd aan een verhaal werkt, weet Hanks er niets van af. Dan moet het iets bijzonders zijn en dat maakt me nieuwsgierig, ik zal er niet over liegen. Eerst een gewetensvraag: vertrouw je me?'

'Anders had ik niet gebeld.'

'Maar hoe weet je of ik de waarheid vertel?'

Daar had ze natuurlijk over nagedacht. De reden voor Dougs ontslag had er bij alle collega's flink in gehakt. Nog steeds werd zijn naam genoemd als een collega voor een artikel te weinig bronnen had geraadpleegd. Eén bron is geen bron, check, dubbelcheck, wees geen Freeman! Eigenlijk was het triest; Doug Freeman was een kei van een journalist geweest. Geen ander beet zich zo vast in een verhaal als hij. De onderste steen moest boven, zelfs als daarvoor wat regels moesten worden overtreden. Zijn vastberadenheid oogstte bewondering, maar riep ook weerstand op. Politici liepen liever een eindje om dan dat ze hem te woord stonden. Een aantal collega's vond dat hij te ver ging, maar Hanks hield hem lang een hand boven het hoofd. Totdat uitkwam dat Doug minstens drie 'spraakmakende' verhalen compleet uit zijn duim had gezogen. Hij gaf het toe en vocht zijn ontslag niet aan. Bij zijn vertrek trof Emily hem op de parkeerplaats. Het was de laatste keer dat ze hem zag.

'Je zei dat je opgelucht was omdat je altijd had voorvoeld dat de leugens zouden uitkomen. En dat je het gedaan had omdat je een zware druk voelde om te presteren. Die druk herken ik.' Ze meende het. 'We zijn twee jaar verder. Ik neem aan dat je van je fouten hebt geleerd. Ik heb een researcher nodig en jij bent nog steeds de beste die ik ken. Ik kan je niks betalen, maar als mijn vermoeden klopt, gaat dit verhaal de wereld over en is jouw reputatie in één keer hersteld.'

Die directe aanpak bleek Doug te bevallen. 'Dat klinkt niet verkeerd,' zei hij. 'Ik heb slechts één aanvullende eis: de avond nadat ik heb opgeleverd, zit jij in een strak jurkje bij mij aan tafel voor een diner en een glas wijn.'

Met moeite kon ze zichzelf bedwingen het gesprek te beëindigen. 'Eén etentje,' herhaalde ze met tegenzin, 'maar alleen als je hebt gevonden wat ik zoek. Droge feiten met bron, namen en rugnummers, met minder neem ik geen genoegen.'

'Uiteraard.'

'Dan hebben we een deal. Ik mail je de info.'

'Ik kijk ernaar uit. Dank voor je belletje.'

Zijn flemerige stem maakte haar misselijk. 'Nog één ding, Doug.'

'Ja?'

'Ik drink water, geen wijn. En wat ik aantrek, bepaal ik zelf.'

21

Royal Australian Air Force, Darwin, Northern Territory

'Cox zei toch dat het hem niet om slachtoffers ging? En dan wel brandstichten in een outdoorcentrum waar gewoon mensen rondlopen? Zonder een waarschuwing vooraf?'

'Alice Springs was bekend.'

'Maar de exacte locatie toch niet? Aan zo'n waarschuwing hebben we niks. Geen slachtoffers, my ass! Die klootzak liegt dat hij barst.' Ethan Lee schopte gefrustreerd een prullenbak om. Het team had net gebruncht in een voor hen vrijgemaakte kantine op de legerbasis in Darwin. Na de maaltijd kondigde chief Kelly aan dat hij een paar uur platging, iets wat hij de anderen ook aanraadde. Daar kwam weinig van terecht; alleen Noah was moe genoeg om zijn advies op te volgen, de rest bleef in de kantine hangen. De onvrede over wat er afgelopen nacht was gebeurd, zat te hoog om te kunnen slapen.

'Misschien wist hij niet van de avondopenstellingen?' opperde Tank.

'Natuurlijk wist hij dat,' riep Ollie. 'Je kunt veel van Cox zeggen, maar niet dat hij zich niet voorbereidt. Die slachtoffers kunnen hem niets schelen, daar maalde hij met de Big Fires ook niet om.'

'Misschien was het Cox helemaal niet,' opperde Lily, 'dat

staat nog steeds niet vast. We kunnen nog steeds te maken hebben met een of andere sneue wannabe.'

'Dat is nog erger! Hebben we twee van die wacko's rondlopen.'

'Daar geloof ik niks van. Als de binnenlandse veiligheidsdienst ervan uitgaat dat hij het is, moeten wij dat ook doen.'

'Of er is iemand die heel graag wil dat we dat geloven.'

De ene na de andere verontwaardigde mening vloog over tafel, totdat Ethan zo abrupt opstond dat zowel zijn stoel als zijn volle waterglas omviel. 'Shut up!'

Het was op slag stil. Iedereen keek naar Ethan.

'Mensen... dit moeten jullie zien.' Ethans kraalogen schoten ongelovig over de regels van de tablet in zijn handen.

Tank schoof dichterbij en las over zijn schouder mee. 'Fuck me...'

'Wat is er? Zeg op.'

Ethan draaide de tablet om en citeerde de kop van het nieuwsbericht op de voorpagina van *The Australia Daily*: 'De Vuurduivel is terug: Cody Cox slaat weer toe!'

Even bleef het doodstil in de zaal. Toen klonk er een zachte kreun. 'Nu gaan we het krijgen...' Ollie liet zich achterover zakken in zijn stoel en sloeg beide handen voor zijn gezicht. 'Precies wat we niet wilden, het hele land over de emmer.'

'Hoe kunnen ze dit weten?' vroeg Lily zich af. 'Heeft iemand zijn mond voorbijgepraat?'

'Ja, wie is er zo stom geweest?' Ethan keek zijn collega's om beurten aan. 'Alleen wij en de chief wisten hiervan.'

'Mis,' zei Tank, 'je vergeet premier Crawford, de minister en die lui van de veiligheidsdienst. Wie weet hoeveel dat er zijn. Daar kan ook iemand zijn mond voorbij hebben gepraat.'

Ethan scrolde door het bericht. 'Misschien is er bewust gelekt.'

‘Ben je gek? Wie zit er nou te wachten op een herhaling van 2040? Iedereen weer in paniek, mensen die halsoverkop naar de eilanden vluchten, ook al is er geen huis vrij. Chaos!’

‘Ik kan wel iemand bedenken die daarop kickt,’ zuchtte Ollie.

Ethan knikte gelaten en ook Lily begreep wie Ollie bedoelde. ‘Cox zelf.’

Weer viel het stil. Allemaal hadden ze hun eigen herinneringen aan de Big Fires, allemaal waren ze mensen verloren, familieleden, vrienden, buren. Dat degene die daarvoor verantwoordelijk werd gehouden opnieuw toesloeg was pijnlijk genoeg. Dat hij er ook nog eens de schijnwerpers voor opzocht was helemaal onverteerbaar.

‘We pakken ’m, al is het het laatste wat we doen,’ gromde Tank. Zijn doorgaans zo vriendelijke blik stond op onweer.

‘Hoe dan?’ Met veel kabaal begon Lucas de gebruikte borden op te stapelen. ‘Die vent is ons altijd tien stappen vóór. Als we hem willen pakken, moeten we het anders doen. Afwachten tot meneer zich meldt en dan braaf zijn instructies volgen, werkt niet. Dat bewijs is vannacht geleverd: Kevin heeft zijn laatste sprong gemaakt.’ Hij kwakte de stapel borden in de gootsteen, opende de vriezer en trok er een bak vanille-ijs uit.

‘Je hebt een punt, maar wat moeten we dan?’ Ethan stond op om lepels en schaaltjes te pakken. ‘We weten toch niet waar hij de volgende brand sticht?’

‘Weet ik veel,’ bromde Lucas, ‘er is wel meer dat ik niet weet, of snap.’

‘Daar vertel je niets nieuws mee,’ grapte Ollie, maar niemand kon erom lachen.

‘Wat bedoel je precies?’

Lucas keek wat onwillig de kring rond. ‘Ben ik de enige die heeft gemerkt dat er vreemde dingen gebeuren? Dingen die ik als brandweerman nooit eerder heb gezien en die ik niet kan verklaren?'

'Zeg het gewoon, ik heb geen zin in raden.' Ethans geduld raakte op. Hij stak een lepel in het bevroren ijs en begon te scheppen.

'Ten eerste: die ontploffing in het museum in Cairns kwam op een heel raar moment. Wij liepen al zeker vijf minuten binnen rond toen dat aquarium kapotsprong. Water overal en toch ontstond er brand. Hoe dan?' Voordat iemand kon reageren, sprak Lucas verder: 'In Alice Springs ook zoiets, de toren vat vlam, terwijl die, alweer minutenlang, vanbuiten én vanbinnen is natgehouden. Hoe kan dat? Het lijkt bijna alsof de situatie pas echt uit de hand liep toen wij er waren.'

'Nou praat je onzin.' Ethan schonk hem een verontwaardigde blik. 'Wij hebben juist voorkomen dat die branden zich verder konden verspreiden. De schade is beperkt gebleven tot één museum en één bungeetoren. Het spijt me voor Kevin, maar zijn dood is ons niet aan te rekenen. Al met al hebben we het heel goed gedaan.'

'Vergeet de vissen niet,' mompelde Ollie, maar dat hoorde niemand.

'Je begrijpt me verkeerd,' verzuchtte Lucas, 'ik kan het niet exact verklaren, maar ik heb gewoon het gevoel dat er iets niet klopt. Misschien zie ik spoken. Laat maar, ik ben er nu ook veel te moe voor.' Met een schaaltje ijs liep hij richting de slaapvertrekken. Ethan keek hem hoofdschuddend na.

Jake liet het dessert aan zich voorbijgaan en nam een lange douche. Hij had zich niet in de discussie gemengd. Behalve Kelly wist niemand dat hij als een mummie op de toren had gelegen, zelfs Ollie had hij het niet verteld. Met schaamte dacht hij terug aan een paar dagen eerder, toen hij ervan overtuigd was geweest dat hij weer een echte vader kon zijn voor Sam. Die overtuiging was na de brand van vannacht ver te zoeken en dat stemde hem triest. Hij zou missie Wasteland afmaken, dat had hij Kelly beloofd. Daarnaast moest hij deze periode aangrijpen om voorgoed afscheid te nemen van zijn verleden. Hij moest sterker worden, voor Sam, voor Emily en voor het leven dat nog voor hen lag. Hij wist het, maar het beangstigde hem ook. Maar wát graag zou hij nu met een lorazepam in bed gaan liggen. In plaats daarvan draaide hij het water naar ijskoud en bleef hij staan totdat zijn huid tintelde.

22

Cody had het eerste bericht al drie keer gelezen, maar kon zich nauwelijks bedwingen. Elke gelegenheid die hij had, trok hij zich terug om op zijn laptop te checken of er nieuwe artikelen waren toegevoegd en of andere media 'de even onverwachte als onheilspellende terugkomst van de Vuurduivel' ook meldden. Dat was het geval: binnen een uur na het eerste bericht hadden alle vooraanstaande online media het overgenomen. Hij was voorpaginanieuws, het hele land wist dat hij terug was en de rest van de wereld zou zeker snel volgen.

In het bijzijn van anderen kostte het hem de grootste moeite zijn pokerface te bewaren, maar nu hij alleen was durfde hij voluit te grijnzen. De bal van geluk in zijn buik voelde net als op de verjaardagen in zijn vroege jeugd, toen zijn moeder nog leefde en zijn vader nog normaal deed. Dat er ook toen al veel mis was, had hij als kleine jongen niet in de gaten.

Op zijn laatste fijne verjaardag werd hij tien. Het begon aan de ontbijttafel, waar vader hem een paar afgedankte werklaarzen gaf, die Cody kon gebruiken voor klusjes op de ranch, 'zodat die nietsnut misschien nog ergens goed voor is'. Toen pa aan het werk ging en ook zijn broer was vertrokken, belde zijn moeder de school om te zeggen dat Cody die dag later kwam. Ze rende naar zolder, waar ze de spullen bewaarde die niemand mocht zien, en met een mand vol cadeautjes kwam ze terug, stralend als de zomerzon zelf. Samen pakten ze de cadeautjes uit. De meeste waren prulletjes – speelgoedsoldaatjes, knikkers en een stuiterbal – maar dat hinderde niet. Zij was blij en dus was hij het ook, zelfs als ze hem het laatste cadeau niet eens gegeven had. Hij zag haar hand trillen toen ze het uit de mand pakte en aan hem gaf. Voorzichtig scheurde hij het pakpapier stuk. De inhoud van het zwartfluwelen doosje overtrof alles: een waterproof polshorloge met donkerblauwe plaat en zilveren schakelband, ingebouwd kompas en barometer. Het was het mooiste horloge dat hij ooit had gezien. Zijn moeder zei dat hij het met de andere spullen in de doos onder in zijn kledingkast moest bewaren en er alleen op zijn kamer mee mocht spelen. Papa kon het beter niet zien, die zou misschien een beetje boos worden als hij zag hoeveel cadeautjes ze had gekocht. Dat beloofde Cody, maar op het laatste moment, vlak voordat hij alsnog naar school ging, stopte hij het horloge in zijn zak om het stiekem op school te laten bewonderen. Een hele dag had hij er plezier van.

De volgende ochtend was het horloge weg. Zijn moeder verscheen niet aan het ontbijt. Pa zei dat ze zich niet lekker voelde en stuurde hen zonder meer naar school. Cody gehoorzaamde, zijn vragen over het verdwenen horloge slikte hij in. De rest van de week bleef ma in bed en mochten ze niet bij haar. Toen ze na die week opeens in de keuken stond, pakte ze de draad gewoon weer op. Ze schonk melk in en smeerde toast. Pas toen vader het huis had verlaten durfde Cody te vertellen dat het horloge weg was. Dat wist ze al, zei ze, het was een cadeau geweest voor één dag. Meer mocht hij niet vragen.

Maanden later botste hij in de badkamer per ongeluk tegen zijn moeder op. Ze had zich net gedoucht en droeg haar haren in een tulband. Het sjaaltje dat ze dag en nacht om haar nek droeg lag nog bij de spiegel. Voor het eerst sinds zijn verjaardag zag hij haar blote hals. Het vuurrode brandmerk in haar bleke huid leek een beetje op dat van zijn vaders vee, alleen had dit exact de vorm van het horloge, zijn cadeautje voor één dag.

Cody schudde de herinnering van zich af en focuste op het nieuws op zijn scherm. Het was een feestdag vandaag en niets of niemand zou dat voor hem verpesten. Vooral zijn vader niet, diens aandeel aan de ellende in zijn leven was al groot genoeg. Hij scrolde langs een rij zoekresultaten en vond op de website van de *Western Australia Herald* een nieuw bericht. Het was een profiel van Kevin Hillsborough, de jongen die was omgekomen bij de brand in het outdoorcentrum in Alice Springs. Hij en zijn zus kwamen uit Perth en waren op bezoek geweest bij vrienden. Het bungeejumpen was onderdeel van Kevins bucketlist geweest, liet zijn 'ontroostbare' zus weten, die, zo stond te lezen, onder intensieve behandeling was van een therapeut om de traumatische ervaring een plek te geven. Wrong place, wrong time, dacht Cody en hij scrolde door.

Hij vond nog een ander bericht over de Vuurduivel, dat was doorgeplaatst op drie verschillende nieuwssites. Het meldde de woede en verontwaardiging van 'bronnen rondom de regering' over de falende communicatie met de Vuurduivel over de inwilliging van zijn eisen. Cody trok een grimas. Hij had tien miljoen geëist, voorafgaand aan de tweede brand, onder meer ten gunste van het Wildlife Liberation Fund. Zodra het bedrag – keurig op tijd – op zijn rekening stond, had hij zijn eis verhoogd met nog eens drie miljoen dollar, binnen drie uur te betalen. Onmogelijk, dat redden we niet, piepten de onderhandelaars, geef ons meer tijd. Begrijpelijk, dacht Cody, maar die tijd gaf hij niet. De brand kwam er uiteraard toch, een heerlijk oplaaiend vuur dat exact deed wat hij ermee voor ogen had gehad. Hiermee was ook zijn tweede experiment geslaagd en dat vervulde hem met trots.

Hij zakte achterover in zijn stoel en zuchtte gelukzalig. Hij was bijna vergeten hoe het voelde, maar nu wist hij hoezeer hij ze had gemist: de schijnwerpers. Het was een juiste beslissing geweest de pers eerder in te lichten dan hij oorspronkelijk van plan was. Waarom wachten? Nu had hij er zo veel meer plezier van. Zijn volgende acties zouden ongetwijfeld nog meer losmaken. En uiteindelijk... Hij voelde de opwinding in zijn lendenen en klapte zijn laptop gedecideerd dicht. *Geduld, Cox*, sprak hij zichzelf toe. Behaalde resultaten bieden geen garantie voor de toekomst. Hij moest zijn kop erbij houden, zich niet weer laten verblinden als alles volgens plan leek te verlopen. Ieder foutje kon zijn laatste zijn, dat had de geschiedenis hem wel geleerd.

Hij stopte de laptop terug in het kluisje en stak de sleutel in zijn zak. De grijns verdween en maakte plaats voor zijn gebruikelijke pokerface. Hij keek op zijn horloge, een blauwe plaat met zilveren schakelband, en haastte zich de kamer uit. Er moest nog veel gebeuren.

23

Royal Australian Air Force, Darwin, Northern Territory

Jake zat in zijn eentje in het krachthonk bij te komen van een rondje powerliften toen Lily haar hoofd om de hoek stak. Een frons tussen haar wenkbrauwen tekende haar anders zo opgeruimde gezicht.

'Heb jij Noah gezien?'

'Hier niet,' antwoordde Jake. 'Is er iets?'

Lily twijfelde even, maar kwam toen binnen en sloot de deur. Ze ging op de halterbank zitten en haalde een hand door haar stekelhaar.

Het gebaar kwam Jake vertrouwd voor, al kende hij zijn collega nog niet lang. De uitdrukking 'what you see is what you get' leek haar op het lijf geschreven. Lily was eerlijk en direct, je wist wat je aan haar had, een gouden eigenschap, vooral in hun beroepsgroep.

'Hij was er gisteren niet bij, toen we ontdekten dat het nieuws over Cody Cox gelekt is. Ik wilde hem vanmorgen bijpraten, maar toen had hij het zelf al gezien. Hij nam het niet licht op.'

Jake las bezorgdheid in haar ogen. 'Heeft hij veel verloren in de Big Fires?'

'Zijn hele familie,' knikte Lily. 'Ik ken hem al langer, we hebben samen de opleiding gedaan. Ik dacht dat we vrienden waren. Nou ja, dat zijn we ook, maar toch wist ik het niet, van zijn familie. Hij had het me nooit verteld, tot vanmorgen: zijn ouders en drie broers zijn omgekomen. Verschrikkelijk. Toen hij las dat Cox terug was, voelde het alsof hij ze opnieuw verloor. Zo zei hij het.'

'Dat moet heftig voor hem zijn.'

Lily zuchtte. 'We zijn allemaal mensen kwijt, maar hij is wel heel zwaar geraakt. Ik heb hem nog nooit zo overstuur gezien. Ik wilde hem even de tijd geven om tot zichzelf te komen, maar nu kan ik hem niet meer vinden.' Ze stond op en controleerde haar telefoon. 'Als je hem ziet, wil je me dan bellen?'

'Sure thing,' zei Jake. 'Ik ga snel douchen en zal dan buiten kijken. Gister zag ik hem praten met een paar jongens van de basis hier. Misschien weten zij meer.'

Toen Lily vertrok, ging Jakes telefoon. Hij nam op en zag Emily's serieuze gezicht. 'Hey sis, what's up?'

'Ik neem aan dat jij het ook gezien hebt? Cox is terug, mijn god. Ik moest meteen aan jou denken.'

Jake fronste zijn wenkbrauwen. 'Aan mij?'

'Die geheime missie van jou...' Emily trok haar kin naar haar borst en keek Jake doordringend aan. Het was de blik die ze als kind al gebruikte als ze doorhad dat haar broer iets verborgen hield. 'Dat gaat hierover, of niet? Je kunt het mij vertellen, ik brief niets door.'

Jake keek zwijgend in de camera en wist dat Emily daar genoeg aan had.

Ze sloeg een hand voor haar mond, keek schichtig om zich heen en fluisterde: 'Dit is gevaarlijk, Jake. Cody Cox gaat over lijken.'

Het raakte hem haar zo bezorgd te zien, maar tegelijkertijd kon hij niets zeggen om haar gerust te stellen. 'Ik kan het hier niet over hebben, Em.' Geforceerd probeerde hij het gesprek een andere kant op te sturen. 'Hoe voel je je?'

'Doodsbang nu ik weet waar jij mee bezig bent!' Ze blies hard uit en herpakte zich. 'Sorry, dat helpt niet, ik weet het. Met mij gaat het goed, maak je geen zorgen. Sam slaapt wat slechter, het zal de verhuizing wel zijn. Hij kijkt ernaar uit, maar vindt het ook spannend.'

'Heeft hij iets meegekregen van Cox?'

'Niet dat ik weet, maar op het schoolplein kan het snel gaan. Ik hou het in de gaten.'

Jake knikte. 'Thanks Em. Ik kom naar jullie toe zodra ik hier klaar ben.'

Emily keek verrast. 'Weet je het zeker? Voel je je... beter?'

Hij trok een grimas. 'Ik heb hier weinig tijd om mezelf zielig te vinden.'

'Dat moet je zo niet...'

'Grapje, zus.' Hij maakte een bezwerend gebaar. 'Serieus, deze missie helpt me mijn gedachten te verzetten. Ik durf soms weer aan de toekomst te denken. Die kan ik me niet voorstellen zonder Sam. Ik mis hem.' De brok in zijn keel maakte verder praten onmogelijk.

'Hij mist jou ook.' Emily beet op haar onderlip. 'Jake, zou het niet beter zijn te stoppen met die missie? Denk aan Sam. Hij heeft zijn moeder al verloren...'

'Natuurlijk denk ik aan Sam, ik doe niets anders! Hij is de enige die me op de been houdt. Ik wil niets liever dan bij hem zijn, maar dan wel als een vader uit één stuk en niet als een lamme zak hooi die amper voor zichzelf kan zorgen.'

'Dat ben je niet meer.'

'Gelukkig niet.' Hij drukte een kus op het scherm. 'Het gaat echt beter met me en dat heb ik aan Ollie te danken. Die wist dat dit goed voor me zou zijn. Ik had nooit gedacht dat ik weer zou vliegen, maar ik doe al zo veel meer. Deze missie geeft me mijn leven terug, Em, ik moet hem afmaken, juist voor Sam. Ik hoop dat je dat begrijpt.'

Emily sloeg haar ogen neer. 'Ik moet gaan, het is druk hier. Beloof me dat je goed op jezelf zult letten.'

Jake kruiste zijn middel- en wijsvinger naast zijn gezicht. 'Dat beloof ik.'

24

'Coober Pedy!' Het alarm voor brand nummer drie werd de volgende ochtend vroeg geslagen. Zonder veel te zeggen verzamelden ze hun spullen en spoedden ze zich naar de landingsbaan. Ook Noah was van de partij. Toen hij de avond ervoor, tot Lily's grote opluchting, weer opdook zei hij dat hij in de schaduw van een eucalyptusboom had zitten nadenken en in slaap was gevallen. Toen hij wakker werd, was de grootste schrik voorbij; Noah voelde zich juist nog meer gedreven om zijn werk te doen, totdat Cox gepakt werd en voorgoed achter de tralies verdween.

In de lucht gaf chief Kelly het team de laatste informatie van de veiligheidsdienst door. Cox scheen ontstemd te zijn omdat zijn geëiste betalingen niet snel genoeg naar zijn zin doorkwamen. Als reactie daarop had hij zijn eisen aangepast; het totaalbedrag was verhoogd en hij wilde dat de aannames in de media over zijn terugkeer officieel zouden worden bevestigd, door niemand minder dan de premier. Niks geen copycat, de master zelf was aan het werk en dat mocht iedereen weten.

'De vieze narcist.' Tank kon zijn afkeer niet voor zich houden.

Kelly negeerde de opmerking. 'Genoeg over Cox. Over zo'n anderhalf uur landen we in Coober Pedy, Zuid-Australië. Er is nog geen brand gemeld. De regionale brandweer is onderweg en zal stand-by staan. Tot zover geen verschil met de branden in Cairns en Alice Springs, maar luister: ik wil dat jullie rekening houden met de factor publiek. Nu in het hele land bekend is dat we met Cox te maken hebben, worden politiescanners massaal afgeluisterd. Mensen zijn bang en willen weten waar ze gevaar lopen, zodat ze op tijd kunnen vluchten. Tegelijkertijd is er een groep sensatiezoekers die de scanners afluistert om juist te komen kijken. We krijgen politieassistentie om mensen op veilige afstand te houden, maar let zelf ook goed op.'

De bevelvoerder schakelde zijn zender uit en gebaarde dat Jake hetzelfde moest doen. 'Alles onder controle, Ryan?'

Jake wierp een blik op zijn motorinstrumenten en knikte. 'Een pittige zijwind, maar die kunnen we hebben. Fijne kist, heel wat anders dan mijn oude Cessna.'

'Ik had het niet over het vliegtuig.'

Verbaasd keek Jake opzij. De chief had een onderzoekende blik in zijn ogen.

'No worries, ik ben oké,' zei Jake, 'zoals afgesproken: we maken deze missie samen af. Daarna ga ik naar mijn zoontje en mijn zus op SE18.'

Kelly leek onder de indruk. 'Dat is een gewild eiland. Zijn ze ingeloot?'

'Yep. Ze verhuizen binnenkort. Een pak van mijn hart; ik kan geen veiliger plek voor Sam bedenken. Ik hoop er straks zelf ook een stek te vinden.'

'Je bent niet de enige.' Kelly lachte schamper. 'Mensen staan in de rij voor die zogenaamd brandveilige eilanden en betalen grof geld voor een bungalow. Weet je hoe klein die dingen zijn? Echt niet groter dan een blokhut.'

Jake schudde zijn hoofd. 'Groot zijn ze inderdaad niet. Maar veiligheid is belangrijker. Ik begrijp het wel.'

'Een schijnveiligheid, als je het mij vraagt. Brand kun je nooit uitsluiten en dat weten de ontwerpers van die eilanden donders goed. Waarom laten ze anders schuilkelders bouwen?' Hij lachte besmuikt bij Jakes verbaasde blik. 'Nee, dat zetten ze er niet bij in de brochure, dat zou het publiek maar afschrikken. Maar elk eiland krijgt een kelder, sommige zelfs meer dan één. Kennelijk zijn die blaaskaken toch minder overtuigd van hun eigen brandveilige bouwmaterialen en technieken dan ze doen voorkomen.'

Kelly viel stil en Jake liet het erbij. De volgende brand had zijn volledige aandacht nodig. Hij moest scherp blijven en zich niet nog een keer laten overvallen door angst of paniek. Op de bungeetoren was hij gelukkig goed weggekomen, maar het had heel anders met hem kunnen aflopen en dan had Sam helemaal geen vader meer gehad. Hij kreeg het koud bij het idee. Met zijn kiezen op elkaar dacht hij terug aan het laatste telefoongesprekje met zijn zoon. Sam had de deur van zijn kamer dichtgedaan en schuchter gezegd dat hij iets wilde vragen wat tante Em niet mocht horen.

'Ik wilde tante Em roepen, maar toen zei ik per ongeluk "mama",' bekende hij, met rode wangen van schaamte, 'ze had het niet gehoord, denk ik, want ze kwam niet. En toen riep ik nog een keer, toen zei ik het wel goed, gewoon tante Em, bedoel ik, en toen kwam ze wel.'

'Dat is helemaal niet erg, maatje,' had Jake gezegd, nadat hij de brok in zijn keel had weggeslikt. 'Ik denk dat het juist goed is, het betekent dat je tante Em misschien wel net zo lief vindt als mama.'

Daar moest Sam even over nadenken. Toen trok hij zijn schouders op. 'Ik weet niks meer van mama.'

Alsof hij uit het niets vol in zijn maag werd gestompt, zo hard en onverwacht kwam die opmerking aan. Jake moest drie keer ademhalen voordat hij überhaupt in staat was te reageren. Hij vroeg of Sam de foto's van mama nog had, waarop Sam het verkreukelde exemplaar uit de buidel van zijn onesie trok.

'Mama was lief, mooi en grappig,' zei Jake. 'Ze vond jou de allerliefste van de wereld. Als ik naar je toe kom, zal ik over haar vertellen. Oké?'

Dat leek Sam een goed plan. Zijn zorgen waren weer vergeten. Opgewekt was hij aan een opsomming begonnen van de dingen die hij nog meer wilde doen als papa er weer was.

Jake tastte in zijn broekzak en vond het papiertje waarop hij Sams wensenlijst had vastgelegd. IJsjes eten én heel veel Tim Tam-chocoladekoekjes, samen zwemmen, trampolinespringen, naar de walvissen.

25

Coober Pedy, South Australia

Coober Pedy, een geïsoleerd stadje in het noorden van de deelstaat Zuid-Australië, had zijn bekendheid aan twee dingen te danken. Ten eerste was het de opaalhoofdstad van de wereld. Een groot deel van de nijverheid vond daarom ondergronds plaats, in mijnschachten waar opaal werd gedolven, maar ook in ondergrondse winkels en restaurants. Het merendeel van de inwoners woonde en werkte onder het aardoppervlak en er waren zelfs twee ondergrondse kerken. Ten tweede had Coober Pedy een strategische ligging: midden in de outback en honderden kilometers verwijderd van de dichtstbijzijnde nederzetting was de stad al jaren een pleisterplaats voor reizigers en toeristen. Het was een van de weinige steden die de Big Fires zonder al te veel schade hadden doorstaan. En juist dat zou een reden kunnen zijn voor Cox om zijn volgende brand hier te stichten; ook deze stad mocht de dans kennelijk niet ontspringen.

Jake deelde zijn gedachte met Ollie, die naast hem in de bluswagen zat. Hij had een ander idee. 'We zijn mooi voor niks gekomen. Geloof mij, die gek zit ons nu keihard uit te lachen.'

Het zou kunnen. Vooralsnog leek er weinig aan de hand. Geen rook of vuur in zicht. Na een paar rondjes om de stad stonden ze nu al twintig minuten stil langs de Stuart Highway, de drieduizend kilometer lange weg die noord met zuid verbond, dwars door de woestijn. Een lokale collega zat achter het stuur en naast hem was chief Kelly in telefonisch overleg met de veiligheidsdienst. Achter hen wachtte de tankautospuit van de regionale brandweer. Daarachter twee politiewagens.

'Bizar dat één man zo'n circus op de been krijgt,' zei Lucas.

'Bizar dat hij nooit gevonden is, dood of levend.' Ethan wees naar de politiewagens. 'Tijdens de Big Fires is stad en land naar hem afgezocht. Daarna dacht iedereen dat hij dood was, of we hóópten het vooral. Nu blijkt dat hij nog leeft zou toch alles op alles gezet moeten worden om hem zo snel mogelijk te arresteren? Zo veel inzet in die richting zie ik niet.'

'Natuurlijk niet,' schamperde Ollie, 'de veiligheidsdienst werkt achter de schermen.'

'En het is makkelijker gezegd dan gedaan,' vond Lucas. 'Cox heeft zich tien jaar op deze nieuwe ronde kunnen voorbereiden. In die tijd zal hij toch op zijn minst voor valse papieren hebben gezorgd, een nieuwe naam op zijn paspoort en rijbewijs. Hij is vast verhuisd naar een afgelegen plek, hij heeft ervoor gezorgd dat hij online onvindbaar is, zijn IP-adres omgeleid via servers in het buitenland, hij belt alleen nog met prepaid…'

'Oké, oké, dat is duidelijk,' riep Ethan geïrriteerd. 'Hij heeft een flinke voorsprong, maar niemand kan zich eeuwig verstoppen. Dat wil Cox ook niet; waarom eist hij anders dat de premier…'

'Daar!' Ollie en Jake sprongen gelijktijdig op en wezen door het raam van de wagen naar een felgele steekvlam van tientallen meters hoog, recht uit de aarde, op nog geen kilometer afstand van hun positie. De chauffeur had het ook gezien, net als de collega's achter hen. Sirenes loeiden, zwaailichten schoten aan. Plankgas raceten ze in colonne over de Stuart Highway naar de eerstvolgende afslag.

'Het is een mijnschacht!' brulde chief Kelly in hun oortjes. Hij was ingelicht door de chauffeur, die het gebied goed kende. 'Wagen twee blijft hier om te blussen, wij rijden door. Onze chauffeur weet een andere ingang de mijn in, een halve kilometer verderop.'

De tweede wagen en beide politieauto's kwamen bij het vuur tot stilstand. Er stopte ook een pick-uptruck waaruit een man tevoorschijn sprong met een telefoon boven zijn hoofd om het spektakel te filmen. Een van de politiemannen rende op hem af en hield hem tegen.

'Achterlijk. Als ik zo iemand tegenkom, kan hij een beuk krijgen,' gromde Tank, die het door het raam gadesloeg.

Bij de tweede ingang naar de mijn had zich een groepje mijnwerkers verzameld. Het team sprong uit de wagen en snelde naar ze toe. 'Wie heeft de leiding?' vroeg Kelly.

Een forse man in overall stak zijn hand op. 'Voorman Duke Watersby. Mijn ploeg hier is compleet, maar de ochtendploeg is nog beneden. Veertien mannen, twee vrouwen. Ze zijn net aan hun dienst begonnen. Ik weet niet of ze weten van de brand, ik krijg de voorman niet te pakken.' Hij wenkte Kelly naar een informatiebord met een plattegrond van de mijn, een indrukwekkend stelsel van gangen, kamers, liften en trappen. 'Hier zijn wij nu en de werkers zijn daar bezig, op honderdtwintig meter diepte.' Hij wees naar een gang onderaan de tekening.

'Waar is de andere ingang, die met de brand?'

Watersby perste zijn lippen samen en zette zijn wijsvinger op de kaart, recht boven de plek die hij zojuist had aangewezen. 'De snelste weg naar buiten is via deze ingang hier. Daarvoor moeten ze vijfhonderd meter lopen en drie trappen op. De liften werken niet, bij brand wordt de stroomtoevoer automatisch afgesloten en er is alleen noodverlichting. Onder normale omstandigheden moet het ze lukken hiernaartoe te komen, maar als de gangen vol rook staan is het een ander verhaal. Ik heb geprobeerd Matt te waarschuwen, dat is de voorman daar, Matthew Fox, maar ik krijg geen reactie. De camera's reiken niet ver genoeg, ik zie ze niet in beeld.' Hij hield zich groot, maar in de ogen van de voorman was zijn wanhoop zichtbaar.

Kelly draaide zich naar zijn team. 'Dit is een lastige. Deze mijn is een doolhof als je de weg niet kent.'

Watersby wist raad. 'Laat mij meegaan, ik ken die gangen als mijn broekzak.'

'Te gevaarlijk,' vond Kelly.

'Bij alle trappen hangen camera's. Die werken op een noodaggregaat.' Hij wees naar de deur van een kantoortje. 'Op het scherm daar kun je ons volgen, je ziet het meteen als er iets misgaat.' Watersby legde een hand op Kelly's arm. 'Ik wil hier echt niet nutteloos blijven wachten.'

'We hebben geen keus, chief, we moeten ze halen,' zei Tank. 'Maskers voor en gaan. Als die brand de gangen in slaat, maken ze geen schijn van kans.'

'Eens,' zei Ollie, 'geen tijd te verliezen.'

Chief Kelly ging overstag. 'Akkoord, maar niet verder dan drie trappen naar beneden. Zijn ze daar niet, dan komen jullie meteen terug. Ik blijf bij het scherm en stem af met de andere ploeg. Tank, jij gaat met de voorman voorop. Lampen aan, lucht mee en blijf bij je partner!'

In tweetallen haastten ze zich naar binnen: voorman Watersby kreeg een masker en ging met Tank voorop, Ollie en Jake volgden, dan Lily en Noah, en Ethan en Lucas sloten de rij. De eerste trap vormde geen probleem. Achter elkaar daalden ze de ijzeren treden af die uitkwamen in de eerste duistere tunnel, spaarzaam verlicht door enkele groene noodlampen. De enige andere verlichting kwam van de lampjes in hun helmen en van de zaklamp die Tank tussen zijn tanden had geklemd.

Watersby leidde hen door de tunnels langs de tweede en de derde trap naar beneden. Het verliep voorspoedig tot Tank halverwege de derde trap plots halt hield. 'Rook!' riep hij. 'Ademlucht aankoppelen!'

'Stuur Watersby terug naar boven!' commandeerde Kelly via zijn zender. 'De brand bij de eerste ingang is bijna onder controle, maar er is nog steeds geen contact met de werklui beneden. Misschien hebben ze rook ingeademd en kunnen ze niet verder. Ga ze halen! De ambulances staan klaar!'

'Oké, chief.' Tank stuurde Watersby terug en daalde snel verder af. Zodra zijn laars de grond raakte, kreeg hij de schrik van zijn leven. Vanuit de rook greep een hand zijn broekspijp vast.

'Ik heb er één!' riep hij. 'Of... wacht...'

26

Zeven mijnwerkers hadden de trap weten te bereiken, maar waren ingehaald door de rook die de tunnel vulde. Een vrouw en twee mannen waren buiten westen, bij de anderen scheelde het niet veel. Ze hoestten verzwakt en hadden amper de kracht om de kraag van hun overall voor hun mond te houden. Een voor een werden ze de trap opgehesen naar de bovenliggende gang, waar de rook nu via het trapgat ook zijn weg begon te vinden. Tank sprak met Kelly af dat Ethan en Lucas de slachtoffers verder naar boven brachten, de rest van het team zou de zoektocht vervolgen.

'Brandweer! Is daar iemand?' Voorovergebogen speurde Tank de donkere tunnel af. Ollie, Jake, Noah en Lily volgden hem op de voet. Achter elkaar, want ruimte om naast elkaar te lopen was er niet.

'Het wordt nat hier!' riep Ollie. Hij stampte op de grond en zag water opspatten. 'Dat moet het bluswater uit de eerste ingang zijn. Het stroomt via de trapgangen naar beneden. Zijn ze daar nog aan het blussen, chief? Zeg dat ze moeten wachten totdat we die mensen hebben.'

Verder lopen werd steeds zwaarder. Dikke rook ontnam hun het zicht en ondanks Kelly's bevestiging dat het bluswerk was gestaakt, stroomde het reeds gespoten bluswater uit de bovengelegen tunnels naar deze onderste gang. Het waterpeil steeg en reikte al snel tot halverwege hun laarzen.

'Dit is gekkenwerk, we moeten terug,' besloot Tank. Hij had het nog niet gezegd of ze hoorden iets wat het midden hield tussen een kuchje en een fluisterzachte roep om hulp. Ze hielden stil en spitsten hun oren. Opnieuw klonk het geluid, iets duidelijker nu.

Tank stoof naar voren en verdween in de rook om niet veel later terug te keren met een vrouw als een lappenpop over zijn schouder. 'Pak aan, er zijn er meer!' Hij drukte het slachtoffer in Ollies armen, die haar aan Lily moest doorgeven zodat zij met het slachtoffer naar boven kon. Daarna spoedde hij zich terug naar de plek waar hij de vrouw had gevonden. Ook Ollie, Jake en Noah kregen een bewusteloze mijnwerker in hun handen geduwd, die ze stuk voor stuk naar boven sjouwden. Tank zou direct volgen met de laatste man die hij gezien had. Maar dat liep anders.

Een doffe, hevige knal deed de grond onder hun voeten trillen. De grommende donder die volgde klonk angstaanjagend. Niemand wist wat er precies gebeurde, maar dat er ergens in de mijn iets flink misging, was glashelder. 'Naar boven! Iedereen naar boven, nu!' Chief Kelly moest schreeuwen om nog enigszins boven het geraas uit te komen. De eerstgevonden mijnwerkers waren al met ambulances afgevoerd, hulp voor de andere slachtoffers was onderweg. Ethan en Lucas stonden zich naast hem te verbijten. Kapot waren ze, het sjouwen met de slachtoffers had veel energie gekost en toch wilden ze terug naar beneden om hun maten te helpen. Als Kelly hen niet had tegengehouden, stonden ook zij nu midden in de lawine aan gruis en stof die uit de gangen naar buiten rolde.

'Er moet ergens iets ingestort zijn,' riep Watersby, naast Kelly, 'het is te hopen dat iedereen naar buiten kan komen. Er zijn er zeven uit, dus nog negen binnen.'

'Plus vijf van ons,' schreeuwde Ethan, verontwaardigd en stijf van de adrenaline. Hij joelde van opluchting toen hij Lily uit de rookdampen zag opdoemen. Ze zag grijs van het stof, net als het slachtoffer over haar schouder. Twee paramedici namen de vrouw van haar over en voerden haar af. Ethan sloeg een arm om Lily heen. 'Goed gedaan! Waar is de rest?'

Lily trok het besmeurde masker van haar gezicht en zag Ethans onthutste gezicht.

'Noah, Jake, thank God!'

Gebukt onder hun zware last strompelden de volgende twee brandweermannen de mijn uit. Ze tilden met moeite de mijnwerkers van hun schouders en zakten neer. Bij Jake gutste het zweet van zijn voorhoofd en Noah trilde van inspanning. De twee slachtoffers werden rap op een brancard gelegd en meegenomen.

'Wat hebben jullie gezien?' vroeg Kelly aan zijn mannen. 'Wat is er ingestort?'

'Ik liep in de tweede gang,' hijgde Jake, 'die was oké, dus er moet iets in de onderste gang gebeurd zijn. Ik hoorde Ollie achter me, maar Tank… hij was nog beneden.' Met schrik in zijn ogen keek hij de anderen aan.

'Wilson, Tank, zijn jullie daar? Geef antwoord!' Kelly brulde zijn commando, maar er kwam geen reactie. Ingespannen staarden ze naar de ingang van de mijn, waar tot hun enorme opluchting Ollie verscheen. Nadat de door hem geredde mijnwerker door medisch personeel was meegenomen, keerde hij om. 'Ik moet terug! Tank liep achter me!'

Kelly sprong naar voren en greep zijn schouders. 'Nee, Wilson, je blijft hier. Het is te gevaarlijk.'

'Maar Tank!' Machteloos wees Ollie op de chaos van puin waaruit hij zelf ternauwernood had weten te ontsnappen. Toen schreeuwde hij het uit. 'Als ik die maniak in mijn handen krijg! Een ontploffing, brand in een tunnel, wie verzint zoiets? Waarom? Echt, ik vermoord die gek!'

Watersby kreunde. 'Wat? Is er brand beneden?'

Ollie nam een grote slok van een flesje water dat hem werd aangereikt en spoog een deel ervan op de grond. 'Ja, ik stond bovenaan de derde trap toen de hel losbrak. Een knal, vuur, stenen, de hele boel stortte in. Als ik me niet aan die trap had vastgeklemd... Tank stond er verdomme middenin.' Opnieuw maakte hij aanstalten terug te gaan.

Dit keer hield Watersby hem tegen. 'Het heeft geen zin, man, wees verstandig.'

'Opgelet, we gaan blussen!' Kelly wees op een pikzwarte walm. 'Het vuur komt deze kant op. Lee, Campbell, haal de slangen!'

Na een half uur blussen daalden Ollie en Ethan opnieuw de mijn in. De tweede tunnel was deels ingestort, de derde tunnel was volledig onbereikbaar. Op ouderwetste klopsignalen kwam geen reactie, maar ook een eerste zoektocht door het puin met de modernste apparatuur bood geen soelaas. Hightech zoekrobots met ingebouwde warmtecamera's en hypergevoelige sensoren op uitschuifarmen pikten geen enkel teken van leven op. Het zou dagen, misschien zelfs weken duren eer het puin geruimd was en naar lichamen kon worden gezocht. Hoop dat Tank en de vijf resterende mijnwerkers nog leefden, was er niet. De verwoesting was te groot.

Tijdens de terugvlucht naar Darwin werd weinig gesproken. Het rauwe verdriet om hun geliefde collega en vriend en de haat tegen Cox waren te groot om in woorden te vatten. Chief Kelly beloofde dat er een herdenkingsdienst zou worden georganiseerd en dat hij snel vervanging zou regelen, zodat het team weer compleet was. Ze lieten het langs zich heen gaan. Tanks lege stoel was een pijnlijke herinnering aan de ramp in Coober Pedy. Niemand kon de plaats innemen van hun eigen grote vriendelijke reus. En compleet zouden ze zich voorlopig niet voelen.

27

Royal Australian Air Force, Darwin, Northern Territory

Terug op de basis in Darwin vloeide de alcohol rijkelijk. Toegestaan was het niet; aan het begin van de missie had Kelly hun duidelijk te verstaan gegeven dat ze continu op scherp moesten staan, startklaar om te reageren zodra Cox een aankondiging deed. Drank en andere stimulerende of verdovende middelen waren uit den boze. Maar de boog kon niet altijd gespannen staan; een moment om te ontladen was hard nodig. Dus toen Ollie na de avondmaaltijd met twee flessen whisky op de proppen kwam, protesteerde de bevelvoerder niet. Hij stond op en trok zich terug, een signaal dat hij zijn team een avond vrijaf gaf.

Niemand wilde naar bed. Het vooruitzicht van een slapeloze nacht waarin de beelden van hun laatste actie voorbij bleven komen, was niet aantrekkelijk. Liever deelden ze verhalen over Tank. Lily en Ethan hadden eerder met hem samengewerkt en kenden een paar mooie anekdotes. Thom Smith, zoals hij officieel heette, had tientallen levens gered. Die gedachte verzachtte het verdriet een beetje, de whisky deed de rest.

Diep in de nacht zocht Jake zijn bed op. Zonder de moeite te nemen zijn schoenen uit te trekken plofte hij neer. Hij doezelde weg en daar was Wally. Voor eeuwig elf jaar oud, knalblauwe kijkers achter een rond brilletje, haar tot op zijn schouders, kleding vol gaten en afgetrapte sneakers. Op zijn vierde was hij met zijn ouders en zus naast Jake komen wonen en sindsdien waren de jongens onafscheidelijk geweest. Zeven jaren avontuur, zo zou Jake hun tijd samen later omschrijven. Het had veel langer moeten duren, maar dat zat er niet in. Ouder dan elf was Wally niet geworden en dat kwam door Jake.

In het kasteel, zoals ze de bouwval op drie kilometer buiten het dorp noemden, rook het muf. Je moest uitkijken waar je liep, vanwege de gaten in de plankenvloer en de doorgezakte treden van de trap. Er kropen spinnen rond en één keer hadden ze een oosterse bruine slang zien wegglippen, een van de giftigste soorten ter wereld, maar toch was het kasteel hun favoriete speelplek. Ze hadden er het rijk alleen en konden er hun fantasie de vrije loop laten.

'Ik ben 'm al zo vaak geweest, nu moet jij 'm zijn.' Wally vouwde zijn armen over elkaar om te benadrukken dat hij het meende. Hij droeg het groene shirt waar hij al de hele zomervakantie in liep. De chocopasta van de broodjes die ze net ophadden, kleefde nog aan zijn mondhoek.

Jake wilde niet tellen, verstoppen was veel leuker, maar Wally zeurde net zolang tot Jake zich naar de muur draaide en begon te tellen. Tot vijftig, zoals ze altijd deden, want dan had je tenminste de tijd om echt een goede plek te vinden.

'Vijftig, ik kom!' Jake liep direct naar de trap. Hij had de treden horen kraken; Wally moest boven zitten. Daar hingen de meeste luiken nog wel voor de ramen en was het donkerder dan beneden. Jake sloop naar boven en doorzocht de slaapkamers met de ingebouwde muurkasten bijna zonder geluid te maken. Als hij Wally vond, zou hij hem zo hard laten schrikken dat die de volgende keer wel drie keer na zou denken wie er echt aan de beurt was om te zoeken. Plots hoorde hij boven hem een geluid.

Hij keek naar het plafond vol spinnenwebben. Op de zolder onder het enorme rieten dak, dat toen – tien jaar vóór de Big Fires – nog niet verboden was, waren ze nooit geweest. Te gevaarlijk. Dat zouden hun ouders nooit goedvinden, hadden ze tegen elkaar gezegd, om te verhullen dat ze het eigenlijk zelf niet durfden. Zou Wally daar nu toch...?

Op zijn tenen sloop Jake naar de tweede trap. Die was er zo mogelijk nog erger aan toe dan de eerste. Na de derde tree zat een gapend gat dat pas ophield bij de zevende. Je zou je aan de reling moeten vastklemmen om het gat te overbruggen en dan was het maar de vraag of de reling dat hield. Jake nam de gok. Als Wally het kon, moest het hem ook lukken. Hij stapte op de derde tree, zette zich af en sprong tegen de reling, die meebewoog met zijn gewicht. Het zweet brak hem uit, maar het lukte hem het tweede deel van de trap heelhuids te bereiken. Snel hupte hij door naar boven, waar fel daglicht door de gaten in het dak op een berg rommel viel. Anderen hadden de zolder blijkbaar al eerder ontdekt. Pizzadozen, lege zakken chips en blikjes bier en cola wezen op een gezellig feestje dat hier niet eens zo lang geleden moest zijn gevierd. Jake zag dekens, een gescheurde jas en twee condooms, die hij een paar weken terug voor het eerst had gezien, toen juf Kate ze tijdens seksuele voorlichting over een bezemsteel had geschoven. Wally zag hij niet.

Hij wiste het zweet van zijn voorhoofd. Het was bloedheet op de zolder. Hoe eerder hij beneden stond, hoe liever het hem was. Hij stond op het punt op te geven en Wally te roepen toen hij het deurtje zag. Een deel van de zolder, de lage zijde onder het puntdak, was afgezet met houten schotten, waarschijnlijk was dat deel ooit bedoeld als bergruimte. Op het laatste schot in de hoek, verscholen in de schaduw, zat een ijzeren greep. Wally moest erachter gekropen zijn en het schot weer hebben dichtgetrokken. Een gouden verstopplek, dat moest Jake hem nageven. Hij wist niet of hij zelf de moed zou hebben gehad zich daar te verschuilen, al zou hij dat uiteraard nooit toegeven. Op zijn knieën kroop hij naar het schot. Hij pakte de greep vast, zette zich schrap, gaf er een harde ruk aan en schrok zich kapot. In het donker lag Wally te puffen. Zijn ademhaling ging veel te snel en hij kon zijn ogen amper openhouden.

'Wally!' Jake pakte zijn vriendje bij zijn armen en sleepte hem de bergruimte uit, dwars door de berg rommel, tot bovenaan de trap. Wally's bril was van zijn neus gevallen, zijn gezicht zag spierwit. Jake streek de natte plukken haar uit zijn gezicht.

'Goeie plek, of niet?' Wally glimlachte flauwtjes. 'Beetje te heet wel...'

'Je bent bijna gekookt, gek. Ik ga hulp halen,' zei Jake, 'ik krijg je niet in mijn eentje de trap af. Het gat is te groot. Ik ren zo hard ik kan, oké?'

Wally knikte een keer, hij had het begrepen.

Jake sprintte terug naar het dorp. Zo hard hij kon, zoals beloofd. Maar het was niet hard genoeg. Toen hij terugkwam met zijn moeder en Alex van het benzinestation, die hen zag rennen en zijn hulp aanbood, was het te laat. Het kasteel stond in lichterlaaie. Het rieten dak was een vlammenzee. Wally was verloren. De brandweer concludeerde later dat zijn bril de boosdoener moest zijn geweest. Eén felle zonnestraal door een gat in het dak op het brillenglas was voldoende voor een vonk. Het was waarschijnlijk snel gegaan. Jake werd niets verweten, maar zo voelde hij het zelf niet.

Hij schoot overeind en hapte naar adem. Het rotgevoel dat lang was weggebleven vlamde nu in volle hevigheid op: een intense haat tegen het vuur dat hem zo veel had afgepakt. Die haat was de reden geweest om de dienstplicht al die jaren geleden in eerste instantie te weigeren. Hij wilde wegblijven van het vuur, er niets mee te maken hebben, zijn ogen sluiten en doen alsof het niet bestond. Tevergeefs. Het vuur liet zich niet negeren, het bleef hem achtervolgen en kwellen en dat zou het blijven doen. Eerst Wally, toen Kirstie, nu Tank. Wie zou volgen? Wie zou verdomme de volgende zijn?

28

Eiland SE18, voor de kust van Sydney, New South Wales

Het was druk op de pont. Alle vakken waren bezet door verhuiswagens en auto's die uitpuilden van de spullen, tot aan de dakkoffers aan toe. De meeste passagiers bleven binnen, in de aangename koelte van de airconditioning, maar Sam was niet te houden, die moest en zou het dek op om dolfijnen te spotten én om zijn nieuwe huis zo snel mogelijk te zien. Het afscheid van buurmeisje Bindi, dat gistermiddag met tranen gepaard ging, leek hij alweer te boven te zijn. Emily stond achter hem, met haar armen om zijn middel. De veerkracht van kinderen was benijdenswaardig, vond ze. Die ochtend had ze de sleutel van haar huis aan de makelaar gegeven. Het laatste rondje door de lege kamers had haar meer gedaan dan ze had verwacht. Ze had er met veel plezier gewoond, eerst alleen, later met Sam. Door hem had ze Surry Hills op een andere manier leren kennen. De parken met de speeltuintjes, het kinderdagverblijf, de winkels met kinderkleding en speelgoed, ze zou ze missen. Haar nieuwe huis op SE18 kende ze alleen van foto's. Zou ze zich er net zo thuis voelen?

'Kijk!' Sam wees naar een plek naast de boot waar twee vinnen uit het water staken. Twee grijze dolfijnen leken een wedstrijdje te doen, ze haalden elkaar om beurten in en snelden de boot voorbij. Sams vrolijke lach deed Emily goed. Ze kuste hem op zijn wang en toen de hoorn klonk, ten teken dat de overkant bijna was bereikt, tilde ze hem de auto in.

SE18 lag twintig kilometer voor de kust en was een langgerekt eiland van vijftien kilometer breed, ontworpen met één doel voor ogen: brandveilige huisvesting voor zo veel mogelijk mensen. Rijen identieke huizen waren in een compact en efficiënt patroon neergezet. Hoogbouw kwam er niet voor, huizen en bedrijfspanden telden hooguit twee verdiepingen, uiteraard voorzien van sprinkler- en brandalarminstallaties. Om de twee of drie aangrenzende panden was een brandgang aangelegd. Bomen – enkel loofbomen; naaldbomen bevatten hars en dat was uiterst brandbaar – vond je alleen in de centrale parken of aan de kustlijn, zo ver uiteen dat eventuele vlammen niet konden overspringen. Het eiland telde drie bescheiden brandweerkazernes en tientallen brandkranen. Overal was aan gedacht. Mocht hier brand uitbreken, wat nog altijd kon gebeuren, dan zou die binnen een mum van tijd onder controle zijn. Bosbranden of andere grootschalige branden waren op dit eiland onmogelijk. Aldus de brochures en de website. Dat was het argument dat Emily en de meeste andere kopers, ondanks de hoge kosten, over de streep had getrokken.

Ze vonden hun huis halverwege het eiland. Nummer CS15 lag aan een overkapt plein met speelfonteintjes voor de kinderen. De verhuiswagen was hun voor. Twee pezige mannen waren al bezig meubels en dozen in rap tempo uit te laden en naar binnen te brengen. Emily parkeerde haar Toyota en nam Sam bij de hand. Samen keken ze naar hun nieuwe woonplek.

'Wat denk je?' vroeg Emily.

Sam zei niets. Hij klemde haar hand iets steviger vast en liet zijn hoofd hangen.

Emily tilde Sam op en liep met hem naar het plein, waar een

groepje kleuters in zwembroek tussen de waterstralen door rende. 'En dit dan?' Ze zette hem neer en stak een voet onder een waterstraal. 'Heerlijk!' riep ze. 'Jij ook?'

Aarzelend volgde Sam haar voorbeeld. Na zijn voeten hield hij zijn handen onder de kraan. Hij ving de straal en richtte hem in een boogje omhoog. 'Kijk, brandweerman Sam,' zei hij trots, 'net als papa!'

Emily klapte in haar handen. 'Zo doe je dat! Zullen we een foto maken om naar papa te sturen? Blijf hier, dan haal ik mijn telefoon.' Ze liep terug naar de auto om haar tas te pakken, maar bleef abrupt staan toen ze zag wie er quasinonchalant tegen de gevel van haar nieuwe huis leunde. De laatste man die ze dacht hier tegen te komen: Doug Freeman.

29

Aan de rand van het plein, met Sam in haar vizier, zag Emily hoe Doug doodgemoedereerd een pakje sigaretten uit zijn borstzakje viste.

Met een snelle beweging griste ze het uit zijn handen. 'Dat dacht ik niet.' Ze stopte het pakje in haar schoudertas en controleerde of iemand het had gezien. Sam in ieder geval niet, die speelde inmiddels met de andere kleuters op het plein. Waarschijnlijk zou hij niet eens weten wat voor pakje het was, maar dan nog wilde Emily hem er niet aan blootstellen. Twee moeders op de bankjes aan de zijlijn waren druk met elkaar in gesprek.

Doug grijnsde. 'Nog altijd even fel, Ryan, I like it.' Hij had net verteld dat zijn zoektocht in Hope Vale informatie had opgeleverd die Emily hoogstwaarschijnlijk interessant zou vinden. Zó interessant dat het hem het beste had geleken direct naar zijn voormalige collega toe te komen om haar persoonlijk in te lichten. Hij was op dezelfde pont meegevaren, maar had zich vanwege Sam nog niet laten zien. De informatie was niet voor kinderogen en -oren bestemd. Hoe hij haar had gevonden op SE18, nota bene voordat ze zelf één voet in haar nieuwe huis had gezet, wilde hij niet zeggen. 'Ik ben niet voor niets de beste researcher. Zo heb je me zelf genoemd.'

Ze liet het erbij, maar hem binnen uitnodigen ging haar te ver. Dan liever een gesprekje op het plein. 'Hoe lang ben je in Hope Vale geweest? En wie heb je gesproken?'

'Ik ken er een paar mensen, die hebben me in contact gebracht met een oom van het overleden kind. Abby, heette ze, Abby Thomas, en ze hoorde bij de Gaagudju, een stam in de noordelijke gebieden. Haar oom was blij met de belangstelling, zei dat de politie nauwelijks onderzoek heeft gedaan. Een week of twee is er gezocht naar mogelijke daders, mensen die het op het meisje of haar familie hadden voorzien, maar er is niemand gevonden met een motief. Tijdens het onderzoek werd het de familie verboden met de pers te praten en daarna trokken journalisten het verhaal in twijfel. Meer dan een kort bericht over haar dood en het politieonderzoek is er niet geplaatst.'

Doug kuchte zijn kenmerkende rokershoestje en diepte uit zijn achterzak een heupfles op. Hij nam de tijd om te drinken en veegde met de rug van zijn hand zijn mond af. 'Ik snap dat wel, het is een bizar verhaal. Zonder jouw informatie over die andere twee zaken had ik het misschien ook als fake news afgedaan.'

Emily hing aan zijn lippen. Als Doug het vreselijke flirten achterwege liet en zijn professionele kant liet zien, had ze geen probleem met hem, dan was het een prima vent met wie ze graag zakendeed. Het was jammer dat hij dat zelf niet doorhad. Ze gingen op een bankje in de schaduw zitten. Emily trok haar sandalen uit. De drukte van de dag had haar hoofdpijn bezorgd. 'Oké, vertel, wat zei die man? Hoe is Abby doodgegaan?'

'Alleen,' zei Doug. 'Dat is het slechte nieuws. Er waren geen getuigen van haar dood. Het góéde nieuws is dat haar laatste minuten op camera zijn vastgelegd.'

'Dat meen je niet?' Emily hoorde zelf hoe enthousiast ze klonk en hoe ongepast dat moest overkomen. 'Ik bedoel, hoe kan dat?'

Doug pakte zijn telefoon erbij. 'Ze heeft zichzelf gefilmd. Abby maakte vlogs, zoals meer meisjes op die leeftijd doen. Na haar dood hebben haar ouders die offline gehaald, maar haar oom kon me er een paar laten zien. Kindergedoe, dansjes, een kletsje met een vriendin. In haar laatste vlog praat ze over haar lievelingsdingen.' Hij blikte opzij, opeens ongemakkelijk. 'Weet je zeker dat je dit wil zien? Het is... niet fraai.'

Emily slikte en keek naar Sam, die met de andere kinderen over het plein rolde, drijfnat en gelukkig. Natuurlijk wilde ze Abby's laatste minuten niet zien, maar het moest. Ze knikte en probeerde zich te wapenen tegen wat komen ging.

Doug klikte het filmpje aan. Met grote bruine ogen keek Abby Thomas in de camera. Haar zwarte haren droeg ze in twee knotjes, vastgezet met kralenelastiekjes. Op de achtergrond was een deel van haar kamer te zien: een wastafel met stickers op de spiegel, een Disneyposter, een kledingkast.

'*Hi volgers, deze keer ga ik jullie vertellen over mijn lievelingsdingen. Ik ben ook benieuwd naar jullie lievelingsdingen. Die kun je achterlaten bij de reacties. Oké, ik begin met mijn lievelingskleur: blauw. Mijn lievelingsgetal, en dat is ook mijn geluksgetal, is achttien. Mijn lievelingsdier is een wallaby en mijn lievelingseten is soep, die heb ik net op.*'

Toen gebeurde het: van de ene op de andere seconde veranderde haar mooie kindergezichtje in een van pijn vertrokken masker. De telefoon viel op de grond, maar bleef filmen. Ze gleed van haar bed en zakte op handen en knieën, deels boven de camera. Emily hield haar adem in toen ze rook uit Abby's mond zag walmen. Het meisje viel op haar zij, buiten beeld, en hoestte de longen uit haar lijf. Ze krabbelde overeind en wankelde voorovergebogen door het beeld. Het geluid van water uit de kraan, een paar tellen stilte en toen opnieuw een hoestbui, nog heviger dan daarvoor. Een bonk, Abby moest gevallen zijn, vlak naast haar telefoon. Een dikke rookpluim dreef door het beeld, gevolgd door een vlam.

Met beide handen voor haar gezicht dwong Emily zichzelf te blijven kijken. Abby liet zich niet meer zien, maar haar klaaglijke kermen was hartverscheurend.

Doug drukte het filmpje weg en stak de telefoon in zijn zak. Er stonden tranen in zijn ogen. 'Ik heb het drie keer gezien, het blijft afschuwelijk.'

Lange tijd zaten ze in stilte. Emily wist dat Abby's dood voorgoed in haar geheugen gegrift zou staan. De enige manier waarop ze dat kon accepteren was het vinden van de reden, de oorzaak van deze duivelse dood, die ook haar schoonzus had getroffen, om te verhoeden dat het ooit nog iemand overkwam.

Na de eerste shock kwamen de vragen, tientallen vragen, waarvan Doug er slechts enkele kon beantwoorden.

'De politie heeft dit filmpje natuurlijk ook gezien. Waarom zijn ze dan in hemelsnaam op zoek gegaan naar een dader?'

'Zoeken naar een dader is wat de politie nu eenmaal doet bij een moordonderzoek. Zo hebben ze deze zaak behandeld, als een moord; ze dachten aan een vorm van vergiftiging, maar dat was het niet. Tijdens de autopsie zijn geen sporen van gif aangetroffen. Een natuurlijke dood was het ook niet. Wat het dan wel was, weet niemand. Dit leer je niet op de politieacademie, wat hier gebeurde staat in geen enkel boek beschreven.'

'Waarom kwam er niemand helpen?'

'Er was niemand thuis. Haar moeder moest een half uurtje weg, dat gebeurde wel vaker. Oma woonde naast hen, daar kon Abby altijd terecht. Oma heeft niets gehoord en toen moeder thuiskwam en het vuur zag, was het al te laat. De brandweer kon het huis niet redden, Abby's ouders moesten verkassen.' Doug zuchtte. 'Ik kan wel een sigaret gebruiken.'

Emily stond op en gaf hem het pakje terug. 'Niet hier,' waarschuwde ze. Een van de verhuizers zwaaide; alle spullen waren gelost. Ze gebaarde dat ze eraan kwam.

'Hulp nodig?' vroeg Doug. 'Ik ben er nu toch.'

Ze schudde haar hoofd. De gedachte aan de zesenveertig dozen die ze zelf uit moest pakken stemde niet vrolijk en toch deed ze dat liever alleen dan met Doug. 'Je hebt me al genoeg geholpen. Bedankt. Dit was zonder jou waarschijnlijk niet gelukt.'

'Dat weet ik niet,' zei Doug. 'De oom zag me als een van hen, al ben ik geen Gaagudju. Dat kan geholpen hebben. Maar hij wilde ook graag zijn verhaal kwijt. Misschien had hij het jou evengoed verteld.'

'Toch bedankt,' herhaalde Emily.

'Wanneer kom je eten?' Doug had zijn professionele kant weer ingeruild voor de onhebbelijke flirt die hij ook was.

'Ik bel je wel,' zei ze over haar schouder, terwijl ze naar Sam liep, 'dit verhaal krijgt voorrang.' Toen ze hand in hand met haar neefje naar huis wandelde, zag ze Doug met een brandende sigaret in een oude Elfin-sportwagen stappen. Hij gaf gas en scheurde weg.

'Tante Em?' Sam keek naar haar op, met wangen die rood waren van opwinding.

'What's up, doc?'

'Ik denk dat ik het hier wel leuk ga vinden.'

Na alle ellendige beelden was dit precies wat ze nodig had. Ze hurkte neer en knuffelde hem stevig. 'Goed zo. Het is hier ook hartstikke leuk,' zei ze, 'en weet je wat we binnen eerst gaan doen?'

'Papa bellen?'

Zijn hoopvolle toetje raakte haar recht in het hart. Ze had gedacht met zijn kamer te beginnen, maar dat idee kon wachten. 'In één keer goed.'

30

Het signaal van de timer gaf aan dat er drie minuten waren verstreken. Normaal was dat voor Cody voldoende om met frisse moed aan de dag te beginnen, maar vandaag voelde het anders. Het ijskoude water uit de douchekraan deed pijn aan zijn huid. Hij drukte de timer uit, draaide de knop naar een aangename temperatuur en ging met zijn rug tegen de muur zitten. Lauwwarm water stroomde over de littekens op zijn borst. Hij was nerveus. Zijn afgekloven nagels vormden het bewijs. Al dagen probeerde hij het te ontkennen, nervositeit was immers een teken van zwakte, maar hij kon er niet langer omheen: de spanning in zijn lijf liep op. Na drie geslaagde testrondes zou hij blij moeten zijn. De brand in het museum in Cairns, in de bungeetoren in Alice Springs en in de mijn in Coober Pedy, veruit de lastigste tot nu toe, waren stuk voor stuk boven verwachting verlopen. Zijn gedegen voorbereiding had zich uitbetaald. De branden hadden hem de antwoorden gegeven die hij nodig had en, niet onbelangrijk, nog steeds wist niemand wie de Vuurduivel nu was. Geen slechte score, maar de grootste uitdaging moest nog komen en dat benauwde hem meer dan hij had voorzien toen hij het plan smeedde.

Het plan was ontstaan in het ziekenhuis, in de weken na zijn laatste huidtransplantatie. Gedwongen rust was het devies, zoals na elke operatie, dus was er weinig meer te doen dan in bed liggen en nadenken. Over het leven dat hij wilde leiden na de langdurige revalidatie die hem te wachten stond en over de identiteit die hij zou aannemen. De leugen over zijn geheugenverlies hield hij toen al twee jaar vol. Artsen en verplegers noemden hem Phil, op voorstel van zijn favoriete verpleegster Susan, die Mister x zo onpersoonlijk vond klinken. Prima, zolang hij in het vacuüm tussen zijn oude en nieuwe leven verkeerde, heette hij Phil. Hoe dat nieuwe leven er precies uit moest zien, wist hij niet, maar dat vuur een prominente rol zou blijven spelen, stond vast. Vuur was onlosmakelijk verbonden met de herinnering aan zijn moeder, die haar en zijn leven ermee had gered.

Hij was zeventien en zijn broer woonde al niet meer thuis. Zelf stond hij op het punt in dienst te gaan, destijds nog niet verplicht, en daar zag hij als een berg tegen op. Niet vanwege het leger, wel vanwege zijn moeder, die hij alleen zou moeten achterlaten bij de tiran die zijn pa geworden was. Vaders woedeuitbarstingen, vroeger vooral in de ouderlijke slaapkamer, buiten het zicht van de kinderen, vulden nu het hele huis. Om het minste of geringste sprong pa uit zijn vel en dan moest vooral zijn echtgenote het ontgelden. Cody had jaren lijdzaam toegekeken, maar tegen het einde van zijn puberteit had hij genoeg moed verzameld om in opstand te komen. Hij gooide zichzelf in de strijd en liep ontelbare blauwe plekken en bloedneuzen op, want tegen die oersterke man was hij niet opgewassen. Toch bleef hij vechten, alleen al om zijn moeder het gevoel te geven dat er iemand voor haar opkwam. Het ging van kwaad tot erger. De politie was op de hoogte, maar kon niets doen zolang moeder geen aangifte deed, en dat durfde ze niet. Die laatste keer was pa woest geworden om een pan soep die hem om onduidelijke redenen niet aanstond. Hij spoelde eerst de soep door de gootsteen en ramde vervolgens de hete pan tegen moeders achterhoofd. Ze viel bewusteloos neer. Buiten zichzelf van woede sprong Cody op zijn vaders rug. Die schudde hem af en beukte op hem in, net zolang tot ook zoonlief buiten westen raakte.

Toen Cody bijkwam lag hij in het zand naast de schuur. Zijn moeder zat naast hem met een bloedende hoofdwond. Het huis stond toen al in brand. Hij schrok, maar zijn moeder zei dat het goed was. Dicht tegen elkaar aan keken ze toe hoe de vlammen de boerderij opvraten. Het brullen van de man die met een breinaald door zijn oog zat opgesloten in de voorraadkast hield verrassend lang aan. Danig verzwakt door het bloedverlies, maar met een voldane glimlach om haar lippen, hoorde moeder toe. Pas toen het brullen stopte mocht Cody een ambulance bellen. Die kwam net op tijd om haar leven te redden. Het huis was verloren, net als vader, wiens resten op moeders verzoek naar het crematorium werden afgevoerd. Een jaar later stierf ze zelf, in de gevangenis, aan een hartaanval. Cody was een dag eerder nog bij haar op bezoek geweest en had gezien hoe gelukkig ze was. In 'haar nieuwe thuis', zoals ze het zelf noemde, voelde ze zich veilig. Bij het afscheid, hun laatste, al wisten ze dat toen niet, herhaalde ze wat ze tijdens elk bezoek zei: dat ze van hem hield, dat ze geen seconde spijt had van haar daad en dat ze dankbaar was voor het vuur dat haar en haar zoon had bevrijd van het kwaad.

Cody liet zijn kin op zijn borst zakken en voelde het water over zijn schouders stromen. De stoom in de cabine voelde als een deken van troost. Zijn vader, die hem zijn leven lang een 'nietsnut' had genoemd, had hij geen seconde gemist. Zijn lieve moeder miste hij nog elke dag. Zij was er inmiddels al lang niet meer, maar het vuur was altijd gebleven. Elk vuur was een levende herinnering aan de enige persoon die van hem gehouden had en van wie hij, nog steeds, zielsveel hield. Mede daarom was vuur voor hem het dierbaarste fenomeen op aarde. Hij bewonderde het, het voedde hem en gaf hem kracht.

Zijn eerste brand stichtte hij drie maanden na haar dood, in een leegstaande barak achter de kazerne. Meer rook dan vuur en in no time geblust, maar het smaakte naar meer, veel meer. Tientallen vuren volgden; in het leger, waar hij het schopte tot luitenant, maar helaas werd betrapt en oneervol werd ontslagen, daarna tijdens zijn studie biologie, tijdens zijn baan als docent op diverse hogescholen en uiteindelijk tijdens zijn jaar als voorman van Climate First.

Telkens als hij de vlammen zag en de schroeiende hitte op zijn huid voelde, was zijn moeder dichtbij. Vooral bij de Big Fires was hij zich continu bewust van haar aanwezigheid en hoopte hij dat ze trots zou zijn, al ging hij daar later aan twijfelen. Het vuur was prachtig geweest, maar het was hem wel de baas geworden. Hij was de controle kwijtgeraakt, zozeer zelfs dat het hem bijna zijn leven had gekost. Dat zou zijn moeder nooit hebben goedgekeurd. Gelukkig had hij het overleefd en kreeg hij de kans zijn fouten te herstellen.

Cody stond op en draaide de kraan uit. Hij droogde zich af en nam de tijd om zijn littekens met zalf in te smeren. Hij hield van de manier waarop ze zijn huid expressie gaven. Soms hoorde hij mensen klagen over hun brandwonden. Ze vonden de littekens lelijk en hadden er pijnlijke operaties voor over om ze zo goed mogelijk te laten wegwerken. Dat had hij nooit begrepen. Voor hem waren littekens een uitdrukking van moed, van niet wegrennen maar het leven beetpakken, van volle vaart vooruit, ongeacht waar het schip zou stranden. Bovendien herinnerden ze hem eraan dat hij was herboren, een nieuw mens in een nieuw lijf. Alleen de littekens in zijn gezicht waren met verfijnde plastische chirurgie nagenoeg onzichtbaar gemaakt. Zijn nieuwe neus was niet van echt te onderscheiden. Het voorkwam vervelende vragen en maakte het makkelijker niet op te vallen op momenten waarop dat nodig was.

De jaren in het ziekenhuis en de revalidatiekliniek hadden hem de tijd gegeven zijn volgende stappen zorgvuldig uit te denken. Toen hij de kliniek verliet had hij een helder doel voor ogen gehad en wist hij exact welke route hij moest volgen om dat doel te bereiken. Daar moest hij zich aan vasthouden, ook al ervoer hij deze tweede ronde meer druk en waren alle ogen van het land, of zelfs van de wereld, op hem gericht. Een even zalige als zenuwslopende sensatie. Zijn hoofd laten hangen had hoe dan ook geen enkel nut, zenuwachtig zijn evenmin. Het plan was ijzersterk, dat moest zijn anker zijn. De rest was ruis.

31

Royal Australian Air Force, Darwin, Northern Territory

Chief Kelly liet er geen gras over groeien. De ochtend na hun nachtelijke drinkgelag riep hij het team bijeen op zijn kantoor. Zodra iedereen binnen was, stelde hij de oudere man aan hen voor die in een fauteuil bij het raam met een minzaam glimlachje op zijn beurt had zitten wachten.

'Dit is Mingus Randall, onze nieuwe luitenant. Jullie kennen zijn oudere broer Forrest Randall, de huidige minister van Veiligheid en Justitie. Mingus heeft de kennis en ervaring die dit team nodig heeft. Hij is volledig op de hoogte van missie Wasteland en de strijd tegen Cody Cox. Laat ik direct duidelijk zijn, dit is geen vervanging voor Tank. Niemand kan Tanks plek innemen en we zullen hem nooit vergeten, maar we moeten wel dóór. Ik vertrouw erop dat jullie Randall een warm welkom geven. Laten we hopen dat we de missie in deze samenstelling kunnen volbrengen en dat er niet nog meer aanvullingen nodig zijn.' Met een vorsende blik keek Kelly zijn teamleden aan. Daarna verliet hij de ruimte en sloot hij de deur.

Ollie was de eerste die na een ongemakkelijke stilte op de nieuwe luitenant afstapte. 'Welkom, mate, ik ben Oliver Wilson, Ollie. Als je vragen hebt over deze basis, over waar de drank wordt bewaard, bijvoorbeeld, kom maar naar mij.' Met een knipoog stapte hij opzij om zijn collega's de gelegenheid te geven zich voor te stellen.

Nadat de anderen Ollies voorbeeld hadden gevolgd, nam Randall het woord. Hij sprak zo zacht dat iedereen zijn best moest doen om hem te verstaan. 'Bedankt voor jullie hartelijke onthaal. Ik ben zesenvijftig jaar, brandweerman in ruste. Chief Kelly heeft me overgehaald dit laatste kunstje voor hem te doen. Ik ben akkoord gegaan omdat ik bij hem in het krijt sta, niet omdat ik het zo graag wil of omdat ik nog iets te bewijzen heb. Ik hoop desondanks op een goede samenwerking.' Hij knikte zonder iemand aan te kijken en liep naar de deur, waarbij opviel dat zijn rechterbeen licht sleepte. Met zijn hand op de klink draaide hij zich om en tikte op zijn been. 'Brandwonden heb ik genoeg, op meer zit ik niet te wachten.' En met een strenge frons naar Ollie: 'Daarom drink ik tijdens deze missie geen druppel alcohol en ik raad jullie aan hetzelfde te doen. Naar de walm om jullie heen te oordelen lijkt dat geen overbodig advies.'

Het duurde nog geen tien tellen voordat er een storm aan verontwaardigde reacties losbarstte. Ethan was de eerste. 'Met wat voor randdebiel heeft de chief ons opgescheept?'

'Geen vervanger van Tank, mijn reet! Deze oude knurft met al zijn kennis en ervaring kan nog niet aan Tank tippen,' vond Lucas.

'En hij moet ons commando's geven?' schamperde Lily. 'Ik kon hem nu al niet verstaan.'

De een na de ander taaide af om in het krachthonk zijn frustratie bot te vieren of met het thuisfront te bellen. Jake en Ollie bleven achter en zakten onderuit in de twee fauteuils bij het raam. 'Wat een eikel,' verzuchtte Ollie, 'op deze manier missen we Tank alleen maar meer. Laten we hopen dat dit verhaal snel ten einde komt.'

Jake knikte. 'Dat hoop ik met je mee. De minuut nadat Cox gepakt is, ben ik weg.' Hij wreef met twee handen over zijn gezicht. Misselijk was hij niet meer, maar de kater had zijn hoofd nog niet verlaten. 'Het enige positieve aan deze missie is dat ik van de bank ben gekomen, dat ik weer functioneer en dat ik uitkijk naar een toekomst, met Sam en Emily. En daar blijf ik je altijd dankbaar voor. Jij hebt me uit de put getrokken, mate, zonder jou...'

'No worries. Ik ben blij voor je, echt, en ik mis Jody en mijn jongens ook. Maar ik vrees dat we nog even moeten doorbijten.' Hij stond op om de deur dicht te doen en ging weer zitten. 'Ik mag dit eigenlijk niet vertellen, maar ik moet het gewoon kwijt.'

'Wat is er?'

Ollie zette zijn ellebogen op zijn knieën en boog wat dichter naar Jake toe. 'Mijn neef Toby belde me vanmorgen, want er schijnt trammelant te zijn. De top is het niet eens over de manier waarop Cox moet worden aangepakt. Zolang hij nog vrij rondloopt wil de dienst aan zijn eisen blijven voldoen. Betalen dus, Cox in de waan laten dat hij de controle heeft en ondertussen het net rondom hem sluiten. Maar de minister denkt er anders over en de premier neigt naar zijn kant. Zij willen juist stoppen met betalen om Cox uit de tent te lokken, zodat hij een fout maakt en de pakkans groter wordt.'

Jake dacht na. 'Er is voor beide opties iets te zeggen. Hoe weet je of je het goede doet?'

'Volgens Toby is het levensgevaarlijk Cox niet meer te betalen. Zelfs al is het geld niet zijn uiteindelijke doel.'

Jake begreep het niet. 'Dat is het toch juist wel? Hij vraagt alsmaar meer geld.'

'Precies. Hij eist een bedrag, maar zodra dat betaald is, netjes op tijd, vóór de deadline, verhoogt hij het, en wel met zo'n korte betalingstermijn dat op tijd betalen onmogelijk wordt. En dan volgt er weer een brand. Volgens Toby denken ze bij de dienst dat Cox een spel speelt, het gaat hem helemaal niet om het geld.'

'Het gaat om de brand,' begreep Jake. Hij gooide zijn hoofd in zijn nek en blies hard uit. 'Hij kickt erop. Precies wat Noah zei, toen we naar Cairns vlogen voor de eerste brand.'

'Zoiets staat inderdaad in het psychologisch profiel. De Big Fires hebben Cox wereldwijde bekendheid opgeleverd. Negatieve bekendheid, uiteraard, maar dat schijnt voor psychopaten zoals hij niets uit te maken. Waarschijnlijk is hij op zoek naar diezelfde roes als toen en stopt hij niet voordat die is bereikt. Ongeacht het bedrag dat hij ondertussen binnensleept.'

Jake kon niet blijven zitten. IJsberend door de kamer probeerde hij zijn gedachten op een rij te krijgen. 'Voor ons maakt het niet uit welke aanpak gevolgd wordt, toch? Betalen of niet betalen, als het klopt wat Toby zegt, zal Cox branden blijven stichten. Dus blijven wij blussen, totdat iemand hem stopt.'

'Klopt,' knikte Ollie, 'maar als de minister wint en de geldkraan gaat dicht, voelt onze Cody zich waarschijnlijk wel op zijn pikkie getrapt en wie weet wat die wacko dan doet. Het wordt toch al steeds gekker; in het museum hadden we nog geen dodelijke slachtoffers, bij de bungeetoren één en in de mijn zes, inclusief Tank. Het voelt bijna als een opbouw, een aanloop naar iets veel groters. Dat bevalt me niks.'

Samen liepen ze naar buiten. De behoefte aan licht en lucht was opeens sterk aanwezig. 'Ik heb zin in een dubbele cheeseburger met alles erop en eraan,' verzuchtte Ollie.

'Komt door de drank,' wist Jake. Met hese fluisterstem vervolgde hij: 'Maar daar doen wij uiteraard niet aan, nog geen druppel. En dat is geen overbodig advies.' Bij het zien van Ollies chagrijnige blik schoot hij hard in de lach.

32

De aankondiging voor de volgende brand liet drie lange dagen op zich wachten. Jake was bijna opgelucht toen Kelly met de boodschap kwam. Hij was veel liever met zijn werk bezig dan dat hij rondhing op de basis; er werden nieuwe F50-gevechtsvliegtuigen getest en het lawaai ervan was niet te harden. Daarnaast kwam het hardlopen, gewichten pompen en Five Hundred spelen hem de neus uit. Het voelde als verspilling van tijd die hij liever met Sam doorbracht. Nu hij van Toby bij de veiligheidsdienst zo'n beetje wist hoe Cody Cox in elkaar stak, in Ollies woorden 'als een levensgevaarlijke kleuter met grootheidswaan', wilde hij de klus zo snel mogelijk tot een einde brengen. Zowel fysiek als mentaal voelde hij zich weer sterk genoeg om zijn vaderrol op te pakken en de missie werd langzaamaan een sta-in-de-weg voor zijn toekomstplannen. Hoe eerder de branden geblust waren en Cox achter slot en grendel zat, hoe beter.

Canberra, de hoofdstad en het centrum van de macht, bleek het volgende target te zijn. Ergens verraste het Jake niet. Toen een dag eerder in de online kranten werd aangekondigd dat de Vuurduivel volgens de minister-president meer dan genoeg geld had opgehaald en dat hij niet ongestraft zou wegkomen met dreigementen en chantage, verwachtte Jake een reactie. Cox zou willen laten zien wie in dit spel de touwtjes in handen had en premier Crawford was dat zeker niet. De keuze voor

Canberra was een heldere boodschap van de Vuurduivel. Hoe kon hij duidelijker demonstreren wie de eindbaas was dan door brand te stichten in de woon- en werkplaats van de premier?

Kennelijk had Cox er dit keer haast mee. Nog tijdens de vlucht van Darwin naar de hoofdstad kwam de eerste melding binnen: de nationale bibliotheek stond in de hens. Tien minuten later bleek ook het parlementsgebouw te fikken en een half uur daarna, de landing was net ingezet, werd Kelly ingeseind over een brand in Yarralumla, de ambtswoning van 's lands gouverneur-generaal. Maar liefst drie hotspots in de hoofdstad, dat kon maar één ding betekenen: Cox was pislink om de stopgezette betalingen en sloeg met volle kracht terug. Exact volgens verwachting van de premier, die hoopte dat Cox door zijn frustratie fouten maakte en zijn pakkans vergrootte.

Chief Kelly leek er zelfs van onder de indruk, meende Jake. De bevelvoerder oogde bleker dan normaal en zijn commando's klonken net wat minder overtuigend. Dat kon ook te maken hebben met de stormachtige windvlagen die tegen het vliegtuig beukten en flinke turbulentie veroorzaakten. Jake had er zijn handen vol aan. Landen met hevige zijwind was riskant. Omdat de wind van links kwam, stuurde hij de neus van het toestel dezelfde kant op. Pas vlak boven de landingsbaan trapte hij het rechtervoetpedaal iets in om het toestel recht te trekken. Hij zette de linkervleugel in de wind, trok het stuur op om de daalsnelheid te temperen en liet het linker hoofdwiel als eerste de grond raken. Even later rolde de Superscooper over de baan en bracht Jake hem beheerst tot stilstand. Zelf voelde hij geen centje pijn, maar zijn buurman in de cockpit hoorde hij opgelucht ademhalen. Jake deed alsof hij het niet merkte, zette de motor uit en voegde zich bij de rest van het team.

Anders dan vorige keren werden ze dit keer opgewacht door slechts één tankautospuit. Omdat het onmogelijk was met één team drie branden tegelijk aan te pakken, waren collega's van de hoofdstedelijke brandweer al ingezet op de bibliotheek en het parlementsgebouw. Een motoragent loodste hen door de stad naar de gouverneurswoning. Ze wisten dat ze in de buurt moesten zijn toen ze een hoek omsloegen en een kolossale kolom van gitzwarte rook zichtbaar werd. Jake floot tussen zijn tanden.

'Slechte rook,' wist ook Ollie, 'ik bid dat er niemand binnen is.'

'En in de andere gebouwen ook niet,' zei Lily. 'De klootzak zet een tandje bij. Eén brand is blijkbaar niet meer genoeg.'

'Ik vraag me af wat wij hier doen,' mompelde Ethan, meer in zichzelf dan tegen een ander. Toen hij zag dat Lily en Lucas hem bevreemd aankeken, wees hij door het raam naar een tweede rookpluim achter de huizenrij die ze passeerden, wat kleiner en minder zwart, maar nog steeds indrukwekkend. 'Waarom worden wij nog ingevlogen voor een brand die net zo goed door de lokale ploeg kan worden gecoverd? Toen we begonnen wist bijna niemand dat Cox erachter zat, maar die geheime missie is nu geen geheim meer.'

Lucas haalde zijn schouders op. 'Blussen is blussen, het maakt mij niet uit waar. Als ik jou was zou ik niet proberen die gek te begrijpen.' Hij tikte met zijn wijsvinger tegen zijn voorhoofd en rolde overdreven met zijn ene oog. 'Word je zelf loco.'

Ollie kon erom lachen, maar Ethan reageerde niet.

Jake stootte hem aan. 'Denk er straks maar over na, mate, we zijn er.' Hij sprong uit de wagen en werd meteen bij zijn arm gegrepen door een oververhitte politieagent. Zweet droop in straaltjes langs zijn gezicht en de kraag van zijn overhemd was zeiknat.

‘Wie van jullie is de piloot?’

‘Dat ben ik,’ zei Jake.

Luitenant Randall kwam op hen afgelopen. ‘Wat is er aan de hand?’

‘Nieuwe orders van bovenaf,’ riep de agent, terwijl hij Jake met zich meetrok naar zijn auto. ‘Jullie piloot gaat terug naar het vliegveld. Hij moet zo snel mogelijk de lucht in.’

33

Canberra, New South Wales

Voor de tweede keer binnen een kwartier racete Jake met gillende sirenes door de hoofdstad, maar nu de andere kant op, terug naar het vliegveld. De agent achter het stuur nam zijn taak serieus. Hij negeerde elk stoplicht, scheurde door de bochten en bracht zijn passagier in recordtijd naar de plaats van bestemming. Eenmaal aangekomen trok hij een flesje water uit de houder in het portier en leegde de inhoud over zijn rood aangelopen hoofd.

'En nu?' vroeg Jake.

De agent liet zich met een zucht achterover zakken en likte het water van zijn lippen. 'Geen idee, mate, mijn taak zit erop. Je moet omhoog, meer hebben ze mij ook niet verteld.'

Jake trok een sprintje naar de Superscooper. Er was niemand te zien. Hij klom naar binnen, zette zijn koptelefoon op en meldde zich bij de luchtverkeersleiding. De operator was hoorbaar opgelucht.

'Goed dat je er bent,' zei een krakende stem in Jakes oren. 'We hebben je nodig om te blussen vanuit de lucht. Waterscheppen gaat het beste in Lake George, op negenentwintig kilometer in noordoostelijke richting. Het is een afgebakend bekken. Hopelijk heb je er niet te veel last van de wind, al blijft het riskant. Ik had je liever naar de oceaan gestuurd, daar ben je sneller en je hebt meer ruimte, maar vanwege de storm is dat vandaag geen optie. Is dat een probleem voor je?'

'Geen probleem.'

'Top. Meld je zodra je vol zit, dan weet ik waar je nodig bent. Op dit moment brandt het parlementsgebouw het hardst, maar de wind is aan het draaien, de situatie kan veranderen. Over.'

'Helder, ik meld me na het scheppen. Over en uit.' Het klonk zelfverzekerd genoeg, Jake hoorde het zelf, en toch voelde hij de spanning in zijn lijf. Tijdens de instructies had hij het vliegtuig al in positie gemanoeuvreerd. Hij concentreerde zich op zijn handelingen, schoot in een schuine streep naar boven en stond zich pas toe de opdracht in zijn hoofd te herhalen toen hij op de juiste vlieghoogte zat. Waterscheppen was onderdeel van zijn opleiding geweest, maar dat leek een eeuwigheid geleden. Daarna was het er niet meer van gekomen. Alleen tijdens de testvlucht voor deze missie had hij het kunstje nog eens herhaald, op een windstille dag en met een ervaren instructeur naast zich. Het was een specifieke techniek die nauw luisterde. Hij zou exact op de goede hoogte over het water moeten vliegen. Hoog genoeg om niet neer te storten, laag genoeg om zijn tank te vullen met water.

Veel eerder dan hij er klaar voor was, zag hij Lake George onder zich verschijnen. Volgens zijn boordcomputer was het meer vijfentwintig kilometer lang, lang genoeg om de tank van zesduizend liter te vullen. Bij een gladde waterspiegel volstond een 'scoop' van vijfhonderd meter; een volle tank in twaalf seconden. Alleen was deze waterspiegel niet glad. De wind veroorzaakte rollende golven die kapotsloegen tegen de rotsen aan de oostkant van het meer. Jake daalde af en voelde de wind tegen het vliegtuig beuken. Met vaste hand bracht hij het toestel tot vlak boven de golven. Hij opende de waterpoorten en liet beide scheppen het water in zakken. Op de meter in zijn bedieningspaneel zag hij de tank vollopen, maar het toestel protesteerde luid. Het onstuimige water stootte het vliegtuig omhoog, waardoor de scheppen zich niet volledig konden vullen. Tegelijkertijd zorgden windvlagen voor een zijwaartse beweging, en maakten ze het Jake bijna onmogelijk een rechte koers aan te houden. Na een hele kilometer was de tank pas halfvol. Hij zou door moeten scoopen, maar de kramp in zijn handen was niet te harden. Jake trok het toestel omhoog en maakte een lus. In de lucht nam hij een moment om op adem te komen. Hij schudde zijn handen los, klemde zijn kaken op elkaar en dook nogmaals naar beneden.

Met een volle watertank bereikte hij de hoofdstad. Het grootste deel van zijn lading loosde hij boven de nationale bibliotheek, het restant was voor de woning van de gouverneur. Daarna toog hij terug naar het meer voor een tweede en uiteindelijk nog een derde ronde. Voor de bieb was het sein 'brand meester' toen al gegeven, het gouverneursgebouw volgde niet veel later. Jake bracht de Superscooper veilig terug naar het vliegveld en kreeg een lift naar de brandweerkazerne, waar de rest van het team ook net arriveerde.

'Good job!' Ollie sloeg Jake op zijn schouder. Er zaten zwarte vegen op zijn gezicht en de afdruk van zijn masker stond nog in zijn wangen. 'Dat water van boven scheelt zó veel. Zonder jou waren we nu nog bezig geweest. Hoe vaak heb je bijgevuld?'

Jake trok een grimas. 'Drie keer. Ik word er nog eens goed in.'

'Niet zo bescheiden, je hebt het fantastisch gedaan. Drie grote branden en maar een handvol gewonden, dat is geen slechte score. We hebben de schade aan de gebouwen kunnen beperken. Het parlementsgebouw is aardig uitgebrand, maar de bieb en Yarralumla zijn nog te restaureren, hoorde ik.' Ollie schonk zijn maat een veelzeggende blik en liep na Lily de kazerne in van hun hoofdstedelijke collega's. Hier konden ze zich opfrissen, eten en een paar uur slapen voordat ze terugvlogen naar de basis in Darwin.

Het avondmaal werd in een aparte ruimte geserveerd. Noah, Mingus en chief Kelly lieten verstek gaan voor wat extra rust. De anderen laadden hun borden vol spaghetti en namen het ervan. Na de koffie stootte Ollie Jake aan en knikte naar de deur. Jake begreep de hint. Samen liepen ze naar buiten. Het was donker en klammig warm. Rookdampen omhulden de stad. De brandgeur zou nog weken blijven hangen en de bewoners herinneren aan de verwoesting die de Vuurduivel opnieuw had aangericht.

'Er was geen geld geëist,' begon Oliver, nadat hij had gecontroleerd of niemand hen kon horen. De verontwaardiging droop van zijn gezicht.

Jake keek hem niet-begrijpend aan.

'Toby stond op mijn voicemail. Hij zei dat de brand was aangekondigd, net als de vorige keren, maar er werd niet om geld gevraagd. Toby was er ondersteboven van. De dreigementen van de premier om niet meer te betalen hebben totaal verkeerd uitgepakt. Die gek van een Cox accepteert het en gaat gewoon door. De branden van vandaag hebben hem geen cent opgeleverd. Helemaal niets!'

Jake stak zijn handen in de zakken van zijn spijkerbroek. 'Vind je dat raar? Ik had wel zoiets verwacht. Als de premier wil kijken wie het verst kan pissen, wint Cox. Hij laat zich de wet niet voorschrijven, die bepaalt hij zelf. Zolang hij niet gepakt wordt, is hij de baas.'

Ollie gaf een gefrustreerde trap tegen de muur van de kazerne. 'Dat is niet alles. Toby zei nog iets: de veiligheidsdienst is iets op het spoor.' Hij keek schichtig om zich heen en ging dichter bij Jake staan. 'Als we geen familie waren had hij het me nooit verteld. Hij weet ook nog niet of het waar is, ik bedoel, er is geen keihard bewijs, maar...'

'Wat is het?' Jake dempte zijn stem, omdat Ollie dat ook deed.

'Ze houden rekening met de mogelijkheid dat de Vuurduivel een brandweerman is of is geweest.'

'Wat?' Jake was met stomheid geslagen. 'Hoezo? Cox is toch een milieuactivist?'

Ollie legde een vinger tegen zijn lippen. 'Dat sluit elkaar niet uit, toch? Het schijnt dat al in de nasleep van de Big Fires gedacht werd dat Cox een brandweerman was. Uit analyses van de recente branden komt hetzelfde naar voren: bizar veel kennis van vuur, van het stichten en verspreiden ervan én van het bemoeilijken van bluswerk... dit is een kenner, iemand die beroepsmatig met vuur bezig is of dat langdurig is geweest.'

Jake dacht na. 'Of Cox heeft zelf de kennis niet en werkt met een brandweerman samen? Wie weet heeft hij iemand in de tang?'

'Dat lijkt me niet waarschijnlijk,' meende Ollie, 'ik weet van Toby dat er aardig wat profielen van Cox zijn opgesteld en in allemaal komt naar voren dat het in wezen een eenling is. Je zei het net al: hij bepaalt wat er gebeurt en hij eist de erkenning op.'

Ze zwegen, beiden in gedachten verzonken.

'Dit is verrot,' mompelde Jake na een tijdje.

'Het ergste heb ik nog niet eens verteld.' Ollie oogde ineens vreemd opgelaten. 'Ik vond dat ik deze informatie niet voor me kon houden en ben ermee naar chief Kelly gegaan, zonder Toby's naam te noemen, uiteraard. Hij bleek al te zijn ingelicht... Je raadt nooit wat hij me toevertrouwde.'

Ollie boog zich naar Jakes oor en fluisterde: 'De chief denkt dat hij weet wie het zou kunnen zijn en daar voelt hij zich onnoemelijk schuldig over.'

Jake week achteruit. 'Wat? Maar waarom dan?'

'Omdat hij hem zelf voor dit team heeft geselecteerd.'

34

De giftige woede in zijn lijf was zo intens dat Cody hem met geen mogelijkheid kon binnenhouden. Pijn in zijn benen merkte hij niet op, de voorzichtigheid die hij doorgaans betrachtte, leek opeens niet meer belangrijk. Hij rende door de straten totdat hij een geschikt slachtoffer vond; iemand die alleen was, zonder publiek in de buurt. Een koerier op een scooter had de pech zijn pad te kruisen. Cody dwong hem te stoppen en sleurde hem met zich mee, een nabijgelegen steeg in, tot achter twee afvalcontainers. De helm met een sticker van Watson Woodfired Pizza, die achteloos aan de arm van de koerier had gebungeld, schoof van zijn arm af en rolde een eindje door.

De jongen schrok zo van Cody's brute kracht dat hij zich amper durfde te verzetten. De eerste gerichte trap tegen zijn knie vloerde hem direct. Doodsbang duwde de jongen zichzelf achteruit tussen de twee containers, zijn armen beschermend over zijn hoofd. Cody liet hem begaan, trok een van de containers opzij voor meer bewegingsvrijheid en gaf zijn agressie vrij baan. Hij trapte en beukte net zolang totdat zijn woede was bekoeld. Toen hij eindelijk weer een beetje bij zinnen kwam, leefde de jongen allang niet meer. Zijn gezicht was tot moes geramd, zijn shirt zag rood van het bloed en zijn benen lagen in een onnatuurlijke hoek.

Cody schoof het lichaam met zijn voet dieper de schaduw in en trok de container terug op zijn plek. Een snelle check van weerszijden van de steeg leerde dat niemand hem in de gaten hield. Hijgend liet hij zich voorover tegen de container vallen. Hij was kapot, de aanval had al zijn energie gekost. De woede was weg, wat restte was verdriet en frustratie. Verdriet omdat hij in de uitbarsting het gedrag herkende van de vader die hij haatte. Frustratie vanwege het volledige verlies van controle, precies wat hij had willen voorkomen.

Hij draaide zich om en zakte naar de grond. Met zijn voorhoofd op zijn knieën liet hij zijn gedachten stromen. Alles was voor niets geweest als hij nu de regie niet terugnam. Daarvoor was het noodzakelijk de reden van zijn woede te doorgronden. Allereerst hadden de machthebbers het in hun arrogante harses gehaald de betalingen stop te zetten. En dat niet alleen; de onderhandelaar had het nodig gevonden hem een sneer na te geven. 'Je moet niet denken dat we ons nog langer onder druk laten zetten door een pyromaantje dat zijn beste tijd allang gehad heeft.' Hij kreeg het er weer koud van; de opmerking was zo misplaatst en bezijden de waarheid dat hij alleen gemaakt kon zijn door iemand die de Big Fires persoonlijk niet had meegemaakt en wiens naasten niet waren getroffen. Een immigrant, misschien. Hij was woest geworden en waarschijnlijk was dat precies de bedoeling geweest. Ze aasden op een reactie, een impulsieve, domme zet waarmee hij zijn locatie of identiteit zou onthullen. Hij schudde zijn hoofd nu hij de truc doorzag. Ze hadden nog bijna hun zin gekregen ook. Als een dolle stier was hij op een nieuw doelwit afgestoven: Canberra, de hoofdstad, habitat van de leeghoofden die dachten dat de Vuurduivel zich zomaar aan de kant liet zetten. Hij zou ze eens wat laten zien. Stond dit in zijn grote plan? Nee. Had hij dit zorgvuldig voorbereid? Nee. Was het een onnodige en onbezonnen onderneming die zijn hele operatie naar de gallemiezen kon helpen? Ja.

Maar er was meer dat zijn woede tot grote hoogte had aangewakkerd. De branden in Canberra waren broddelwerk, amateuristisch houtje-touwtjespektakel van het niveau dat elke beginnende vuurfanaat met een paar uurtjes online research kon bereiken. Niets vernieuwends of verheffends: drie door hemzelf geplaatste semtex-bommen met een tijdmechanisme, meer was het niet. Veel rook, weinig vlammen, nul slachtoffers. Hij had de media nog niet gezien, maar het leed geen twijfel dat de Canberrabranden op het conto van de Vuurduivel zouden worden bijgeschreven. Het gezichtsverlies dat hij daarmee zou oplopen was tenenkrommend. Hij zag de koppen al voor zich: VUURDUIVEL LAAT STEKEN VALLEN. ONTMASKERING VUURDUIVEL NABIJ. ZO HAD DE VUURDUIVEL ZICH ZIJN COMEBACK NIET VOORGESTELD.

Hij tastte in zijn kraag en vond het kettinkje dat zijn moeder hem gaf vlak voordat ze de gevangenis in ging. Zij zou zeggen dat het vast meeviel. Zijn reputatie was ijzersterk en kon best een stootje hebben. Bovendien waren de media lang niet zo slim als hij. Brand in drie belangrijke gebouwen in het centrum van de macht was hoe dan ook groot nieuws. Dat hij zich had laten uitlokken en dat de branden technisch minder interessant waren uitgevoerd, trok waarschijnlijk alleen hij zich aan.

Dat hielp. Cody drukte een kus op het hangertje, een afbeelding van Vulcanus, de Romeinse god van het vuur. Hij had misschien een fout gemaakt, maar moest het ook niet overdrijven. De eerste drie branden waren nog altijd foutloos verlopen en beloofden veel goeds voor de grande finale. De wereld zou versteld staan als de Vuurduivel eindelijk zijn geheim onthulde. Als hij het nooit verklaarde succes achter de Big Fires bekend zou maken. Als zou blijken hoeveel inzet hij had getoond en hoe volhardend hij was geweest om de klus opnieuw te klaren. Maar vooral als hij de wereld liet kennismaken met zijn geheime troef.

DEEL II

35

Twaalf jaar eerder, hoofdkantoor Climate First

'Zijn jullie er klaar voor?' Met een ernstige blik probeerde Cody zijn nervositeit te verbergen. Het was een overbodige vraag. Hij wist dat zijn bestuursleden, of 'groupies', zoals hij ze stiekem noemde, lang naar dit moment hadden uitgekeken. Tex en Buster, de witblonde tweelingbroers die zich als overtuigde milieufreaks bij Climate First hadden aangesloten, hadden meermaals gevraagd of ze het laboratorium mochten zien. Ook Jada en Mei-Linn, respectievelijk het oudste en het jongste bestuurslid, staken hun nieuwsgierigheid niet onder stoelen of banken. Alleen Jeremiah, de nieuwste aanwinst van de club, had zijn mond gehouden. Nu was deze veganistische yogi sowieso geen praatgraag, maar wie hem langer kende kon in zijn ogen lezen of hij ergens enthousiast van werd. Op dit moment straalden ze.

Ze waren bijeengekomen in de oude loods die Cody jaren eerder speciaal voor dit doel onder een valse naam had gekocht. Het pand stond op een verlaten industrieterrein en bood voldoende privacy om ongezien zijn gang te kunnen gaan. Zelf kwam hij er dagelijks, soms overnachtte hij er zelfs, de anderen zochten hem er meerdere keren per week op. De grote hal gebruikten ze om in te voetballen of frisbeeën en de oude kantine hadden ze met afgedankt tuinmeubilair omgetoverd tot vergaderhok. De belangrijkste kamer was Cody's lab, de enige plek waar de anderen niet mochten komen. Tot vandaag.

'Wat denk jij?' Mei-Linn klapte een paar keer snel achter elkaar in haar kleine handen. 'Ik dacht dat het er nooit van zou komen.'

'Dan heb je niet goed geluisterd,' schamperde Buster. 'Cody heeft altijd gezegd dat ons geduld beloond zou worden.'

Zijn broer viel hem bij. 'Jullie hebben niet eens zo lang hoeven wachten. Wij al zeven weken.'

'Goed dan.' Cody deelde mondmaskers uit en wees naar de veiligheidsbrillen op tafel. Zelf was hij vaak genoeg zonder masker of bril in het lab geweest, maar het droeg bij aan het dramatische effect van dit moment en zou zijn publiek op scherp zetten. Dat was nodig. Nooit eerder had hij iemand deelgenoot gemaakt van zijn bevindingen. Deze vijf mensen, die hij in feite nauwelijks kende, maar die, zonder het zelf te weten, wezenlijke schakels vormden in zijn grote plan, kregen de eer een wonder te aanschouwen. Een wonder der natuur, met wat hulp van de wetenschap. Hij haalde de deur van het slot en ging als eerste naar binnen.

Zodra Jeremiah de deur achter zich had gesloten, knipte Cody een lampje aan dat blauw licht verspreidde. Het laboratorium was al niet groot, maar het lage plafond en het zuinige schijnsel gaven het een extra intieme indruk. Langs de wanden stonden rekken opgesteld met daarin tientallen bakken van transparant plastic. Er was een werkblad met twee computerschermen, een keukenblok met koelkast en vrieskist en er stonden twee joekels van microscopen, maar het meest opvallend in het lab, naast de aardse geur, was de enorme zwarte lap die in het midden van de ruimte over een rechthoekig object was gedrapeerd.

Ze schaarden zich om het mysterieuze voorwerp. Cody wachtte bewust een paar tellen. Hij voelde zijn hand trillen en hoorde hoe Mei-Linn haar adem inhield toen hij een ruk aan het doek gaf. De reacties deden hem goed; bijna iedereen week in bewondering achteruit en beide broers lieten zelfs een langgerekt 'aaah' ontsnappen. Vervuld van trots aanschouwde ook Cody de inhoud van het enorme aquarium: een uit de kluiten gewassen verkoolde boomstam van gitzwart eucalyptushout, bezaaid met welgeteld drieënzestig zilvergrijze tonderzwammen.

'Maak kennis met een revolutie,' sprak Cody met gedragen stem. Hij wilde doorpraten, maar werd hinderlijk onderbroken door Buster en Tex.

'Wacht even. Dood hout met paddenstoelen? Prachtig, daar niet van, maar een revolutie? Die dingen bestaan al langer dan wij.'

'Langer dan de hele mensheid, bedoel je.'

'Ja, dat spreekt natuurlijk...'

'Stil!' Cody kon zijn ergernis niet bedwingen. 'Eerst luisteren, dan praten. En geen handen tegen het glas.' Met een witte doek wreef hij voorzichtig over de plek waar Mei-Linn haar vingers had gezet. 'De *Fomes fomentarius*, ofwel de echte tonderzwam, is een schimmel en zwakteparasiet, hij groeit op verzwakte en dode bomen. Hij heeft een broertje en een zusje, de Ganoderma adspersum, ofwel de dikrandtonderzwam en de Ganoderma applanatum, de platte tonderzwam. Alle drie hebben een bijzondere eigenschap; hun vlees bestaat voor een groot deel uit licht ontvlambaar materiaal, dat in vroeger tijden al werd ingezet om vuur te laten smeulen. Inheemse volkeren, zoals de Aboriginals en de Maori, gebruikten het om tijdens hun omzwervingen vuur met zich mee te dragen.'

'Zeg maar een voorloper van de aansteker.' Buster maakte

direct een verontschuldigend gebaar naar Cody voor de onderbreking, maar die knikte instemmend.

'Zoiets, inderdaad. Al is er een belangrijk verschil. Een aansteker heeft een ingebouwd ontstekingsmechanisme en dat heeft deze zwam niet. Of, laat ik zeggen, dat hád deze zwam niet...' Met een veelbetekenende blik keek hij de kring rond. 'Tot zover de natuur, nu is de wetenschap aan zet. Hou afstand, allemaal.' Met veel omhaal trok hij een rubber handschoen aan zijn rechterhand. Daarna schoof hij een krukje bij, stapte erop en stak behoedzaam een arm over de rand van het aquarium. Met een draaiende beweging plukte hij een zwam van de boomstam, die hij vervolgens naar een leeg, veel kleiner aquarium verplaatste. Nadat hij die tweede bak met een deksel had afgesloten, haalde hij opgelucht adem.

'Wat is het doel van Climate First?' Vragend keek hij de kring rond.

Mei-Linn dreunde het antwoord op: 'Klimaatverandering tegengaan, de natuur redden, het milieu topprioriteit maken van de regering en van die in zo veel mogelijk andere landen.'

'En hoe doen we dat?'

'Door de wereld wakker te schudden met opvallende acties,' wist Tex.

'Met acties die pijn doen,' corrigeerde Cody hem. 'Het is triest, maar zo liggen de feiten: pas na pijn is de mens bereid tot verandering. Beleidsmakers wringen zich in duizend bochten om pijnlijke beslissingen uit te stellen of uit de weg te gaan. Met alleen maar meer ellende tot gevolg. Climate First wil daar paal en perk aan stellen, door de pijn voelbaar te maken. Voor iedereen, want alleen dan zal de wereld luisteren.'

Cody keek naar de bewonderende blikken van zijn volgelingen en begreep ineens hoe een goeroe of sekteleider zich moest voelen. De riedel die hij net afstak had hij, in iets andere bewoordingen, al vaker afgestoken en elke keer leek het alsof de anderen het voor het eerst hoorden. Hun adoratie voor hem en zijn gefakete 'nobele doel' verwarde hem, maar streelde ook zijn ego. Het besef dat die adoratie na vandaag nog groter zou worden, deed zijn hart sneller slaan. Hij kon niet wachten hun te laten zien waaraan hij zo lang en hard gewerkt had, maar bouwde de spanning bewust nog iets verder op.

'Mijn fascinatie voor fungi begon in het derde jaar van mijn studie biologie. Ik volgde een semester van een Europese docent mycologie, Frans August Brocatus uit Antwerpen. Mycologie is de leer van zwammen en paddenstoelen. Deze man kon daar zo lyrisch over vertellen dat ik uiteindelijk ben afgestudeerd op een van de onderwerpen uit zijn hoed. Onder de bodem gaat een wereld schuil waar de meeste mensen niets van weten. Datzelfde gold destijds voor mij. Van 'mycelium' had ik nog nooit gehoord; het netwerk van schimmeldraden, kilometerslang, waaruit paddenstoelen groeien. Wist je dat bomen via dat mycelium met elkaar kunnen communiceren? Bij droogte bijvoorbeeld, kan een boom andere bomen vragen tijdelijk geen vocht uit de grond te onttrekken, omdat hij het zelf harder nodig heeft. Ik kon het bijna niet geloven, maar het is wetenschappelijk bewezen; dit systeem bestaat.'

Er viel een ongemakkelijke stilte. Zijn vijf toehoorders wachtten beleefd tot hij verder sprak, maar uit hun ogen straalde onbegrip. Het was duidelijk dat ze zijn fascinatie niet direct deelden. Waar ging dit naartoe?

'Weinig mensen weten fungi te waarderen. Zelfs sommige studenten die ik later als docent biologie lesgaf, hielden vast aan de vooroordelen: schimmels stinken, ze zijn vies en maken je ziek. Daar hield het voor de meesten op. Voor mij niet, ik ben doorgegaan met onderzoeken. De grootste vondst deed ik toen ik me ging verdiepen in de inzetbaarheid van zwammen bij het maken en verspreiden van vuur. Het uitgebreide verslag van mijn zoektocht zal ik jullie besparen.' Cody tikte tegen de wand van het aquarium. 'Waar het op neerkomt is dat met de hulp van deze jongens Climate First voorpaginanieuws wordt, over de hele wereld.'

Mei-Linns mond viel open. 'Over de hele wereld? Oh my god, hoe dan?'

'Voorpaginanieuws is precies wat we nodig hebben,' riep Jada, 'dan is ons doel in één keer bereikt.'

'Exact.' Eindelijk kwam er wat los. Cody voedde zich met de blij verraste blikken en zette een tandje bij. 'Zie de tonderzwam als een natuurlijk aanmaakblokje, hij is brandbaar, houdt vuur vast en eenmaal in brand, dooft hij niet gemakkelijk. Het enige probleem met een aanmaakblokje is dat het niet vanzelf ontbrandt, het moet worden aangestoken. Daar heb ik iets op bedacht.' Hij drukte Jeremiah een vergrootglas in zijn handen. 'Kijk eens goed en vertel me wat je ziet.'

De zwijgzame jongen deed wat hem gevraagd werd en boog zich met de loep over het kleine aquarium heen. Na een tijdje kwam hij overeind. 'Ik weet niet hoe het heet,' zei hij lijzig, 'maar ik zie glitters op die zwam, als een soort nagellak.'

Cody negeerde het laatste deel van de opmerking. 'Glitters. Bijna goed. Het is glas, gestold glas.' Met trots wees hij op de resterende eenenzestig zwammen in de bak. 'Deze exemplaren lijken puur natuur, maar zijn het niet. Toen ze nog een stuk kleiner waren, heb ik ze met behulp van een aangepast industrieel lijmpistool geïnjecteerd met tot twaalfhonderd graden verhit, vloeibaar glas. Nu zijn ze volgroeid en bevat elke hoed tientallen minuscule flintertjes glas.' Hij liet een pauze vallen voor het effect. 'Raad eens wat er gebeurt als we ze buiten in de zon zetten?'

Het bleef even stil. Toen begonnen de ogen van beide broers te glimmen. Buster klapte één keer hard in zijn handen en Tex gaf het bijbehorende commentaar: 'Boem!'

Cody lachte hardop. 'De glasvezels werken als een katalysator. Ze nemen het zonlicht op en worden heet genoeg om het vlees van de paddenstoel te laten smeulen. Vanaf dat moment is het een kwestie van tijd tot ontbranding plaatsvindt.' Hij trok zijn gezicht weer in de plooi. De anderen hoefden niet te weten dat hij als een kind zo blij was. 'Van alle Climate First-acties hebben onze branden het meeste effect gesorteerd. Geen andere stunt kreeg meer aandacht van de media en de politiek. Vanaf nu ligt daar onze focus. Dat kan, want het risico om betrapt te worden is voortaan nihil. We plaatsen de zwammen na zonsondergang en hebben de rest van de avond en nacht de tijd om ons uit de voeten te maken. Als de zon opkomt en de brand uitbreekt, zijn wij mijlenver weg.'

'Hoe lang duurt het nog nadat de zon is opgekomen?' vroeg Mei-Linn.

'Dat hangt af van eventuele bewolking, de temperatuur, schaduwvorming, wind...'

'En het moet natuurlijk niet regenen,' vulde Jada aan, om vervolgens hoofdschuddend op Cody af te stappen en hem om zijn nek te vallen. 'Gefeliciteerd, chief, dit is geniaal.'

Verlegen door de onverwachte aanraking, wist Cody zich geen houding te geven.

Buster redde hem. 'Ze heeft gelijk. Hier moeten we op proosten! Bubbels heb ik niet, maar wie zin heeft in een ijskoud biertje, komt nu naar de kantine!'

36

Eiland SE18, voor de kust van Sydney, New South Wales

De verhuizing naar haar nieuwe stek was Emily niet in de kouwe kleren gaan zitten. Ze moest flink aanpoten om het huis op orde te krijgen. Achteraf gezien had ze Dougs aanbod om te helpen sjouwen beter kunnen accepteren, dan was ze nu misschien minder moe geweest. Maar het resultaat mocht er zijn: Sam had een kleine maar fijne kinderkamer, inclusief het door hem gewenste stapelbed, in haar eigen slaapkamer was net voldoende ruimte voor een bureautje waaraan ze prima kon werken en de meeste dozen waren uitgepakt. Met haar gezondheid ging het minder voorspoedig. Haar vermoeidheid weet ze dan wel stug aan het gesjouw met dozen en meubels, maar eigenlijk wist ze beter. Haar huid was bleek en droog, ze had continu dorst, ook al dronk ze sloten water, en haar cholesterolwaarde rees de pan uit. Haar nieren speelden op, zoveel was duidelijk. Ze moest naar een dokter, maar wilde het niet weten. Daarbij gunde ze zichzelf de tijd er niet voor. Eerst de verhuizing, eerst Sam laten wennen aan zijn nieuwe huis en school, eerst haar werk af, daarna zou er tijd zijn voor een doktersbezoek.

Het was vroeg in de ochtend. Ze had net Sam naar school gebracht en zou over een uur moeten inloggen voor een online redactieoverleg. Dat betekende dat ze eindelijk een gaatje overhad voor haar verhaal. In de badkamer smeerde ze haar gezicht en schilferende handen in met een vette crème. Ze vulde haar bidon met water, viste haar aantekeningen uit haar tas en plofte neer op de tweezitter in de woonkamer. Het was verleidelijk om even te gaan liggen en haar ogen dicht te doen, maar dat stond het verhaal niet toe; Kirstie, Abby en Angus riepen haar al dagen en lieten zich niet langer negeren. Ze opende haar blocnote en begon van voren af aan. Een jonge vrouw, een meisje en een oudere man, uit verschillende hoeken van het land en ieder met een eigen levensverhaal, maar met één gruwelijke overeenkomst: de manier waarop ze stierven. Een schijnbaar spontane zelfontbranding, halfslachtig onderzocht en te snel afgedaan, omdat het ieders verstand te boven ging, zelfs dat van de schouwartsen. Het zij zo, meende de politie, streep eronder en dóór.

Emily huiverde, ze had met eigen ogen gezien wat Kirsties mysterieuze overlijden met Jake had gedaan en kon zich de pijn van Abby's ouders en de zoon van Angus levendig voorstellen. Zonder sluitende verklaring bleef de dood van hun geliefde een open eind, kon er geen echt afscheid plaatsvinden en leefden ze de rest van hun leven in de pauzestand. Jake had zichzelf gelukkig bij elkaar geraapt, maar ze wist dat hij er nog elke dag onder leed. Het was vooral voor hem en Sam, die ook recht had op de waarheid zodra hij daar oud genoeg voor was, dat ze tot de bodem wilde gaan.

Ze zat verdiept in de mail van Angus' zoon Andrew, toen ze werd gebeld. Op het schermpje van de telefoon lichtte de naam van haar baas op. Ze verbeet een zucht en nam op.

Hanks viel meteen met de deur in huis. 'Ryan, ik wilde je even spreken vóór het overleg, want er is haast bij. We moeten iets met die Vuurduivel. Hij zit in onze provincie, we kunnen er niet omheen.'

'Ik zag al een liveblog vanuit Canberra? Hawkins en Mills zitten erbovenop.'

'Dat is bekend, ik heb ze die opdracht gegeven,' zei Hanks afgemeten. 'De brand is gecoverd, ik wil een achtergrondverhaal over de aanstichter, een profiel. Niemand weet wie de Vuurduivel nu is, maar we weten wel wat hij twaalf jaar geleden heeft gedaan en we zien wat hij nu doet. Wat kunnen we daaruit afleiden? Hoe zit deze man in elkaar?'

Emily's wenkbrauwen schoten omhoog. 'En dat moet ik weten?'

'Praat met profilers! Met psychologen, psychiaters, voor mijn part. Er zijn toch zeker zat deskundigen op dit vlak, mensen die eerdere pyromanen hebben onderzocht? Er moet literatuur over zijn.'

'Kan echt niemand anders dit doen? Woodward?'

'Woodward is bij de politie vanwege die vermoorde pizzakoerier in Canberra. Kennelijk willen ze het publiek om hulp vragen, want ze zitten op een dood spoor.' Hij zuchtte overdreven. 'Ik heb hier geen tijd voor, Ryan! Je gaat me toch niet teleurstellen?'

'Natuurlijk niet, maar is dit niet al veel vaker gedaan? Een profiel...'

'Niet door onze krant.'

Emily begreep dat Hanks zich niet liet vermurwen. 'Oké.'

'Mooi. Einde van de dag, vijfduizend woorden. Ik meld je af voor het redactieoverleg, je hebt je tijd nodig.' Hij hing op.

Emily klemde haar kiezen op elkaar en dook opnieuw in de mail van Andrew. De baas kon commanderen wat hij wilde, dit uur had ze voor haar eigen verhaal ingepland en die tijd pakte hij haar niet af. Ze parkeerde Hanks en concentreerde zich. Na Andrews mail las ze Dougs notities over Abby's dood. Opeens ging er in haar hoofd een alarmbel af en wel zo luid dat ze er hartkloppingen van kreeg. Ze sloot haar ogen en probeerde rustig adem te halen. Waarom had ze hier niet eerder aan gedacht? Het leek zo logisch. Als het waar was, tenminste, en dat wist ze niet zeker. Twee keer raak was niet genoeg, pas bij drie keer raak zou ze overtuigd zijn.

Ze greep haar telefoon en belde Doug, maar kreeg zijn voicemail. Haastig sprak ze een bericht in. Daarna stuurde ze een mail naar Andrew Ferrigan met het dringende verzoek haar te bellen. Hoe frustrerend ook, meer kon ze nu niet doen. Ze nam een paar gulzige slokken uit de bidon en liet zich uitgeput achterover in de bank vallen. Haar hart racete nog steeds.

37

Emily werd wakker van een harde roffel op het raam. Verward duwde ze zichzelf omhoog. Door het waas voor haar ogen ontwaarde ze Doug. Hij stond buiten, wees op de deurbel en schudde zijn hoofd. Ze checkte het klokje in haar telefoon: kwart over twee. Wat? Had ze zo lang geslapen? Ze had nog niets aan dat verhaal voor Hanks gedaan. En wat kwam Doug hier doen, waarom belde hij niet gewoon, zoals ze had gevraagd? Zodra ze opstond begon de kamer te draaien. Ze ging weer zitten en gebaarde naar Doug dat hij achterom moest komen; de achterdeur zat niet op slot. Terwijl ze met haar hoofd in haar handen zat te wachten, bedacht ze dat ze hem een paar dagen geleden niet binnen wilde hebben. Dat gevoel was weg. Het verhaal was belangrijker. Als hij een stukje van de puzzel kwam brengen, voor de tweede keer zelfs, zou ze hem alleen maar dankbaar zijn.

'Voel je je niet goed?' Doug was geruisloos binnengekomen en stond ineens naast haar in de woonkamer.

Ze maakte een wegwerpgebaar. 'Beetje suf, in slaap gevallen.' En met een knikje naar de stoel tegenover haar: 'Ga zitten. Je moet iets belangrijks hebben, anders had je wel gebeld.'

Dougs mondhoek krulde subtiel. 'Ik was in de buurt, de pont had nog plek.' Hij liet zijn blik door de kamer glijden. 'Knus, smaakvol. Alleen je bel doet het niet. Of je sliep zo vast dat je 'm niet hebt gehoord.'

'Vertel op, Doug, ik heb weinig tijd. Hanks heeft me net nog een leuke opdracht in de maag gesplitst.'

Hij grijnsde. 'Dat is het grootste voordeel van mijn ontslag, dat ik niks meer met die blaaskaak te maken heb.' Uit zijn achterzak viste hij een vodje papier. Hij schraapte zijn keel en las voor: 'Knoflook, sjalotten, boter, bloem, sherry, gedroogde tijm, gedroogde marjolein, runderbouillon, paddenstoelenbouillon, cantharellen en mascarpone. O, en wit brood. Je vroeg wat Abby had gegeten voordat ze stierf. Dit was haar lunch, net op, vóórdat ze dat vlog ging maken: cantharellensoep met mascarpone en brood.'

Emily voelde zich licht worden in haar hoofd. De blocnote was tijdens haar slaap naast de bank gevallen. Ze boog zich voorover om het te pakken en viel bijna flauw. Doug zag het gebeuren en hield haar tegen.

'Gaat het wel goed, Ryan? Je ziet zo wit als...'

'Kijk dit.' Emily duwde haar blocnote in Dougs handen en tikte met haar wijsvinger op een omcirkelde passage. Het was een opsomming van de inhoud van de lunchtrommels die Kirstie had gevuld, waarvan Emily één ingrediënt dik had onderstreept. Ze wilde net aan haar toelichting beginnen toen ze werd gebeld.

'Andrew? Fijn dat je terugbelt. Een snelle vraag: weet jij wat je vader had gegeten voordat hij stierf?'

Het bleef lang stil aan de andere kant van de lijn. Toen Andrew antwoordde, klonk in zijn stem een diepe teleurstelling door. 'Dat vroeg de politie ook, maar het leverde niets op. Zijn maaginhoud was verbrand, daaruit viel niets te achterhalen, zijn bloed is ook getest en dat was volkomen normaal voor een man van zijn leeftijd. Geen gifstoffen, geen medicijnen, geen alcohol, geen drugs.'

‘Oké,’ fluisterde Emily, ze had haar ogen gesloten om het draaien tegen te gaan. Ze hing als een zoutzak in de kussens en voelde het laatste restje energie uit haar lichaam vloeien. Maar nu opgeven was geen optie. ‘Toch wil ik het weten. Zeg alsjeblieft wat hij ophad.’ Ze zette het toestel op speaker zodat Doug kon meeluisteren. Uit de alerte blik in zijn ogen meende ze op te maken dat hij begreep op welk spoor ze zat.

‘Nou, goed,’ zuchtte Andrew, met hoorbare tegenzin, ‘mijn vader had de gewoonte twee keer per dag te eten, later op de ochtend en ’s avonds. Toen de buurman hem vond, had hij waarschijnlijk net zijn ontbijt achter de kiezen en dat was al jaren hetzelfde recept: zwarte koffie, toast, twee gebakken eieren met spek en champignons.’

Emily’s ogen vlamden op. Doug balde zijn vuist. Ze hadden beet.

‘Hallo? Emily? Ben je daar nog?’

Andrew kreeg geen reactie meer. Emily had haar laatste kruid verschoten en was flauwgevallen naast de bank. Doug tilde haar op, droeg haar naar buiten en zette haar in de passagiersstoel van zijn oude Elfin. Met zijn telefoon vond hij het dichtstbijzijnde ziekenhuis, op twaalf minuten rijden. Ze waren er in zes.

38

Het was twaalf jaar geleden, maar die dag in het lab waarop hij de met glasvezel gevulde tonderzwammen voor het eerst aan zijn volgelingen had laten zien, herinnerde Cody zich als de dag van gisteren. En niet alleen omdat het de start was geweest van een heerlijk spannende periode met de prachtigste branden. Het nachtelijk plaatsen van de zwammen, het samen vluchten en van veilige afstand genieten van het schouwspel hadden een onuitwisbare indruk achtergelaten. Hij had ervan genoten, totdat het misliep.

Nee, er was nog een reden dat die dag in het lab in zijn geheugen stond gegrift. De mooie Jada had hem omhelsd. Hij had de zachte streling van haar krullen tegen zijn wang gevoeld en toen had ze een schijnbaar onschuldige maar belangrijke opmerking gemaakt. Het moest niet gaan regenen, had ze gezegd, nadat hij uiteen had gezet hoe de zwammen door zonlicht zouden ontbranden. Die opmerking was in een hoekje van zijn brein gekropen en kwam jaren later weer tevoorschijn. De Big Fires waren voorbij, hij was inmiddels uit zijn coma ontwaakt en onderging de ene operatie na de andere toen opeens haar stem weer klonk, zo helder alsof ze naast hem stond. Hij had om zich heen gekeken, maar zag haar nergens. Onmogelijk, begreep hij later; in de nasleep van de Big Fires had Jada zichzelf aangegeven en nu zat ze een levenslange gevangenisstraf uit. Net als Jeremiah, die zo stom was geweest zich te laten oppakken en uit de school was geklapt over Cody's identiteit, in de vergeefse hoop op strafvermindering. De andere drie waren niet meer in leven. De tweeling en Mei-Linn, die, als Cody de online berichten moest geloven, een liefdesrelatie had met beide broers, hadden zichzelf van het leven beroofd. Ze waren gevonden in een hotelsuite in Melbourne met grote hoeveelheden alcohol en slaapmiddel in hun bloed. Kennelijk hadden ze er die laatste avond een feestje van gemaakt.

Jada's zacht fluwelen stem klonk in zijn hoofd en ging niet meer weg. Het was de herinnering aan haar en haar intrigerende opmerking die hem na zijn revalidatie aanzette tot nieuwe experimenten. Het moest niet gaan regenen. Wat als het dat wel deed? Wat als zijn zwammen nat werden en daar niet van doofden, maar er juist een extra kick van kregen? Er waren genoeg stoffen die op water reageerden. Als het lukte om de zwammen met vloeibaar glas te injecteren zou het ook met andere stoffen mogelijk moeten zijn. Stoffen die het vuur lieten branden, zelfs als het regende. Van het idee alleen al raakte hij opgewonden, maar hij wist dat hij zijn enthousiasme moest temperen. Het mocht niet opnieuw uit de klauwen lopen. Dit keer moest hij de controle houden.

Aanvankelijk waren de Big Fires voor hemzelf ook een raadsel geweest: er braken branden uit op plaatsen waar hij of de anderen helemaal geen zwammen hadden geplaatst. Alle door hen bezochte plekken waren zorgvuldig uitgekozen en op een digitale plattegrond aangegeven. Zodra de zon opkwam en de glasvezels voldoende waren verhit, sloeg de 'vlam in de zwam', precies zoals gepland. Vreemd genoeg ontstonden in de dagen en weken erna ook branden op nieuwe plekken. Toeval, dachten ze eerst, maar dat veranderde toen Cody tijdens de Big Fires zelf getuige was van het antwoord op het vraagstuk. Hij had een reeks zwammen geplaatst en was, tegen zijn eigen regels in, gebleven om de ontbranding te zien. Heerlijk vond hij dat; het prille begin van een in potentie verwoestend fenomeen was een lust voor het oog. Het inzicht zat verpakt in een simpele windvlaag. Eén van de zwammen, een bijzonder groot uitgevallen exemplaar, bewoog zacht in de wind en liet een witte nevel los. Het duurde misschien een fractie van een seconde, maar het was genoeg. Cody sloeg een hand voor zijn mond toen hij het begreep. Hoe was het mogelijk dat hij dit niet eerder had bedacht? In gedachten hoorde hij weer de stem van zijn leraar: zwammen hebben een enorme sporenproductie, één zwam kan per uur soms wel honderden miljoenen sporen produceren. Nu had Frans Brocatus het over natuurlijke zwammen gehad, maar waarom zou dezelfde regel niet opgaan voor zijn gemanipuleerde varianten? Net als de moederzwam bevatten de sporen glasvezel. Meegenomen door de wind, soms kilometers ver, vormden ze minuscule tijdbommetjes, die ieder aan één enkel straaltje zonneschijn genoeg hadden om een vonkje af te geven. De kurkdroge natuur deed de rest. Voilà, de verklaring voor de Big Fires: Cody's zwammen waren hun eigen leven gaan leiden. Hij trilde ervan. Het besef was haast te groot om te bevatten, overweldigend mooi en beangstigend tegelijk. Op deze manier was het vuur hem de baas geworden. En niet alleen hem; geen brandweerkorps was groot genoeg om het zwammen- en sporenvuur te beteugelen. Pas na achtenzestig helse dagen, toen alle zwammen én sporen waren opgebrand of anders vergaan, kwam er een einde aan de vuurzee.

Zelf maakte hij dat einde niet bewust mee. Hij was toen al door de vlammen gegrepen en in het ziekenhuis beland, meer dood dan levend én onherkenbaar verbrand. Pas toen hij uit zijn kunstmatige coma ontwaakte hoorde hij het nieuws: de Big Fires waren voorbij, de leden van Climate First dood of opgepakt. Met man en macht werd gezocht naar de veroorzaker van alle ellende, maar van de Vuurduivel ontbrak elk spoor.

39

De drang om na zijn herstel opnieuw aan de slag te gaan was sterk, maar Cody moest geduld opbrengen. Eerst de papierwinkel op orde: een nieuwe identiteit, een nieuwe naam in zijn paspoort, een bankrekening, een dak boven zijn hoofd. Hij kocht voor een prikkie een nieuwe, kleinere loods en richtte er een eenvoudig laboratorium in. Het liefst zou hij er non-stop onderzoek doen, maar dat liet zijn portemonnee niet toe. Met de loods en het lab had hij zijn laatste spaargeld erdoorheen gejaagd; een gift van zijn moeder, geparkeerd op de spaarrekening van de fictieve 'C.D. Burns'. Er moest brood op de plank komen en extra geld om zijn onderzoek te bekostigen, dus zocht hij een baan. Zijn nieuwe bestaan als eerzaam burger nam hem soms zo in beslag dat hij de man die hij geweest was bijna vergat, maar dat veranderde zodra hij voet zette in zijn lab. Daar voelde hij zich het meest in zijn element en hoefde hij de schijn niet op te houden, daar kon hij als Cody zichzelf zijn.

Elk vrij uur besteedde hij in het lab. Als de pijn in zijn aan elkaar gelapte huid hem uit zijn slaap hield, stond hij op en ging hij aan het werk. Veel experimenten liepen op niets uit, maar toch boekte hij stap voor stap vooruitgang en dat had hij aan Jada te danken. Zonder haar subtiele duwtje in de rug had hij zich misschien nooit aan de mutaties gewaagd, aan de proeven met vloeibare stoffen die de zwammen lieten reageren op water. Uiteindelijk boekte hij het beste resultaat met een mix van aceton en vloeibaar magnesium, twee uiterst brandbare stoffen die sterk reageren op water. Met trots liet hij Jada zien hoever hij was gekomen.

'Let op.' Cody schoof het deksel van een klein aquarium waarin hij net een zwam had geplaatst een stukje opzij en hield met zijn andere hand een pipet in de lucht. 'Deze is gevuld met kraanwater.' Voorzichtig bewoog hij zijn arm tot boven de zwam. Met duim en wijsvinger kneep hij drie druppels uit de pipet. Een voor een spatten ze op de koepelvormige hoed van de paddenstoel. Daarna sloot hij het deksel en zakte door zijn knieën om het schouwspel, dat hij nog altijd fascinerend vond, beter te kunnen zien. Aan de andere kant van het aquarium deed Jada hetzelfde, zo bevangen door het schouwspel dat ze niet doorhad dat hij haar stiekem bekeek. Haar donkerbruine ogen stralend van enthousiasme, haar krullen meedeinend met elke beweging die ze maakte.

Dat ze er niet echt stond, wist hij natuurlijk best, maar het was heerlijk om te doen alsof, om tegen haar te praten en om zijn succes te delen met de mooie en intelligente vrouw die zijn volgeling was geweest en misschien ooit méér had kunnen worden. Hij zuchtte. Een leven met een partner aan zijn zijde was niet voor hem weggelegd. Het was een van de offers die hij moest brengen om zijn levenswerk te kunnen vervullen.

Samen staarden ze naar de druppels water op de paddenstoel. Het duurde niet lang voordat uit de hoed van de zwam een iel sliertje rook opsteeg. Jada keek verbaasd naar Cody, die met een knikje aangaf vooral naar de zwam te blijven kijken. Het sliertje kreeg meer volume, raakte het deksel en vormde boven in de bak een uitdijend wolkje rook. Ondertussen ontstond er beweging in de hoed van de zwam. De bovenste laag kwam een stukje omhoog en zakte weer in. Dat herhaalde zich een paar keer, totdat, toch nog onverwacht, een oranje vlam omhoogschoot.

Jada slaakte een kreet en week achteruit. 'Hoe kan dat?' Ze boog weer voorover en drukte haar neus haast tegen het glas. De rookwolk vulde inmiddels een groot deel van de bak, maar de vlam werd steeds kleiner. 'De zuurstof raakt op,' analyseerde ze, 'als we het deksel iets verschuiven, kan er zuurstof bij en brandt hij helemaal weg.'

'Klopt,' zei Cody. 'Deze zwammen reageren op water. Op regen uit de lucht, water uit een sprinklersysteem of brandweerslang, dat maakt geen verschil. Zodra het water in aanraking komt met de stoffen in de zwam, vindt er een ontsteking plaats en vliegt de zwam in brand.' Hij moest zijn best doen om niet te lachen. 'Je begrijpt, bluswerk zal nooit meer hetzelfde zijn. De brandweer is voortaan mijn beste vriend.'

Zij lachte wel, voluit. In haar blik school bewondering. 'Het lijkt wel magie.' Ze streek een krul achter haar oor en hield haar hoofd schuin. 'Dat maakt jou een tovenaar.'

Hij zwol van trots. Een tovenaar wilde hij best zijn. Eigenlijk paste die benaming hem beter dan Vuurduivel, al was hij over die geuzentitel ook nooit ontevreden geweest. Uiteindelijk ging het om het vuur. Met behulp van de experimenten in het lab was hij nu klaar voor het echte werk, de met aceton en vloeibaar magnesium gemanipuleerde zwammen gingen naar buiten. Drie testrondes had hij nodig om de eigenschappen van zijn creaties verder te kunnen onderzoeken. Drie verschillende branden, ieder op een eigen, unieke locatie in het land. Hij verheugde zich erop. Werken in het lab was aangenaam, maar kende één groot nadeel: afgezien van de fictieve aanwezigheid van een mooie vrouw ontbrak het hem aan publiek, erkenning, applaus. Daar kwam binnenkort een einde aan. Het was zover, de wereld mocht zijn werk opnieuw aanschouwen.

40

Royal Australian Air Force, Darwin, Northern Territory

Tijdens de terugvlucht van Canberra naar de basis in Darwin kreeg Jake het gesprek met Ollie niet uit zijn hoofd. Het had hem verrast dat de veiligheidsdienst vermoedde dat de Vuurduivel een brandweerman was, maar de opmerking daarna van chief Kelly, die iemand verdacht uit hun eigen team, had hem bijna gevloerd. Een misdadiger van dit kaliber, iemand met duizenden doden op zijn naam, in hun directe omgeving? Het was niet alleen een absurd idee, het beïnvloedde ook de manier waarop hij naar de anderen keek. Ondanks aandringen van Ollie had de chief geweigerd een naam te noemen. Kelly drukte Ollie op het hart zijn mond te houden. De veiligheidsdienst was niet van zijn vermoeden op de hoogte. Enerzijds omdat hij niemand valselijk wilde beschuldigen, anderzijds omdat hij zich verantwoordelijk voelde: als hij werkelijk zo blind en naïef was geweest om de Vuurduivel een plek in zijn team te geven, wilde hij ook degene zijn die hem ontmaskerde. Zodra dat gebeurd was, zou hij de veiligheidsdienst informeren en direct daarna luitenant Randall en Ollie, dat had hij beloofd. Tot die tijd bleef het gissen: wie zou de chief verdenken, en belangrijker: had hij gelijk?

Na de landing bleef Jake bewust wat bij het toestel dralen. Ollie had het door. Hij wachtte tot de rest van het team weg was en voegde zich bij Jake. 'Oké, shoot, wie maakt de meeste kans?'

Jake maakte een afwerende beweging. 'Dat mag je niet vragen. Ik ga niet zomaar een collega beschuldigen van massamoord.'

'Ik weet zeker dat je erover nagedacht hebt,' hield Ollie vol, 'het laat mij ook niet los. Natuurlijk heb ik ook geen bewijs en ik kijk wel tien keer uit voordat ik iemand aanwijs, maar...'

'Maar?' herhaalde Jake.

Ollie stak een hand omhoog. 'Ik tel tot drie en daarna zeggen we allebei tegelijk welke naam we in ons hoofd hebben. Niemand hoeft het verder te weten, dit blijft onder ons.' Hij keek zijn vriend indringend aan.

Jake knikte. Ollie telde op zijn vingers. De naam klonk als uit één mond: 'Noah.'

'Fuck.'

'Dit betekent niks,' beweerde Ollie, al bleek uit zijn blik het tegenovergestelde. 'Het is alleen zo dat ik van iedereen uit het team van hem het minste weet. Hij zegt weinig en over zichzelf praat hij nooit. Ik heb me al eens in hem vergist, hij is niet zo groot en maakt niet direct veel indruk, maar ondertussen is hij oersterk; als je ziet wat hij aan gewichten wegdrukt geloof je het niet.'

'En hij verdwijnt af en toe en dan weet niemand waar hij is,' vulde Jake aan. 'Hij heeft achteraf wel steeds een excuus, maar ik weet niet of ik hem geloof. Dat gevoel heb ik bij de anderen niet.'

Ollie knikte. Samen slenterden ze naar het hoofdgebouw. De zin om naar binnen te gaan en te doen alsof ze van niets wisten, was niet groot.

'Waarschijnlijk zitten we er mijlenver naast, maar wat als we gelijk hebben? Ga jij nog met hem een vliegtuig in?' vroeg Jake.

'Ik vrees dat er niets anders op zit,' zuchtte Ollie, 'de chief wil het zo. We houden hem scherp in de gaten, we laten hem niet weer zomaar verdwijnen en als hij een fout maakt, is hij erbij.'

'Misschien duurt dat nog tien jaar. Hoeveel slachtoffers kost dat?'

Opeens klapte de deur van het hoofdgebouw open en verschenen Ethan en Lucas in de deuropening. 'De volgende brand is aangekondigd!' riep Lucas. 'Draai maar weer om, we moeten naar Sydney.'

'Wat? Nu? We zijn net terug!' Ollie vloekte binnensmonds.

'Wacht, Sydney? Waar precies…' begon Jake, maar hij kon zijn zin niet afmaken. Chief Kelly was naar buiten gekomen en tikte hem op zijn schouder.

'We doen het dit keer anders. Orders van hogerhand. Jij gaat blussen met een rode wolk, ze zijn al met het spul onderweg, de tanks van de Superscooper worden zo snel mogelijk gevuld. Zorg ondertussen dat je genoeg kerosine hebt. De rest van het team en ik gaan in een heli met een van de piloten van de basis hier. Duidelijk?'

'Ja, chief.' Jake zag hoe chief Kelly met Ethan en Lucas op een gereedstaande gevechtshelikopter afrende. Vanuit een van de barakken kwam de piloot aangesneld.

Ollie greep zijn vriend bij zijn schouder. 'We laten het rusten voor nu, oké? Het kan niet anders.'

Jake knikte stug. Het voelde verkeerd om achter te blijven en de rest te laten gaan. Ollie draaide zich om en rende naar de heli, waarvan de wieken al in beweging kwamen. Na hem volgden luitenant Randall en Lily. Noah sloot de rij.

'Wacht!' riep Jake. 'Hebben we al een precieze locatie in Sydney?'

Noah keek om. 'Niet Sydney, het is dat nieuwe eiland voor de kust, SE18.'

Er knapte iets in Jake. Het was alsof er een waas voor zijn ogen verscheen en als een dolle stier sprintte hij achter Noah aan. Hij sprong hem op zijn nek, haalde uit en gaf hem een keiharde hoek tegen zijn slaap.

Noah viel neer, maar herstelde zich verrassend snel; hij rolde over de grond, duwde zichzelf omhoog en vluchtte naar de helikopter, vanwaar de anderen verbijsterd toekeken. Jake bleef op zijn knieën achter, trillend van top tot teen. Het was Ollie die als eerste bij hem was en een arm om hem heen sloeg.

'Sam... Emily...' Meer kon Jake niet uitbrengen.

Boven het geraas van de wieken klonk een verontwaardigde kreet van Noah. Ollie zag over zijn schouder dat hij door Lily en de luitenant in bedwang werd gehouden. Chief Kelly brulde een commando en met vereende krachten werd Noah de heli in geduwd.

Ollie gebaarde naar Kelly dat hij nog één tel nodig had en richtte zich tot Jake. 'Het komt goed, mate, we gaan ze redden. Dat weet ik zeker. Kom, ga staan.' Hij trok zijn vriend overeind. 'Luister, als je dit niet wil, zoeken we een andere piloot voor die rode wolk. Dat snapt iedereen, je hoeft je niet groot te houden.'

'No way, dit moet ik doen.' Jake wierp een duivelse blik op de helikopter. 'Als die klootzak hierachter zit...'

'Dan pakken we hem.' Ollie duwde zijn voorhoofd tegen dat van Jake. 'Dan pakken we hem, beloofd. Eerst blussen, eerst Sam en Emily. We doen dit stap voor stap. Ja?'

Jake gromde. 'Ja.'

Ollie liet los en rende naar de helikopter. Jake wachtte niet langer, hij moest naar de Superscooper. De hele wereld kon affikken, voor hem telde nog maar één ding. Blussen met een rode wolk, het vuur doven voordat het Sam te pakken had.

41

Jake vloog op vol vermogen, telefoon in zijn schoot. Hij had Emily al vijf keer gebeld, haar voicemail al drie keer ingesproken, maar ze nam niet op. Sam evenmin, en dat bezorgde hem hartkloppingen. Emily nam altijd op, of ze belde terug, binnen een kwartier. Het was een stilzwijgende afspraak die ze beiden nakwamen sinds zijn wereld was ingestort en Sam bij zijn tante ging wonen. Zus hield broer in de gaten, maar andersom ook: Emily deed zich sterk voor, maar had een zwakkere gezondheid dan ze wilde toegeven. Ze woonden niet bij elkaar om de hoek, daarom: bij bellen, altijd opnemen. Waarom dan nu niet? Het was gekmakend. De enige gedachte die hem enigszins geruststelde was dat de brand nog niet was ontstoken. Chief Kelly had hem net vanuit de heli geïnformeerd. Er was dus nog tijd, maar hoeveel? De kazernes op het eiland waren voorbereid, de brandweer van Sydney stond stand-by. Er werden extra ponten en boten aangesleept om eilandbewoners zo nodig te evacueren, maar mogelijk kwam het niet zover. SE18 was niet voor niets een brandveilig eiland, het was ontworpen, gebouwd en ingericht met één doel voor ogen: brand buiten boord houden. Nergens was het veiliger, behalve misschien op zee, maar daar kon je niet eeuwig blijven. 'Cox heeft eindelijk zijn hand overspeeld,' meende Kelly, 'hij heeft een onmogelijk doelwit gekozen, duidelijk staaltje zelfoverschatting.'

Misschien. Het was fijn dat de chief er zo over dacht. Toch

zou hij pas weer rustig kunnen ademhalen als hij Sam en Em in zijn armen hield, op een veilige plek, waar dat dan ook mocht zijn. Hij nam een slok water en strekte de kramp uit zijn handen. Stap voor stap, zei Ollie, dat was het beste. Eerst blussen. Met de lading in zijn tanks had Jake een sterke troef in handen. Zesduizend liter ammoniumfosfaat. Zodra dat spul op plantaardig materiaal terechtkwam en verhit raakte, trad er een chemische reactie op. Er zou waterdamp ontstaan, en grafiet, dat planten en bomen afdekt met een onbrandbaar laagje. Het was zijn taak als piloot om de vuurvertragende vloeistof niet op de brand te gooien maar eromheen; zo werd het vuur ingesloten en doofde het uit. De rode kleur kwam van de ijzeroxide die aan het mengsel was toegevoegd. Andere piloten en brandweerlui op de grond konden zo zien waar al geblust was. Jake had het voor het laatst tijdens zijn opleiding gedaan, maar in tegenstelling tot het water scheppen maakte dit hem niet nerveus. Hij wist dat hij dit kunstje verstond. Sterker nog: hij kon niet wachten.

Een blik op zijn telefoon wees uit dat Emily en Sam zijn berichten nog steeds niet hadden opgemerkt. Wat was er in godsnaam aan de hand? Zijn maag keerde om, de omhooggestuwde gal spoog hij naast zich neer. Nog drie kwartier tot SE18, het leek een eeuwigheid.

Vlak vóór Jake het eiland in zicht kreeg, kwam het alarm. Op meerdere plaatsen op het eiland was brand uitgebroken. Tot dusver waren er zeventien spots gemeld, maar er kwamen er met de minuut meer bij. Het ging om kleinschalige vuren, die ieder op zich redelijk simpel te bedwingen leken, maar door de veelvoud ervan, en door de snelle toename in aantal, was er toch paniek ontstaan. Mensen vluchtten massaal naar de terminals aan de westkant, de eerste volle veerpont was al naar het vasteland vertrokken.

Jake dwong zijn zorgen om Sam en Emily naar de achtergrond. Hij cirkelde boven het rokende eiland en wachtte op groen licht. Zijn lading lukraak droppen was geen goed idee. Als hij iemand op de grond raakte, was het alsof die persoon een enorme ballon met vloeistof op zijn hoofd kreeg die op hoge snelheid uit de lucht kwam vallen. Dat kon dodelijk zijn. Hij liet het toestel zakken en zag de kuststrook aan de zuid- en oostzijde vlammen, net als een paar huizenblokken en een aantal kleinere parken op het eiland. Op zijn radar verschenen drie knipperende stippen, de hulptroepen waren gearriveerd. Hij spotte ze door zijn zijramen: twee blusvliegtuigen en een heli met aan een touw eronder een zogenoemde bambi-bucket, een gigantische waterzak. Rap na elkaar kregen ze hun commando's. De waterzak werd ingezet voor een huizenblok centraal op het eiland, de blusvliegtuigen moesten zich op de parken concentreren en Jake werd naar de kuststrook gestuurd, waar een lange reeks palmbomen vlam had gevat. Hij vloog naar de zuidelijkste punt, opende de poorten van zijn tanks en volgde de kustlijn naar het westen. Als een rode nevel wolkte de vloeistof uit de bodem van de Superscooper. In de lucht leek de stof nauwelijks richting te hebben, maar Jake wist beter. Hij balde zijn vuist toen hij het resultaat van zijn werk zag: een brede rode strook tussen de palmbomen en de boulevard. Het vuur kon nu niet meer overslaan.

Na drie blusacties waren zijn tanks leeg. Terugkeren voor meer bleek niet nodig. Zijn collega-blussers, zowel in de lucht als op de grond, hadden puik werk geleverd. Daarnaast was een deel van de branden, met name die in huizen en winkelpanden, deels uit zichzelf gedoofd, een direct gevolg van de brandwerende materialen in de bouwconstructies. Binnen anderhalf uur na het eerste alarm werd de code 'brand meester' gegeven. Van paniek was geen sprake meer, de extra boten richting het vasteland maakten rechtsomkeer. Eiland SE18 had de vuurdoop overleefd en zijn reputatie aardig waargemaakt. Een evaluatie zou ongetwijfeld verdere verbeterpunten opleveren, maar de eerste resultaten stemden tot tevredenheid. Voor zover bekend was er slechts een handvol lichtgewonden, over de materiële schade viel nog niet veel te zeggen.

Nu terug naar beneden en als een speer op zoek naar Sam en Emily. Tijdens het blussen had Jake de gedachte aan zijn zoon en zus weten te blokkeren, maar nu zijn werk erop zat en het gevaar van het vuur was geweken, waren zij de enigen aan wie hij dacht. Hij moest ze zien om zich er met eigen ogen van te verzekeren dat het goed met ze ging. Of de missie al was afgelopen wist hij niet. Chief Kelly had zich al een tijdje niet meer laten horen. Niemand kon voorspellen of de Vuurduivel na dit debacle nog meer in petto had. Zolang die nog niet was opgepakt, bleef het risico op nieuwe branden bestaan. Jake maalde er niet langer om. Hij had al te veel tijd zonder Sam door zijn vingers laten glippen. Missie Wasteland had hem uit het slop getrokken en als hij weer werd opgeroepen zou hij zijn taak naar beste kunnen uitvoeren, maar zijn werk zou niet langer op de eerste plaats staan. Dat dacht hij niet alleen, hij voelde het ook. Zijn prioriteiten lagen weer waar ze moesten liggen, bij Sam.

42

Bij gebrek aan een slachtoffer op wie hij zijn woede kon botvieren, ramde Cody zijn eigen vuisten tegen de muur totdat het bloed in zijn gezicht spatte. Járen had hij hiernaartoe geleefd. Het had de kroon op zijn werk moeten worden, de apotheose die hij zo verdiend had: een brandveilig eiland dat finaal in vlammen opging. Het bewijs van zijn expertise en almacht. Het vuur had uren, dágen moeten branden, de hele wereld had versteld moeten staan. Overal zou zijn naam klinken, mensen zouden over hem praten met een mengeling van angst en bewondering, maar vooral met veel respect. Terecht, want wat hij presteerde was nooit eerder gedaan. Niemand was hem voorgegaan, de Vuurduivel was een unieke persoonlijkheid met ongeëvenaarde capaciteiten en daarom zou hij blijvend herinnerd worden. Dát was de bedoeling, zo had het moeten gaan. Maar niets van dat al, na een veelbelovend voorspel was het slotakkoord mislukt, in anderhalf uur was het vuur geblust en lag zijn droom aan diggelen.

Hij was te bescheiden geweest, of was het hoogmoed? In plaats van all the way te gaan, had hij zijn voorraad sporen achtergehouden en geloofd dat een flinke lading zwammen zou volstaan. Dat de wind de sporen uit de zwammen zou schudden en als brandbommetjes over het eiland zou verspreiden, net als bij de Big Fires was gebeurd, maar uitgerekend vandaag had er amper wind gestaan en van verstuiving was totaal geen sprake geweest. Was dat puur pech of een fout die hij zichzelf moest aanrekenen? Er had meer tegengezeten. De brandwerende materialen waar de ontwerpers van het eiland prat op gingen hadden meer vuur afgeremd dan hij had ingecalculeerd. En ook het bluswerk had er geen goed aan gedaan; voor het eerst sinds zijn comeback was een rode wolk gebruikt. Comeback? Die titel verdiende hij niet. Een blamage, dat was het. Online vond hij een paar korte berichtjes zonder foto. De Vuurduivel was geen hot news, maar vergane glorie, een ster van weleer die zijn kunstje was verleerd.

Een deel van hem wilde huilend door de bodem zakken om voorgoed te verdwijnen, maar een ander, sterker deel was nog niet zover. Zo makkelijk zou hij zich niet gewonnen geven. Dat kon hij simpelweg niet toestaan. Zijn indrukwekkende loopbaan verdiende meer dan dit beschamende einde en daar zou hij voor zorgen ook. 'Blijf niet hangen in het verleden, richt je op de toekomst' was het levensmotto van zijn moeder geweest. Het had haar door moeilijke tijden geholpen en dat zou het hem ook doen. De zaak was nog niet verloren, hij had genoeg munitie om dit godvergeten eiland er alsnog onder te krijgen. Zolang hij de moed niet liet zakken en zijn kop erbij hield, lag de zege nog steeds binnen handbereik.

Hij spoelde het bloed van zijn knokkels en gezicht, droogde zijn handen en pakte zijn telefoon. Als hij het plan alsnog wilde laten slagen, moest hij hulp inschakelen. Liever had hij het dit keer van a tot z alleen gedaan, maar die wens liet hij los. Pijnlijk, maar noodzakelijk. In de natuur zag je het ook: de soorten die het vermogen hadden mee te bewegen, die voldoende flexibel waren om zich te schikken naar de veranderende omstandigheden, gingen het langst mee. Dat was nu ook zijn taak: meebewegen; met zijn hakken in het zand kwam hij er niet.

Het duurde lang voordat er werd opgenomen met een weifelend 'Ja?'. Cody kende de zachte stem goed en hoorde de tegenzin die erin doorklonk. Het kon hem niets schelen.

'Ik heb je hulp nodig.'

'Alweer? Moet ik je eraan herinneren dat ik je al een grote dienst...'

'Shut up!' Cody kneep zijn ogen dicht en duwde het toestel tegen zijn lippen. 'Ik meen het, het is alles of niets en jij gaat me helpen, vanavond.'

'Dit was niet de afspraak. Ik heb je al een grote dienst bewezen, voortaan zou je me met rust laten. Je eigen woorden.'

'Omstandigheden veranderen, vriend, dit had ik niet voorzien. En vergis je niet: één telefoontje over jou naar de pers is genoeg om de rest van je leven in de bak te slijten.'

Dat maakte indruk. Er klonk wat gehakkel, gevolgd door een diepe zucht. 'Goed, nog één keer. Maar hoe weet ik dat je me daarna niet alsnog naait?'

'Je zult me moeten vertrouwen.'

'Daar heb ik moeite mee.'

Cody hoorde het niet eens. In gedachten was hij al een paar uur verder en reed hij in het donker over het eiland. Het was alles of niets; hij zou alle jokers moeten inzetten. Een zweem van opwinding temperde de smeulende woede in zijn binnenste. Zijn hersenen draaiden op volle toeren. Snel zijn nu, elke minuut telde. Hij moest ongezien naar het lab zien te komen, dus had hij een huurauto nodig. Nee, twee was beter. En een boot voor zijn finale escape. Een vliegtuig kon ook, maar dan met piloot. Hij balde zijn vuist en beet erin. Dit moest en zou lukken, het was zijn laatste kans op wereldfaam.

'Luister goed, Randall, dit is wat ik wil dat je doet.'

43

Eiland SE18, voor de kust van Sydney, New South Wales

Zodra Jake de Superscooper aan de grond had gezet, belde hij zijn zus opnieuw. Hij was de tel kwijtgeraakt, dit was misschien de twintigste keer dat hij haar probeerde te bereiken. Nog steeds geen reactie. Hij vloekte hardgrondig en drukte op de sneltoets voor Ollie. Die nam wel op, enthousiast als altijd.

'Mate! Good job!'

Jake reageerde ongeduldig. 'Jaja, luister, ik ben Emily kwijt, ze neemt niet op. Voor zover ik op mijn schermen kon zien is er geen brand geweest bij haar in de straat, maar ik vind het gek. Ik heb wel twintig keer gebeld.'

'Tja, er was even paniek in de tent,' wist Ollie, 'groepen mensen zijn naar de terminals gerend om een pont te pakken. Misschien heeft zij dat ook gedaan?'

'Kan,' zei Jake stug, 'maar waarom appt ze dan niet? Ik zeg je, er klopt iets niet.'

Ollie bleef even stil om na te denken. 'Luister, wij zijn net aangekomen bij kazerne 23, aan de westzijde van het eiland. Ik kan hier vast een auto regelen om haar te gaan zoeken. Kan ik meteen naar de chief uitkijken, want die lijkt ook verdwenen te zijn.'

Jake hoorde het wel, maar kon zich om de chief niet druk maken. De zorg om Emily, en daaraan gelinkt de zorg om Sam, die ook onbereikbaar bleef, domineerde alles. Hij klom uit het toestel en sprong op de grond. 'Ik ben op het vliegveld, misschien heeft de douane een auto voor me te leen, anders huur ik er een. Zoek jij in west, dan pak ik de oostkant van het eiland. Bedankt, mate. Denk je dat je de anderen ook meekrijgt? Hoe meer, hoe beter.'

'Ik zal het proberen, een paar staan al onder de douche, die trek ik eronderuit.' Ollie sloot af met zijn gebruikelijke optimisme: 'We vinden haar wel, let maar op, straks zitten we met Emily aan een pint. Die hebben we sowieso verdiend.'

Jake hing op en sprintte langs de vertrekhal naar het douanekantoor, wat een groot woord was voor de witte bouwkeet met slechts één raam en één deur. Hij klopte en stapte binnen. Even werd hij vreemd aangekeken, maar toen hij zich identificeerde als bluspiloot en zei dat hij met spoed een auto nodig had, liep er meteen een beambte met hem mee. Aan de andere kant van het gebouwtje lag een kleine parkeerplaats met drie glimmende dienstwagens waarvan hij er een mocht lenen.

'De sleutel zit onder de zonneklep.' De beambte, een vrouw met rode krullen, liet haar ogen opzichtig langs zijn lichaam glijden. Aan haar schalkse blik te zien, beviel het aanzicht haar wel. 'Kom je snel terug?'

Hij knikte. 'Cheers.'

'Anytime, dreamboat.' Ze lachte ondeugend en liep heupwiegend de hoek om.

Jake zag het amper. In een vorig leven was hij zonder meer op haar avances ingegaan, maar dat leek eeuwen geleden, inmiddels had hij andere prioriteiten. Hij opende het portier van een helblauwe Mazda CX-5 en trok de zonneklep naar beneden. De sleutel viel op de stoel. Toen hij zich bukte om hem te pakken, werd hij plots snoeihard in zijn knieholte getrapt.

Hij smakte voorover tegen de autostoel en draaide zich half om. Tot zijn verbijstering kende hij de man die achter hem stond maar al te goed. Luitenant Mingus Randall stond met verbeten kop en ingetrokken knie klaar om opnieuw uit te halen.

'Randall? What the f...'

De tweede trap, dit keer tegen Jakes ribbenkast, perste in één keer alle lucht uit zijn longen. Hij zakte op de betonnen ondergrond en hief zijn handen om een volgende aanval af te weren. Dat lukte deels. Randalls vuist schampte zijn onderarm en kin. Met een enorme kracht sleurde de luitenant hem omhoog. Hij draaide Jakes arm in een onmogelijke hoek achter zijn rug en dwong hem mee te lopen. 'Als je iets probeert, steek ik met liefde een mes in je lever, dus daag me niet uit.'

Jake wist niet wat hem overkwam. Hij voelde dat er bij de tweede kick van Randall ribben waren gebroken en de pijn in zijn schouder, van de tegen zijn rug gedraaide arm, was niet te harden. 'Wat wil je?' probeerde hij. 'Zeg het dan gewoon.'

De luitenant reageerde niet. Hij liep recht op een hangar af, schoof de deur open, duwde Jake naar binnen en sloot de deur achter zich. Kennelijk wist hij waar hij zijn wilde, want hij dirigeerde zijn collega langs een serie vliegtuigen, waaronder twee Cessna's die Jake pijnlijk herinnerden aan vervlogen tijden, door een tweede naar een derde hal, leeg en verlaten. Hun voetstappen echoden door de ruimte.

Ondertussen was Jake van de eerste schrik bekomen. Even overwoog hij zich om te draaien en Randall een hoek te geven, maar die gedachte liet hij snel varen. Als Randall inderdaad een mes bij zich had, was het risico dat dit verkeerd afliep te groot. Maar ook zonder mes wist Jake niet of hij het van de luitenant zou winnen; Randall mocht dan een stuk ouder zijn, hij bleek een taaie bok en was een stuk sterker dan je op het eerste gezicht misschien verwachtte.

'Randall, dit is niet nodig,' begon Jake opnieuw, 'we zijn collega's, praat met me.'

'Shut up, we zijn er bijna,' zei Randall, met zijn typerende zachte stemgeluid. Meer uitleg vond hij kennelijk overbodig.

Jake zag het luik in de vloer pas toen hij er vlak vóór stond en de luitenant hem voor de tweede keer in zijn knieholte trapte. Jake viel neer en landde hard op zijn knie. Een pijnscheut trok door zijn lijf omhoog. Plots woedend schreeuwde hij het uit. 'Verdomme, wat is dit! Zeg het dan, lafbek! Wat moet je van me?'

'Openmaken,' beval Randall. Met de punt van zijn laars tikte hij tegen de ring in het midden van het metalen luik.

'No way,' zei Jake, die de bui al zag hangen. De woede had zijn angst verdrongen. Met een onverwacht snelle beweging draaide hij zich op zijn knieën om en ramde hij een vuist recht in het kruis van Randall. Die sloeg krom van de pijn, maar was alert genoeg om te blijven staan en Jake een bloedneus te slaan. Het bloed stroomde naar buiten alsof er een kraan was opengezet. Steunend op handen en knieën zag Jake hoe zich op de vloer onder hem een donkerrood plasje vormde. Meteen daarna schoot er een nieuwe pijngolf door hem heen. Randall had zijn laars boven op Jakes linkerhand laten landen en bleef drukken totdat hij Jakes telefoon uit diens achterzak had opgediept. Toen hij losliet zakte Jake tegen de grond, niet meer in staat de vingers van zijn vertrapte hand te bewegen. Vanuit zijn ooghoeken zag hij hoe Randall het luik opentrok. Een verstikte aardse lucht walmde door de ontstane opening omhoog.

'Naar binnen. Als je zelf niet gaat, gooi ik je erin, aan jou de keuze.'

Jake keek door het gat, maar zag niets meer dan het begin van een ijzeren ladder. Behoedzaam liet hij zich zakken. Na een paar treden keek hij op naar Randall, klaar voor een laatste pleidooi, maar aan de emotieloze ogen van de luitenant zag hij dat het zinloos was. Zonder woorden daalde hij verder af. Zodra hij de grond had bereikt, werd boven hem het luik gesloten.

44

Het winkelpandje dat Cody een klein jaar geleden op SE18 had gekocht, was de perfecte cover. Hij verhuurde het online aan een jonge vrouw die er strandartikelen verkocht. Dat er in het magazijn een afgesloten ruimte was waarvan zij geen sleutel had, maakte haar niets uit. Ze hadden elkaar nooit ontmoet en dat werkte voor beide partijen prima. Vandaag zag hij haar voor het eerst live: ze was mollig, haar korte broek spande strak om haar billen en op haar armen en benen prijkten kleurige tatoeages. Aan de overkant van de straat wachtte Cody totdat ze de winkel had afgesloten en op een elektrisch scootertje een zijstraat insloeg. Behoedzaam stak hij de straat over. Als eigenaar had hij het volste recht het pand te betreden, maar om lastige vragen te voorkomen, liep hij liever niemand tegen het lijf. Het ging goed; binnen draaide hij de deur weer op slot en liep hij langs luchtbedden, bodyboards en parasols naar de afgesloten ruimte in het magazijn, een vierkant hok met dozen vol afsluitbare potjes en een stellage met een reeks flinke kweekbakken. Zo mooi ingericht als het lab in de loods was het niet, maar hij kon er zijn voorraad in opslaan en daar ging het om.

Hij droeg een stapel dozen door de winkel naar de voordeur en liep terug voor een volgende lading toen er werd geklopt. De klok aan de muur toonde aan dat Mingus Randall stipt op tijd was. Cody snoof. Randall mocht zich graag voordoen als een leider en met zijn gemaakt zachte stem en arrogante houding lukte dat ook aardig, maar Cody kende hem lang genoeg om te weten dat onder dat verheven masker een bang en onzeker mannetje schuilging. Zelfs zonder de compromitterende informatie waarmee hij Mingus chanteerde zou de luitenant waarschijnlijk precies doen wat hij zei, simpelweg omdat hij in Cody zijn meerdere herkende. Het gesputter nadat hij zijn opdracht had gekregen, maakte dan ook weinig indruk. Cody liet hem binnen.

'Is het gelukt?'

Randall knikte stug. 'Die vliegt voorlopig nergens naartoe.'

'En zijn telefoon?'

'Vernietigd.'

Cody humde goedkeurend en wees op de dozen. 'Laad deze vast in, er komen er meer.' Hij wilde teruglopen naar het magazijn, maar werd tegengehouden door een stevige hand op zijn schouder.

'Wacht. Eerst wil ik zekerheid.' Mingus keek hem strak aan. Onder zijn rechteroog trilde een spiertje.

'Schiet op dan, we hebben niet veel tijd.'

'Ik wil zeker weten dat dit de laatste keer is,' zei Mingus. 'Ik heb genoeg voor je gedaan. Het moet een keer klaar zijn.'

'Geen probleem, dit is de laatste keer.' Cody trok zijn wenkbrauwen hoog op. 'Nog meer? Of kunnen we verder? Zoals ik zei, we hebben haast.'

Dat had Mingus niet verwacht. Onzeker keek hij om zich heen. Om zich een houding te geven plantte hij zijn handen in zijn zij. 'Dat is… fijn. Maar hoe… Ik wil…'

'Wat wil je?'

'Zekerheid.'

'Dat bestaat niet.' Cody prikte met een priemende vinger in Mingus' borst. 'Het leven loopt altijd anders dan je wil, of dan je verwacht. Het is juist de kunst mee te deinen op de golven, je kans af te wachten en precies op het juiste moment toe te slaan. Als dat lukt, ben je koning, lukt het niet, heb je pech.'

Geïrriteerd duwde Mingus Cody's hand weg, een chagrijnige trek om zijn lippen. 'Wanneer ik toesla of niet, bepaal ik zelf wel. Een man een man, een woord een woord. Zo sta ik in het leven. Dus... als jij zegt dat dit de laatste keer is, moet ik dat van je aannemen.'

'Fijn, hartelijk dank,' spotte Cody. 'Had je misschien nog meer op je lever of kunnen we dan nu de auto's inladen?' Cody keek door de etalageruit. 'Zijn het die twee pick-ups?'

'Ja.' Mingus pakte de dozen op en liep ermee naar buiten. Cody keek hem laatdunkend na.

Drie uur later troffen ze elkaar opnieuw. Het was inmiddels donker en het parkeerterrein bij de vuurtoren op de uiterste zuidpunt van het eiland lag er verlaten bij. Buiten de zwarte pick-uptruck waarin Mingus zat te wachten, was er geen auto te bekennen. Cody had zijn eigen auto bij de winkel laten staan en parkeerde de gehuurde pick-up, eenzelfde model in donkerblauw, naast de andere. Mingus stapte bij hem in.

'Op?'

Mingus knikte. 'Tot het laatste potje. Allemaal leeggestrooid langs de weg die je had aangegeven. Met wat ik overhad, ben ik zelfs nog een stuk teruggereden, dus een deel van de route is dubbel bestrooid. De lege potjes staan weer in de dozen achter in mijn truck. Als je wilt, dump ik ze nog ergens in een glasbak.'

'Dat is niet nodig. Je rijdt een stuk met mij mee, ik heb bijna alle zwammen geplant. Als we de laatste samen doen, zijn we over een half uur klaar.' Hij blikte opzij. 'De speedboot is geregeld?'

'Die ligt in een baai aan de oostkant, een nieuwe, razendsnel. En eh...' Mingus kuchte opgelaten. '... hij moet morgen einde middag terug zijn.'

'Sleutel?'

Mingus diepte uit zijn zak een fluorescerende ketting met sleutel op en duwde hem in Cody's uitgestoken hand. Ze reden het parkeerterrein af en namen de ring naar het oosten. Om de honderd meter stapten ze uit om aan weerszijden van de weg een zwam te planten. Ze kozen open plekken, zodat de eerste zonnestralen de zwammen straks rechtstreeks konden raken.

Bij het laatste exemplaar voelde Cody de spanning in zijn maag oplopen. Dit was alles, zijn complete voorraad zwammen én sporen lag nu verspreid over SE18. Als het nog een keer fout ging, was alles verloren. Het was nu of nooit meer. Het verdedigingsmechanisme van het eiland was door de vorige branden hoe dan ook verzwakt. Bovendien zou de verrassing van een tweede brand op hetzelfde eiland, zo kort na de vorige, in zijn voordeel werken. Niemand verwachtte dit. Als het lukte was zijn doel bereikt: hij had aan de wereld bewezen dat hij allesbehalve een nietsnut was en hij had zijn lieve moeder trots gemaakt. Het was eeuwig zonde dat zij er niet meer bij kon zijn om het mee te maken.

'Stap in, we moeten naar de boot. Hoe langer we in het donker varen, hoe beter.' Mingus' geduld raakte op. Hij zat zich in de pick-up te verbijten en kon niet wachten om het eiland te verlaten. Met de speedboot zouden ze langs de kust naar Byron Bay racen. Vanaf daar zouden hun wegen scheiden. Waar Cody onderdook, wist hij niet. Zelf vloog hij terug naar huis, in het westen, waar zijn vrouw, hond en boeken op hem wachtten. Mocht iemand zich later afvragen waar luitenant Randall was gebleven tijdens de brand die SE18 in de as legde, dan had hij een sluitend verhaal voorbereid. Maar misschien was dat verhaal niet eens nodig. Als de brand werkelijk zo fel zou zijn als Cody voorspelde, bleef er weinig van het eiland over. Die wetenschap begon aan hem te knagen. Tot nog toe had hij zijn geweten gesust met de stellige overtuiging dat hij slechts in opdracht handelde, dat Cody hem in de tang had en geen keuze liet. Nu hij de omvang van de komende brand begreep en inzag hoeveel mensenlevens er mogelijk verloren konden gaan, brokkelde die overtuiging snel af.

Cody liep naar de auto, maar stapte niet in. Tot Mingus' verbazing kwam hij naar de passagierskant en trok hij het portier open.

'Uitstappen.'

'Waarom? We moeten hier zo snel mogelijk weg.' Mingus keek voor de zoveelste keer op zijn horloge. 'Het is een kwartier rijden naar de boot. Als we nu gaan, hebben we nog zes uur voordat de zon opkomt.'

Met een onverwacht snelle beweging trok Cody de luitenant uit de auto. Mingus landde hard op zijn knie en voelde een pijnscheut door zijn lichaam schieten.

'Ik zei toch dat dit de laatste keer was? Wegwezen, ik heb nog meer te doen.' Cody gooide het portier dicht en snelde terug naar de andere kant van de truck. Voordat hij echter in kon stappen, werd hij plots geveld door een exploderende pijn in zijn onderbeen. Hij kwakte tegen de grond en zag met verbazing het legermes dat boven zijn enkel in zijn been stak. Mingus rolde onder de auto vandaan, duwde zichzelf overeind en schopte hem hard tegen zijn hoofd.

Verblind door de pijn stond Cody op. Hij haalde uit met zijn vuist en schampte Mingus' arm.

'Vuile rat,' gromde Mingus. Met een rechtse hoek sloeg hij

Cody knock-out. Hij rukte het mes uit het been en veegde het bloed af aan de broek van zijn slachtoffer. Daarna haalde hij de portemonnee en de sleutel van de boot uit Cody's broekzak. Die rat was nooit van plan geweest hem mee te nemen. Na alles wat Mingus voor hem had gedaan, zou hij hem gewoon hebben achtergelaten op de tikkende tijdbom die dit eiland was geworden. Vloekend stapte hij in de auto, toen hij zich bedacht. Hij stapte uit en sleepte de bewusteloze Cody aan zijn armen naar de berm. Daar vond hij de zwam die hij er even eerder zelf had neergelegd. Ook Cody's exemplaar aan de overkant van de weg was snel gevonden. Voorzichtig verborg hij beide zwammen onder Cody's shirt. Dit zou genoeg moeten zijn, of…? Misschien liet hij beter niet te veel aan het toeval over. Hij nam zijn mes, dacht na en grijnsde vals. De boodschap die hij achterliet was niet mis te verstaan.

Eenmaal in de boot belde Mingus het alarmnummer. Zonder zijn naam te noemen zei hij dat hij iets geks had gezien vanuit de auto. Er lag iemand in de berm nabij kilometerpaal 27A. Waarschijnlijk een dronkaard die zijn roes lag uit te slapen, maar het zou wellicht verstandig zijn als er even iemand ging kijken. Hij hing op, gooide zijn telefoon de zee in en startte de motor. Als morgenvroeg de zon opkwam zou het niet lang duren voordat dit eiland veranderde in een vuurzee en dan wilde hij hier zo ver mogelijk vandaan zijn. Terwijl hij wegstoof bad hij dat dit ellendige avontuur weldra voorgoed voorbij zou zijn. En niet alleen voor hem.

45

Alsof ze zojuist de Sydney Marathon had gerend, zo afgepeigerd voelde Emily zich toen ze haar ogen opende en ontdekte dat ze in een onbekende, verduisterde kamer lag. Haar keel voelde kurkdroog aan. Verward zocht ze naar het glas water op haar nachtkastje, maar dat kastje stond er niet. Wel een standaard met een infuus en een slangetje dat haar arm in liep. Ze keek om zich heen, zag de verlichte gang door een kier van de deur en begreep dat ze in een ziekenhuis moest zijn. Het was niet de eerste keer, haar nieren hadden het vaker begeven. Stom, ze had eerder naar een dokter moeten gaan. Ze was het van plan geweest. Nu moest Sam... Ze schoot overeind. Sam!

'Ah, daar ben je weer.' Vanuit een stoel in de schaduw lachte Doug haar toe. Hij stak zijn telefoon in de zak van zijn jasje en kwam naar het bed. Wat onwennig bleef hij aan het voeteneind staan.

'Sam.' Meer dan een hees gefluister kon Emily niet uitbrengen, maar Doug had het verstaan.

'Geen zorgen. Ik heb hem van school gehaald. Ze wilden hem niet zomaar aan me meegeven, maar een telefoontje naar het ziekenhuis deed de truc. Hij heeft wat gegeten en ligt nu te slapen in de gastenkamer aan het einde van de gang. Ik heb beloofd hem te halen zodra jij wakker werd, maar misschien is het beter...' Hij haalde wat onbeholpen zijn schouders op. 'Dit is het Tom Callaghan Memorial Hospital, natuurlijk niet de ideale omgeving voor een kind. Ik wist niet waar ik anders met hem naartoe moest.'

Emily glimlachte dankbaar, er viel een pak van haar hart. Ze wees op de kraan. Doug vulde een glas, dat ze in één keer leegdronk. 'Bedankt voor alles, echt.' Nu ze wist dat Sam veilig was, popten er allerlei vragen in haar op. 'Hoe wist je op welke school hij zit?'

'Dat wist ik niet, maar dit eiland telt er maar twee.' Hij knipoogde. 'Daar was weinig research voor nodig.'

Research. Haar ogen vlamden, opeens herinnerde ze zich het telefoongesprek met Andrew Ferrigan, vlak voordat alles zwart werd voor haar ogen. 'Champignons, Angus...' begon ze, maar ze stokte toen de deur werd opengezwaaid en een jonge arts met blonde paardenstaart het licht aanknipte.

'Goedenavond, ik ben Lesley Shay, chirurg.' Met een snelle beweging scrolde ze door de tablet in haar hand. 'Mevrouw Ryan, hoe voelt u zich?'

Emily knikte vriendelijk. Liever had ze haar gesprek met Doug voortgezet, maar ze wist ook dat ze haar gezondheid en energie moest terugkrijgen om het verhaal dat ze op het spoor was zo snel mogelijk rond te krijgen en openbaar te maken. 'Het gaat wel, ik had eerder aan de bel moeten trekken, stom van me.'

'Heel stom,' bevestigde de arts. Achter haar zag Emily Doug gniffelen. 'Als je nieren niet optimaal werken, zoals bij u het geval is, hopen afvalstoffen zich op in het bloed. Er ontstaat bloedarmoede en dat merk je meteen, want je wordt er doodmoe van. Je huid wordt bleker en gaat schilferen en je hebt continu dorst, omdat je water- en zouthuishouding van slag zijn.'

'Dat is bekend,' zuchtte Emily.

'Heeft u ook last van jeuk?'

'Af en toe. Nu niet.'

'Dan heeft u geluk, sommige nierpatiënten worden er stapelgek van.' De arts voerde de informatie in, haar nagels tikten op het scherm. 'Het infuus heeft nog een uurtje nodig, maar ik hou u graag een nacht hier ter observatie. Als u zich dan goed voelt, kunt u naar huis. Goed?' Ze trok haar wenkbrauwen op.

'Goed. Bedankt, dokter.'

'No worries.'

Zodra de arts de deur uit was, trok Doug de stoel bij haar bed en ging zitten. 'Ik breng je morgenvroeg naar huis en als je het goedvindt, rij ik Sam ook naar school. Ze kennen me daar nu toch.'

'Doug, dat hoeft echt...'

'Niet zeuren,' zei hij streng. 'De dokter heeft gezegd dat je rust moet houden en wie anders kan er een beetje voor je zorgen?'

Emily zuchtte en dacht aan haar broer. Hij wist nog niet eens dat zij in het ziekenhuis was beland. 'Is mijn tas hier ook?'

Doug veerde op en haalde een schoudertas uit een openstaande locker. 'Die heb ik uiteraard voor u meegenomen, mevrouw.' Hij overhandigde de tas met een uitgestreken gezicht waarom ze moest glimlachen. De lach verdween echter snel toen ze zag hoeveel gemiste oproepen en voicemails Jake voor haar had achtergelaten. Ze voelde zich acuut schuldig en belde hem meteen, maar kreeg bericht dat het nummer niet bereikbaar was. Vreemd. Voor de zekerheid tikte ze een kort berichtje waarin ze zei wat er met haar gebeurd was en dat ze hoopte hem snel te zien, in het ziekenhuis of bij haar thuis. Daarna legde ze de telefoon naast haar kussen. De vermoeidheid speelde haar parten. Als ze haar ogen zou sluiten, ging ze waarschijnlijk binnen een paar tellen opnieuw onder zeil, maar dat wilde ze niet. Zij en Doug hadden belangrijke zaken te bespreken. 'Paddenstoelen.'

Doug begreep direct waarop ze doelde. 'Abby, je schoonzus, Angus, alle drie hebben paddenstoelen gegeten vlak voordat ze in de hens vlogen. Sorry, voordat de zelfontbranding intrad, bedoel ik.' Vertwijfeld keek hij Emily aan.

Die schudde haar hoofd, aan gevoeligheden moesten ze nu geen tijd verspillen. 'Abby at soep met cantharellen. Omdat er verder niemand in haar familie is omgekomen, moet zij de enige zijn die ervan gegeten heeft. Met Abby is ook het huis afgebrand, inclusief de keuken. Een geluk bij een ongeluk; zo kon de soep niet nog meer schade aanrichten. Kirstie had een salade met eekhoorntjesbrood als lunch, waarvan ik zeker weet dat alleen zij die op heeft, want Jake en Sam houden al niet van simpele champignons, laat staan van andere varianten. En Angus woonde alleen en at dagelijks champignons bij zijn ontbijt.'

Ze pauzeerde om op adem te komen en haar gedachten te ordenen. 'Wat dit precies betekent weet ik nog niet, maar dit is de enige overeenkomst tussen de drie slachtoffers. We moeten uitvinden waar ze hun boodschappen deden, of misschien hebben ze de paddenstoelen zelf geplukt? Waar dan? Hoe kan het dat die dingen in verteerde vorm vlam vatten? Zijn er meer paddenstoelen met dezelfde eigenschappen?' Haar gezicht betrok.

Doug begreep wat ze dacht. 'Zo ja, dan is het een kwestie van tijd voordat het nog een keer gebeurt.'

46

00.04 AM

Rond middernacht werd Emily wakker van een overvolle blaas. Ze wreef de slaap uit haar ogen en zag de lege stoel naast haar bed. Doug had alle open eindjes in hun verhaal genoteerd en met de belofte haar in te lichten zodra hij meer wist, was hij op pad gegaan. Hopelijk kon ze zelf ook snel aan het werk. Ze voelde zich al een stuk kwieker. De slaap en het infuus hadden haar goedgedaan. Het buisje zat niet meer in haar arm. Het moest losgekoppeld zijn terwijl ze sliep. Ze sloeg het laken terug en tilde haar benen buitenboord. Voorzichtig ging ze staan, klaar om terug op bed te zakken als dat nodig bleek, maar dat viel mee. Haar benen voelden redelijk stabiel en duizelig was ze niet.

Nadat ze had geplast, stak ze haar hoofd om de deur naar de gang. Die werd spaarzaam verlicht door lampjes naast de kamernummers. Er was niemand te zien. Ergens aan het einde moest Sam liggen. Zou hij erg geschrokken zijn? Ze liep de gang op. Een nachtelijk bezoekje was vast niet de bedoeling, maar de behoefte om Sam te zien was te sterk. Dat ze niet meer droeg dan een ziekenhuispyjama, kon haar niets schelen. Alleen maar even kijken, dacht ze, als hij slaapt ben ik zo terug. Ze vond hem in de gastenkamer, precies zoals Doug gezegd had. Aan de gesloten gordijnen te zien, lagen er nog twee mensen op de kamer.

De gordijnen om Sams bed waren open, net als de gordijnen in zijn kamer thuis. Hij hield er niet van 'gevangen' te zijn, daar werd hij bang van. De deur moest altijd open blijven en de ramen het liefst ook, maar dat liet de hitte niet vaak toe. Ze ging naast zijn bed staan en streek zacht met een hand door zijn haar. Thuis werd hij daar niet wakker van, hier wel. Zodra hij haar zag, strekte hij zijn armen naar haar uit. Ze knuffelden zonder woorden.

'Ben je ziek?' vroeg Sam, nadat hij haar had losgelaten.

'Niet meer. We moeten nog even slapen, maar als het licht wordt gaan we samen naar huis. Goed?'

Achter het gordijn naast hen werd gekucht. Sam drukte zich opnieuw tegen Emily aan. 'Mag ik bij jou liggen?'

'Kom maar.' Samen slopen ze over de gang terug naar Emily's kamer. Sam klom in haar bed, rolde zich op als een *joey*, een babykangoeroe, en was vertrokken. Emily ging in de stoel zitten en keek naar hem. Slapen ging nu niet meer lukken, haar brein was geactiveerd. In gedachten probeerde ze wijs te worden uit de wirwar aan gedachten.

Een minuut of tien later klonk er gestommel op de gang. Emily stond op en gluurde door de deuropening. Twee ambulancebroeders rolden een brancard door de gang waarop een gehavende man lag met zijn ogen dicht. Op zich geen bijzonder beeld in deze omgeving, maar er was iets aan de blik in de ogen van beide verplegers wat Emily's aandacht trok. De broeder aan het voeteneind, een donkere jongen met gebleekt haar, leek uit elkaar te spatten van enthousiasme, terwijl zijn oudere collega bij het hoofdeinde strak stond van de ingehouden spanning. Een paar meter voor Emily's deur hield de oudere man zijn pas in. Hij wees op een watertappunt in de muur. De jongen stak een duim op. Terwijl hij wachtte trok hij het laken over de patiënt recht. Daarna verplaatste hij een voorwerp naast het hoofd van de man. Emily kon net niet zien wat het was. Geboeid bleef ze kijken.

'Als mijn vrienden dit horen. O god, die weten niet wat ze meemaken.' De jongen kon de brede grijns niet van zijn lippen krijgen. Hij proestte nerveus en sloeg een hand tegen zijn mond om het geluid te dempen.

'We weten nog niks zeker,' siste zijn collega verbeten. De slok water had de spanning in zijn lijf kennelijk niet weggenomen. Zijn schouders zaten tegen zijn oren en zijn ogen had hij opengesperd. 'We brengen hem binnen en lichten de politie in. Daar houdt onze taak op.'

'Ik weet het,' piepte de jongen, 'maar ik kan het niet helpen. Kijk nou.' Hij pakte een punt van het laken en wilde het omhoogtrekken, maar dat liet zijn collega niet toe. Met een felle beweging sloeg hij het terug. Nu pas zag Emily de bloedvlekken in het laken, ter hoogte van de buik van de patiënt.

'Laat dat.' Stoïcijns streek de oudere man het laken glad. 'Die tekst bewijst niks. Elke verknipte grappenmaker kan zoiets bij een ander in zijn buik kerven.'

De jongen keek bedenkelijk. 'Dat geloof je zelf niet.'

'Het doet er niet toe wat ik denk. Ik denk helemaal niks.' Met een bruuske beweging zette de man het bed weer in beweging. Maar toen een van de wielen tegen de schoen van de jongen botste, kwam het bed abrupt tot stilstand. Het voorwerp naast het hoofd van de patiënt viel op de grond en rolde een stukje door.

'Shit.'

Emily rekte haar hals. Ze zag hoe de jongen bukte om het voorwerp op te rapen. De adem stokte in haar keel toen ze zag wat het was: een joekel van een paddenstoel.

Hij legde hem terug en trok aan het bed, dat opnieuw in beweging kwam. 'Ik snap niet dat je die dingen wil bewaren. We hadden ze net zo goed weg kunnen gooien.'

'Ze zaten vast niet voor niets in zijn shirt,' zei de man. 'De politie mag beslissen wat ze ermee doet. Nogmaals, niet onze taak.'

De jongen schudde zijn hoofd, maar gaf geen weerwoord. Samen rolden ze het bed naar het einde van de gang, waar ze om de hoek uit Emily's zicht verdwenen.

47

00.28 AM

Stilzitten ging niet meer. IJsberend door de kamer, zo stil mogelijk om Sam niet wakker te maken, probeerde Emily te begrijpen wat ze zojuist had gezien en gehoord. Wie was die man op het bed? Wat stond er in zijn buik gekerfd? En, de vraag die haar het meest bezighield: waarom zaten er in godsnaam paddenstoelen in zijn shirt verborgen? Had hij ze geplukt? Misschien, maar waarom dan deze vreemde bergplaats? Een mandje lag meer voor de hand. Het was waarschijnlijker dat iemand anders ze in zijn shirt had gestopt. Dezelfde persoon die ook de tekst in zijn buik had gekerfd. Wat zou er staan? Gezien de reactie van de broeders moest het iets heftigs zijn, heftiger dan een willekeurige tekst in iemands buik toch al was. Ze keek nogmaals de gang af, maar zag niemand meer. Ergens voelde ze de behoefte de politie te vertellen over het verband dat ze ontdekt had tussen de mysterieuze zelfontbrandingen en de geconsumeerde paddenstoelen. Maar het was te vroeg, meer dan een theorie had ze niet, bewijs ontbrak. Bovendien was haar theorie niet volledig. Zo veel mensen aten paddenstoelen, in allerlei verschijningsvormen, en met hen gebeurde niets. Waarom Kirstie, Abby en Angus dan wel in vlammen waren opgegaan, kon zij zelf ook niet verklaren. De politie zou haar verhaal niet serieus nemen. Ze had bewijs nodig. En veel meer slachtoffers, dacht ze cynisch.

Ze werd licht in haar hoofd en ging zitten om haar op hol geslagen hartslag te temperen. In gedachten hoorde ze de stem van de arts: als ze geen blijvende schade wilde oplopen moest ze zichzelf in acht nemen. Een enkel infuusje en wat uurtjes slaap gingen haar niet redden; rust houden dus. In ieder geval voor Sam, want waar moest hij heen als zij nog een keer omviel? Verdomme, was Doug maar hier, zijn scherpe geest kon ze nu goed gebruiken. Ze viste haar telefoon tevoorschijn om hem een berichtje te sturen toen er een donkere gedaante in de deuropening verscheen. Instinctief trok ze haar knieën naar haar borst. Aan het postuur te zien zag ze dat het een man was, groter dan Doug, meer kon ze niet onderscheiden. De man bewoog zich aarzelend naar het bed en bleef halverwege de kamer staan.

'Wie ben je en wat doe je hier?' Ze sprak zacht, maar wist voldoende gewicht in haar stem te leggen om te laten merken dat ze niet van onaangekondigd nachtelijk bezoek gediend was. Helemaal niet nu Sam in haar bed lag te slapen.

De gedaante keerde zich naar haar. 'Emily? Ik ben het, Ollie.'

'Nee? Echt?' Emily stond op en begroette haar broers vriend met een hug. 'Wat doe jij nou hier? Sorry, goed je te zien...'

'Hoe gaat het met jou en Sam?' Ollie wees om zich heen. 'Dit is niet de beste omgeving om elkaar weer eens te treffen.'

'Sam mankeert niets. Mijn nieren speelden op, ik viel flauw en een collega heeft me hierheen gebracht, maar het gaat al beter. De dokter denkt dat we deze ochtend naar huis kunnen. Dat duurt gelukkig niet heel lang meer.' Ze wierp een blik op Sam en maakte een hoofdbeweging naar de deur. Samen liepen ze de gang op, waar ze konden praten zonder de slapende jongen te storen.

Ollie griste direct zijn telefoon uit zijn achterzak. 'Ik app Jake. Die maakte zich nogal druk omdat hij je niet kon bereiken. Volgens mij is zijn telefoon leeg, maar zodra hij dit leest...'

Emily was meteen alert. 'Ik kreeg ook een rare melding toen ik hem probeerde te bellen. Er zou toch niets mis zijn?'

'Maak je niet druk. We hebben elkaar na het blussen nog gesproken. Hij stond al op de grond en was blij dat het zo rap gegaan was met die rode wolk, want hij kon niet wachten om naar jou en Sam te gaan.'

Dat ging Emily te snel. 'Wacht even. Bluswerk? Hier op het eiland?' De schrik sloeg haar om het hart.

Ollie zag dat ze begon te tollen op haar benen en naar houvast zocht. Snel greep hij haar arm. 'Kom, er is hier vast ergens een koffiekamer, dat praat makkelijker.' Ze liepen de gang uit en sloegen de hoek om, precies zoals de broeders met de paddenstoelenman eerder hadden gedaan, en vonden een zitje met een automaat. Ollie haalde er twee bekers zwarte koffie uit en ging naast Emily zitten. 'Ik vergat even dat je er natuurlijk niets van hebt meegekregen. Er waren wat brandjes op het eiland, maar die hadden we snel onder controle. Niets meer aan het handje nu, maar je begrijpt dat Jake en ik 'm knepen, met jou en Sam hier.'

Emily bolde haar wangen en blies langzaam uit. De verkleinwoorden die Ollie gebruikte om haar gerust te stellen, hadden een averechts effect. Het beeld van brand op dit eiland maakte haar doodsbenauwd, zelfs al was het kennelijk snel geblust. De belofte van brandveiligheid was de enige reden van haar verhuizing geweest. Was ze dan nergens veilig? Haar hart kromp toen ze aan Jake dacht. 'Daarom heb ik zo veel gemiste oproepen. Hij moet flink in de rats hebben gezeten. Ik zag het pas toen ik wakker werd, hier in het ziekenhuis.' Met gefronste wenkbrauwen keek ze Ollie aan. 'Nu zijn de rollen omgedraaid, nu is hij zelf niet te bereiken en hij reageert niet op mijn app. Dat is niets voor hem.'

'No worries,' suste Ollie, hoewel hij er zelf ook niet helemaal gerust op was, 'die broer van jou loopt niet in zeven sloten tegelijk. Hij is een held, je had hem moeten zien gaan met die rode wolk. Vuur heeft gewoon geen kans meer met Jake in de lucht.' Hij knipoogde en nam een grote slok koffie. 'Waarschijnlijk is zijn telefoon leeg en zwerft hij ergens over het eiland, op zoek naar jou. Net als de rest van het team, trouwens, we waren allemaal op zoek, en niet alleen naar jou. Tegen het einde van de brand waren we opeens met twee man minder. We begrepen er niets van en hebben direct de ziekenhuizen en hulpposten gecheckt, maar er waren geen brandweermannen opgenomen. Toen nog niet, althans. Ik probeerde het net opnieuw, hier aan de balie, en toen bleek dat er toch een man is binnengebracht. Bewusteloos en zonder papieren. Hij voldeed aan het signalement van de chief, dus ik heb gevraagd of ik hem mocht zien en dat stonden ze toe. Wat denk je? Het was inderdaad onze bevelvoerder.'

'Nee toch, kreeg het vuur hem te pakken?' vroeg Emily.

Ollie tuitte zijn lippen. 'Voor zover ik kon zien niet. Volgens mij weten ze niet precies wat er met hem gebeurd is. De arts wilde er in ieder geval niks over kwijt. Die gedroeg zich sowieso nogal vreemd, hypernerveus, god weet waarom. Maar goed, als hij weer bijkomt kan de chief zelf vertellen wat hem is overkomen. Misschien weet hij ook meer over de luitenant, want die is nog wel spoorloos.' Hij dronk de beker leeg en prikte met een vinger in Emily's arm. 'Toen ik werd weggestuurd kreeg ik een helder idee. Aan de balie noemde ik jouw naam en het was alweer bingo. Gelukkig zeiden ze er meteen bij dat het goed met je ging.'

Emily kreeg niet alles mee van Ollies gebabbel. Nadat hij verteld had over de identificatie van zijn chief waren haar gedachten afgedwaald. 'Wacht even,' zei ze, toen hij net was begonnen over een van zijn zoontjes die even geleden met een neus vol krentjes naar het ziekenhuis moest, 'die chief, had hij een bloedende buik? Ik bedoel, zat er een bloedvlek in het laken, ter hoogte van zijn buik?'

'Nee... Tenminste, dat zou me toch opgevallen zijn? Waarom vraag je dat?'

Emily stond op en wachtte tot haar bezoeker hetzelfde deed. 'Kun je me wijzen waar hij ligt? Ik moet iets checken.'

Ollie pakte haar bij de arm en wees naar een lift verderop in de gang. 'Eentje naar boven. Volg mij.'

48

Op het moment dat Ollie Emily's ziekenhuiskamer binnenliep, bonkte Jake veertien kilometer verderop gefrustreerd met zijn hoofd tegen de muur van de pikzwarte kelder, waarin 'collega' Mingus Randall hem zojuist had opgesloten. Hij snapte er niets van. Vrienden waren ze nooit geworden, maar dat gold voor de anderen net zozeer; als opvolger van de populaire Tank had Randall een onmogelijke start gemaakt, maar toch verliep de samenwerking tussen hem en de rest van het team best goed. Dat geen van hen stond te springen om een biertje met hem te drinken, leek de luitenant niet te deren; hij straalde bepaald niet uit dat hij daarop zat te wachten. Jake wist zeker dat hij zijn nieuwe collega niets had misdaan, dus moest er meer aan de hand zijn. De enige verklaring voor Randalls wangedrag, hoe bizar ook, was dat de veiligheidsdienst en de chief gelijk hadden gehad: de Vuurduivel was niet alleen een brandweerman, hij was nota bene lid van het team dat in leven was geroepen om diezelfde Vuurduivel te stoppen. De echte Cody Cox was niet teruggekomen en Noah Robinson trof geen enkele blaam. Mingus Randall bleek de Vuurduivel te zijn en hij deed zich voor als Cody Cox.

Jake had een moment nodig om dat besef te laten landen. Waar was de man in hemelsnaam mee bezig? Werd het hem na zijn mislukte comeback te heet onder de voeten en schakelde hij nu zijn teamleden een voor een uit? De chief lijkt verdwenen te zijn, had Ollie aan de telefoon gezegd. Zou Randall chief Kelly als eerste te grazen hebben genomen? Zat die ook ergens vast en was Jake als tweede aan de beurt geweest?

Jake kon het amper geloven, maar een andere reden voor zijn eenzame opsluiting kreeg hij niet verzonnen. Als het waar was, moest hij zo snel mogelijk groot alarm slaan en elk politie- en brandweerkorps in het land laten uitkijken naar Vuurduivel Randall. De man was even krankzinnig als kwaadaardig en moest opgeborgen worden voordat hij nog meer schade kon aanrichten.

Zeker, maar er was meer dat hem te doen stond; Emily en Sam zoeken, bijvoorbeeld. Het zinde hem niks dat zijn zus zo lang onbereikbaar bleef en nu die rat van een Randall zijn telefoon had afgepakt, was hij helemaal van elke flinter informatie verstoken. Hij moest naar buiten, maar hoe? Hij zag geen hand voor ogen. Het luik had hij al geprobeerd, dat leek van buitenaf vergrendeld te zijn, of Randall had er iets zwaars op gezet, want er was geen beweging in te krijgen. Een snelle escape zat er vooralsnog niet in, de zoektocht naar zijn zus en zoon moest wachten.

Om niet volledig door te draaien dwong hij zichzelf te geloven dat het goed met ze ging. Misschien had Ollie het bij het rechte eind gehad en was Emily inderdaad het eiland ontvlucht zodra er brand was uitgebroken en zat ze nu met Sam in Sydney, kwaad omdat broerlief zijn telefoon niet opnam. Ja, zo was het. Em en Sam waren veilig, absoluut, of... Voor zijn ogen verscheen een beeld dat zijn nekharen overeind zette. Emily stond in brand, ze probeerde te schreeuwen, maar in plaats van geluid kwamen er vlammen uit haar mond. Ze krulden omhoog en raakten haar haren, die in een mum van tijd verschroeiden. Haar kale schedel kleurde zwart. Naast haar keek Sam toe, verstijfd van angst en niet in staat zich te bewegen. Nee! Dat mocht niet gebeuren, niet nog een keer! Jake schreeuwde zo hard dat zijn neus opnieuw begon te bloeden. Hij zakte naar de grond en duwde zijn shirt, doorweekt van zweet en bloed, tegen zijn gezwollen reukorgaan. Tranen sprongen in zijn ogen. Rustig blijven, Ryan, suste hij zichzelf, waanideeën gaan je niet verder helpen, rustig blijven en nadenken. Er moet een manier zijn om hieruit te komen en die manier ga je vinden. Easy does it, adem in, adem uit.

Na een paar minuten had hij zijn ademhaling onder controle en werd ook het bloeden minder. De pijn in zijn hand daarentegen, waar Randall bovenop had gestampt, nam toe. En ook zijn beschadigde knie deed zich gelden. Blijkbaar was de tijdelijke verdoving van de endorfine die zijn lichaam had aangemaakt, uitgewerkt. Een paar pijnstillers en een fles koud water zouden meer dan welkom zijn. Dan ga je die halen, Ryan, pepte hij zichzelf op, on your feet!

Hij stond op en riep een aantal keer om hulp. Niet omdat hij dacht dat iemand hem zou horen, maar wel om aan de hand van de echo's in te schatten hoe groot het beneden was. Immens, luidde de conclusie. Waarschijnlijk was de kelder van hetzelfde formaat als de bovenliggende hangar, of als de drie aaneengesloten hallen bij elkaar. Hij betastte de muur. Bakstenen, voegwerk dat hier en daar verkruimelde als hij eroverheen streek, spinrag en stof, meer was het niet. Hier niet, tenminste. Hij legde zijn shirt op de grond tegen de muur als markering van zijn startpunt en begon te lopen. Eén hand voor zich uit in het duister, de andere tastend langs de wand. Als deze ruimte was wat hij hoopte dat het was, zou ergens nog een uitgang moeten zijn en die moest hij vinden, dat was zijn enige kans.

49

00.48 AM

Op de eerste verdieping van het Tom Callaghan Memorial Hospital stapte Emily tegen beter weten in achter Ollie uit de lift. Ze wist dat ze veel beter kon gaan liggen. Haar zicht werd troebel en ondanks de zojuist gedronken koffie voelde haar keel zo droog als schuurpapier. Leunend op Ollies arm lukte het haar om te blijven lopen, al had hij zeker drie keer gezegd dat hij liever zou omkeren. Alleen even kijken, drong ze aan, misschien had ze het mis, maar ze moest het zeker weten, anders zou slapen sowieso niet lukken. Dat laatste was een leugen, dat wisten ze allebei.

'Hier is het.' Ollie klonk opgelucht toen ze bij het vierkante venster aankwamen waar hij eerder naast een arts had gestaan om de tot dan toe onbekende patiënt te identificeren. Aan de andere kant van het raam lag chief Kelly in een verduisterde kamer, nog hetzelfde als daarstraks, bewegingsloos, op het zachte op en neer bewegen van zijn borstkas na. Hij was met doorzichtige slangetjes aangesloten op twee machines, waarvan Ollie niet wist waartoe ze dienden. Het laken dat tot aan chiefs hals reikte oogde brandschoon en spierwit, constateerde hij tevreden; van de bloedvlek waarover Emily het had gehad, was geen sprake.

'Ik wil naar binnen,' zei Emily, zonder haar blik van de slapende man af te halen.

‘Dat kan niet.’ Ollie keek schichtig om zich heen. ‘Het is waarschijnlijk al niet eens de bedoeling dat we midden in de nacht door de gangen struinen. Bovendien ga jij er met de minuut slechter uitzien. Dit kan niet goed voor je zijn.’

Emily keek hem met grote ogen aan. ‘Alleen even zijn buik bekijken. Dan lopen we terug en ga ik liggen. Ik beloof het.’

Ollie twijfelde zichtbaar.

‘Als het niet echt belangrijk was, zou ik het niet vragen.’

Dat trok hem over de streep. Samen gingen ze de kamer in. Het was er warmer dan op de gang, vond Ollie, die het zweet langs zijn rug voelde lopen. Deze hele exercitie stond hem tegen. Wat de chief had meegemaakt wist hij niet, maar het leek hoe dan ook beter hem in alle rust te laten herstellen. Bovendien hing Emily steeds zwaarder aan zijn arm. Wat als ze flauwviel, wat als ze werden betrapt? Wat was dan in hemelsnaam zijn verklaring?

Opeens spotte hij door het raam beweging in de gang. Een verpleger met een klembord tegen zijn borst bleef op een paar meter van het raam staan om in zijn papieren te kijken. Ollie zakte op zijn hurken en trok Emily met zich mee. Met een vinger tegen zijn lippen maande hij haar stil te blijven. Ze knikte en nam van de gelegenheid gebruik haar vermoeide ogen te sluiten. Na een paar minuten waagde Ollie het door het raam te gluren. De verpleger was weg. Dat was maar net goed gegaan. Plots geïrriteerd pakte Ollie Emily’s handen beet. Hij hielp haar omhoog en begeleidde haar naar de bedrand, zodat ze zichzelf staande kon houden. Daarna checkte hij het gezicht van Kelly. De chief leek nog steeds diep in slaap te zijn. Snel nam hij het laken tussen zijn duimen en wijsvingers en trok het voorzichtig terug. Hij schrok. Nooit eerder had hij zo veel littekens gezien. De roze lijnen in de borstkas leken de randen van huidkleurige puzzelstukken die schots en scheef aaneen waren gelegd. Chief Kelly had nooit verteld dat hij een ongeluk had gehad, laat staan dat hij iets had laten merken van pijn of een ander ongemak. Ollie wilde er beslist meer van weten, maar dit was niet het moment. Hoe eerder hij de kamer kon verlaten, hoe liever het hem was.

Met ingehouden adem trok hij het laken verder naar beneden. Er verscheen een wit verband over de volle breedte van de buik, dat met vier stroken tape was vastgeplakt. Vanuit zijn ooghoeken zag Ollie Emily verkrampen. Ze was inmiddels lijkbleek en kon met moeite haar ogen openhouden. Toch beantwoordde ze zijn vragende blik met een dwingende hoofdknik: als ze de buik wilden zien, moest het verband eraf. Dat ging hem te ver. Hij zette resoluut een stap terug en maakte aanstalten haar de kamer uit te loodsen, maar dat liep anders. Steunend op de bedrand manoeuvreerde Emily zich naar de andere zijde van het bed. Ze duwde haar nagels onder de bovenste strook tape en trok met een stevige ruk het verband van zijn plek. Daarna ging alles heel snel.

Chief Kelly gaf een gepijnigde brul en kwam half overeind, de machines naast het bed begonnen te loeien, Emily tuimelde achteruit en viel hard op haar achterste. Alleen Ollie verroerde zich niet. Als bevroren staarde hij naar de groteske wond die onder het verband tevoorschijn was gekomen. Bloed stroomde uit de opengesprongen korsten, alsof het de tekst trachtte te verhullen die met ruwe halen diep in de huid was gekerfd. Tevergeefs, Ollie las de letters en voelde instinctief aan dat vanaf nu alles anders zou zijn. Want in de buik van chief William Kelly, bevelvoerder van missie Wasteland, met als hoofddoel het stoppen van de grootste terrorist die het land ooit had gekend, zag Oliver Wilson het laatste woord staan dat hij daar ooit had verwacht: VUURDUIVEL.

50

Vlak voordat zijn zus het verband van chief Kelly's buik trok en verantwoordelijk werd voor de onthulling van de eeuw, raakte Jakes hand in de aardedonkere kelder een tweede muur. Na vele tientallen meters baksteen was hij in een hoek beland en moest hij zich een kwartslag draaien om verder te lopen. Er leek geen einde aan de ruimte te komen en de pijn in zijn knie werd er niet minder op. Bij elke stap voelde het alsof zijn knie een stukje verder opzwol, zijn broek spande er steeds strakker omheen. Om zichzelf af te leiden van het groeiende ongemak probeerde hij het gesprekje terug te halen dat hij tijdens de vlucht naar Coober Pedy met de chief had gehad. Hij herinnerde zich de opmerkelijke reactie van chief Kelly op de aanstaande verhuizing van Emily en Sam naar SE18. 'Brand kun je nooit uitsluiten en dat weten de ontwerpers van die eilanden donders goed,' had de bevelvoerder op laatdunkende toon gezegd. Daarom werden er schuilkelders gebouwd, beweerde hij, op elk nieuw eiland minstens één. Niemand mocht het weten om de belofte van brandveiligheid geen geweld aan te doen. Jake was ervan geschrokken en had meteen besloten de informatie niet met Emily te delen. Brandveiligheid was de voornaamste reden voor haar verhuizing naar het eiland. Ze verlangde ernaar, voor haarzelf en vooral voor Sam. Dat gevoel wilde hij haar niet afnemen. Hij had zich voorgenomen de info op een later moment te checken, maar dat was er in de consternatie van de vele branden niet meer van gekomen. Tot nu, dacht hij mismoedig. Dit enorme donkere hol zou best eens zo'n schuilkelder kunnen zijn. Het was er groot genoeg om de hele eilandbevolking in te stouwen. Maar dan moest die bevolking er wel eerst ín en daarvoor was vast méér bedacht dan één enkel luik.

Hij stokte. Het materiaal onder zijn vingertoppen voelde opeens glad aan, totaal anders dan de grovere structuur van de bakstenen en het voegwerk dat hij tot nu toe had betast. Zijn hart maakte een sprongetje toen hij een klink ontdekte, maar de euforie was van korte duur. Natuurlijk was de deur op slot. Randall was niet dom, die zou de in- en uitgangen van de kelder zeker gecheckt hebben voordat hij Jake er onderdak verschafte. Niet opgeven nu, dit was te voorspellen. De pijn in zijn knie negerend snelde hij in looppas verder langs de muur. Ondertussen telde hij zijn passen. Bij de volgende hoek draaide hij weer een kwartslag en knalde hij tegen iets wat niet meebewoog.

'Fuck!' Tijd om zijn wonden te likken was er niet, want dit item was precies waarop hij had gehoopt. Geen schuilkelder zonder voorraadkast, en dit was een gigantisch exemplaar. Op de tast vond hij de deuren, die zich makkelijk lieten openen. Hij stak zijn onbeschadigde hand naar binnen en probeerde te visualiseren wat hij voelde. De eerste greep was meteen raak, de vorm van het doosje en het geluid dat het maakte toen hij het bewoog was onmiskenbaar: lucifers. De ironie ontging hem niet. Door de zenuwen liet hij het doosje bijna vallen, maar hij herpakte zich en wist met de eerste lucifer een vlammetje te ontsteken. Hij gebruikte het om de inhoud van de kast razendsnel te scannen en juichte vanbinnen toen hij een rij zaklampen spotte. Het waren Maglites met een verstelbare straal, die, zodra hij er een aanknipte, een deel van de muffe kelder in het licht zette. Jake scheen in de richting waaruit hij gekomen was en zag de deur nu helder. Dat was zijn way out, het ding moest alleen nog open.

Een sleutel was te veel gevraagd, maar wat hij wel vond in de kast, die bijna volledig gevuld was met first aid kits, energierepen en flesjes water, waren een hooligantool en een klauwhamer. Daarmee moest het lukken. Deuren forceren was voor elke brandweerman gesneden koek, daar had je geen eliteteam voor nodig. Met de materialen in zijn hand en de lamp tussen zijn tanden rende hij terug naar de deur. Nu hij de vrijheid rook, kon hij niet meer rustig lopen, al had zijn knie het graag anders gezien. Ter hoogte van het slot zette hij de hooligantool klem tussen de deur en de deurstijl. Daarna ramde hij de klauwhamer er een paar keer tegenaan, zodat de tool dieper de ontstane kloof in drong. Hij liet de hamer vallen en duwde met zijn volle gewicht tegen de tool. Het kostte hem meer kracht dan hij verwachtte, maar na een paar pogingen klonk de verlossende klik en schoot de deur open. Een stenen trap leidde hem naar buiten, waar hij dankbaar zijn longen volzoog met frisse lucht.

Op zijn hoede sloop hij langs de buitenmuur terug naar de voorzijde van de eerste hangar. Zonder shirt en met opgezwollen neus en knie maakte hij bepaald geen fraaie indruk. Als hij iemand tegen het lijf liep zou hij lastige vragen moeten beantwoorden, tijdverspilling die hij zich niet kon veroorloven. Daarom was hij extra voorzichtig toen hij de Mazda in het vizier kreeg die de douanebeambte hem eerder had gewezen. Het portier was dicht. Randall moest zijn teruggegaan om het portier te sluiten, nadat hij hem in de kelder had opgesloten. Waar zou hij nu zijn? Wie had hij nog meer te pakken? En wat was hij van plan? Jake wilde antwoord op al zijn vragen, maar er was er één die hem al het langst bezighield en díé zou voorrang krijgen. Hij opende het portier en zuchtte opgelucht. Het geluk was eindelijk weer met hem, de sleutel lag nog op de stoel.

51

01.14 AM

Cody Cox wist dat hij ontmaskerd ging worden op het moment dat Oliver Wilson de kamer binnenkwam met Emily Ryan in zijn kielzog, die hij uit zijn research herkende als de zus van zijn piloot, en zij haar nagels onder het verband op zijn buik wrikte. Hij zag haar bleke tronie en de vastberaden trek om haar mond tussen zijn oogharen door. Achteraf bezien had hij haar toen meteen de nek om moeten draaien, maar iets hield hem tegen. Ollie had zich tot dan toe exact gedragen als een trouwe hond die zijn baas te allen tijde zou beschermen en ergens verwachtte Cody dat hij dat zou blijven doen. Dat die trouwe hond Emily zou tegenhouden, omdat ze nu echt te ver ging en de chief in zijn belabberde toestand met rust moest laten. Maar dat deed Ollie niet, de lafaard. En dus moest Cody improviseren, vanaf het moment dat die trut het verband lostrok en de kwetsbare huid van zijn buik opnieuw openreet. Het was niet zozeer de fysieke pijn die hem raakte, de vele operaties hadden hem gehard en zijn pijngrens was bovengemiddeld hoog, het was meer de aanhoudende tegenwerking die hem dwarszat. Eerst van Randall, wiens verraad hij niet had zien aankomen, en nu van Emily, een overambitieuze journalist die altijd aasde op een primeur. Nou, die kon ze krijgen.

Zijn scheurende huid negerend, kwam hij omhoog. Hij liet zijn blote benen naast het bed glijden en rukte de loeiende hartmonitor van de stellage. De elektroden aan zijn lijf schoten los en de infuusstandaard viel om. Na een paar passen stond hij voor Ollie, die kennelijk zo in shock was door de ontblote verminking dat hij een paar tellen niet in staat was zich te bewegen. Het was precies de tijd die Cody nodig had om de monitor boven zijn hoofd te heffen en op Ollies schedel te laten neerkomen. Ollie maakte nog wel een duikbeweging, maar het was te laat: hij ging knock-out. Ook de monitor was gecrasht, het alarm stopte acuut, de beklemmende stilte die volgde zoog alle zuurstof uit de kamer.

Achter Ollie schoof Emily, die al was gevallen toen Cody brullend overeind kwam, op haar billen achteruit, totdat ze met haar rug tegen de muur botste en ontsteld naar de deur keek, alsof ze hoopte dat iemand haar zou komen redden van de bloedende duivel tegenover haar.

'Als je je mond houdt, doe ik je niks,' zei Cody. Zijn vingers jeukten om haar flink aan te pakken, maar hij kon haar nog gebruiken, dus hield hij zich in. 'Begrijp je dat?'

Ze knikte. Met ingehouden adem keek ze van hem naar Ollie, die geen teken van leven meer gaf. De aanval met de monitor moest een flinke hoofdwond hebben veroorzaakt, want vanonder Ollies haargrens droop het bloed zijn halfopen ogen in.

Cody haalde het infuus uit zijn arm en bond het laken van het bed strak om zijn middel om het bloeden te stelpen. Daarna schoot hij in een badjas en slippers en checkte de gang. 'Mee.' Ongeduldig wenkte hij Emily naar de deur.

Ze aarzelde, leek niet te begrijpen wat hij bedoelde.

Hij gromde geïrriteerd. 'Ik heb je broer,' siste hij dreigend, 'als je niet snel meekomt, eindigt hij net als je vriend hier.'

Dat deed de truc. Emily stond op en liep naar de deur. Cody stak zijn arm door de hare, alsof ze een innig bevriend stel waren, en samen verlieten ze de kamer.

Nog geen tien seconden later sprongen de liftdeuren open en beende de arts die de macabere buikwond had behandeld met twee agenten naar Cody's kamer.

'We zijn maar met zijn tweeën,' zei de eerste agent, een grauw ogende jongeman met slaapvouwen in zijn gezicht. 'Leuk, zo'n nieuw eiland, overal is aan gedacht, alleen niet aan voldoende mankracht op ons bureautje. Ze denken dat we niets te doen hebben, maar dat is onzin. Ik heb al vaker...'

De arts draaide zich zo onverwacht om dat de agent bijna tegen hem op liep. 'Luister, ik snap dat het vervelend is voor jullie, maar ik heb er nu even geen boodschap aan. Zoals ik al aangaf, de tekst in de buik van mijn patiënt kan onzin zijn, een grap, een manier om iemand een hak te zetten, noem het op. Maar er bestaat ook een kans dat het wel echt is en dan staat hier morgen de premier met de federale politie op de stoep, daar kun je vergif op innemen, want dan gaat het om onze nationale veiligheid.'

Voordat de jonge agent kon antwoorden, stapte zijn collega naar voren, die er zo mogelijk nog vermoeider uitzag. Aan zijn naar voren geschoven kin en felle blik te zien was hij niet onverdeeld blij met de toon die de arts tegen hen aansloeg. 'Dan had je wel eens wat harder van de toren mogen schreeuwen, dok. Wij behandelen alle binnenkomende meldingen met evenveel aandacht. Dit was in eerste instantie niet meer dan een melding van een onwel geworden persoon langs de openbare weg die bovendien al door jullie was opgepikt. Dat heeft voor ons geen topprioriteit. Misschien heb je het gemist, maar een paar uur geleden stond dit eiland nog in de fik. Denk niet dat we duimen hebben zitten draaien.' Hij keek op zijn horloge. 'Daarbij, we zijn hier binnen twintig minuten na de tweede melding, toen er sprake bleek te zijn van ernstige mishandeling. Dat is ruim binnen de richtlijnen.'

'Natuurlijk.' De arts boog kort zijn hoofd. 'Mijn excuses, ik had misschien duidelijker moeten zijn over de ernst van de zaak. Het is zo dat… Ik weet het ook niet zeker…' Met een hulpeloos gebaar wees hij naar de deur. 'Hij ligt hier, oordeel zelf.'

De agenten gingen de kamer binnen en knielden meteen neer bij het gevelde lichaam op de grond. Even bleef de arts als aan de grond genageld staan. Daarna schreeuwde hij de gang op: 'Assistentie!'

Terwijl de ene agent een blik wierp op de gecrashte monitor, trok de andere het shirt van de gewonde man op de vloer voorzichtig omhoog en gluurde eronder. Verbaasd trok hij zijn wenkbrauwen op; geen buikwond te zien.

'Bloody hell.' De arts zakte naast de patiënt neer en checkte zijn hartslag en ademhaling. Tegen de twee verpleegkundigen die met een brancard binnenstormden blafte hij een rits commando's. Ze deden wat hun was opgedragen en voerden de man vakkundig af. Daarna snelde de arts de kamer door. Hij controleerde de toiletruimte en keek achter de gordijnen.

'Geen idee hoe het kan,' zei hij tegen de agenten, 'maar dit is iemand anders, ik weet niet wie. In de buik van de man die hier net nog lag is met grote letters VUURDUIVEL gesneden. En die man is er nu vandoor.'

Als door wespen gestoken sprintten de agenten de kamer uit. Van vermoeidheid of zelfmedelijden wegens te weinig mankracht was ineens geen sprake meer. De arts keek hen na en voelde pure paniek oplaaien toen een van de twee in zijn portofoon om hulp riep: ‘Back-up nodig op SE18, spoed! Ik herhaal, spoed! Stuur iedereen die je hebt!’

52

01.54 AM

Veel tijd om na te denken gunde Jake zichzelf niet. Hij was in één rechte lijn naar Emily's huis gescheurd, maar trof daar niemand aan. Nu racete hij naar het dichtstbijzijnde ziekenhuis. Als hij haar en Sam daar niet zou vinden, was de tweede kliniek op het eiland zijn volgende doel. Daarna hield zijn inspiratie op. Die verdomde Randall had zijn telefoon afgepakt; in het ziekenhuis kon hij vast even bellen. Hij verwachtte niet dat Em nu opeens wel zou opnemen, maar misschien was Ollie inmiddels al wat wijzer geworden. Die wilde hij sowieso spreken om te vertellen wat hun luitenant hem had aangedaan.

Plankgas schoot hij door de donkere nacht. Er was amper verkeer op de weg. In gedachten probeerde hij zich het laatste gesprek te herinneren dat hij met zijn zus had gehad. Het was al even geleden, de laatste dagen waren een ratrace geweest, bellen was erbij ingeschoten. Slapen trouwens ook. De branden in Canberra waren nog niet geblust of ze moesten alweer door naar SE18, waar de Vuurduivel zijn volgende kunstje had aangekondigd. De mysterieuze Cody Cox, van wie jarenlang werd gedacht dat hij in zijn eigen Big Fires was omgekomen, totdat hij zijn comeback maakte en springlevend bleek te zijn. Zou het kunnen? Heette Cody Cox nu Mingus Randall? Was hij de brandweerman die verantwoordelijk was voor al dat leed? Cody

Cox gaat over lijken, had Emily gezegd. Opeens wist hij het weer. In hun laatste telefoongesprek had ze gevraagd of Jake niet beter met de missie kon stoppen. Of hij aan Sam wilde denken, die zijn moeder al was verloren en niet ook zijn vader kwijt wilde. Het deed hem opnieuw pijn.

Hij had haar bezworen naar ze toe te komen, zodra missie Wasteland was beëindigd. Dat moest eerst, want de missie gaf hem zijn leven terug, maakte hem weer de man en de vader die hij wilde zijn. Verbeten kneep hij in het stuur. Hij had ieder woord gemeend, maar inmiddels lagen de zaken anders. Em had gelijk: als hij niet heel goed uitkeek kóstte de missie hem zijn leven. Of het vuur hem alsnog te pakken kreeg, of de aanstichter ervan, maakte voor het resultaat geen verschil. Zijn zus had dat eerder begrepen dan hij. 'Beloof me dat je goed op jezelf zult letten,' had ze gevraagd en hij had het beloofd, met gekruiste vingers voor het scherm. Het werd tijd dat hij die belofte nakwam.

De remmen piepten toen hij de Mazda voor de hoofdingang van het Tom Callaghan Memorial Hospital tot stilstand bracht. Dat op de bescheiden parkeerplaats drie politiewagens stonden opgesteld, maakte hem er niet geruster op. Hij trok een hinkend sprintje naar binnen en begon al te roepen voordat hij de balie had bereikt.

'Ik zoek mijn zus! Emily Ryan, is ze hier? En mijn zoon, Sam Ryan?'

Pas toen hij met zijn ontblote bovenlijf tegen de balie botste, zag hij de ontgoochelde blik van de receptionist, een twintiger met een haaientand aan een leren bandje om zijn hals.

'Heeft u zelf geen hulp nodig?' Duidelijk onder de indruk wees de jongeman op Jakes opgezwollen neus en het spoor van opgedroogd bloed dat van zijn neus tot aan zijn navel liep.

'Ik ben oké,' wimpelde Jake hem af, 'ik moet mijn zus vinden.

Snel! Kijk in de computer of ze hier is binnengebracht. Emily Ryan.’

De receptionist deed wat hem gevraagd werd, maar toen hij opkeek om Jake zijn bevindingen mede te delen, deinsde hij plots achteruit.

Jake begreep niet waarom, totdat iemand hem van achteren vastgreep en hij hardhandig werd omgedraaid. Een potige politieman boorde zijn blik in de zijne.

‘Naam?’

‘Jake Ryan, ik…’

‘Identificatie?’

‘Wat? Die heb ik niet bij me.’ Jake probeerde zich aan de greep van de agent te ontworstelen, maar dat lukte niet. ‘Ik zoek mijn zus en…’

‘Meekomen.’ Zonder op een reactie te wachten, dirigeerde de agent Jake om de balie heen naar een kantoortje waarin nog twee agenten stonden te praten met een nerveus ogende arts. Hij duwde Jake naar binnen en sloot de deur achter zich. Vier paar ogen namen Jake vorsend op. De eerste agent vouwde zijn armen over elkaar en hief zijn kin. ‘Vertel.’

Jake dacht na. Als hij eerlijk zou zeggen wat hem was overkomen, dat hij was aangevallen en opgesloten, mogelijk door de Vuurduivel in hoogsteigen persoon, lieten ze hem waarschijnlijk niet snel gaan. Dan moest hij laten zien waar de kelder was en alles vertellen wat hij wist over luitenant Randall. Natuurlijk wilde hij dat Randall werd opgepakt, maar de noodzaak om zijn zus en Sam te vinden woog zwaarder. Daarom besloot hij het kort te houden.

‘Ik ben bluspiloot, ingevlogen voor de eilandbrand. Mijn zus en zoontje wonen hier, maar ik kan ze nergens vinden. Ik ben bang dat er iets is gebeurd.’

Bij het woord 'bluspiloot' zag hij de agenten een blik van verstandhouding wisselen. Dat leek een goed teken, kennelijk geloofden ze dat ze met een medehulpverlener van doen hadden, misschien waren ze zelfs bereid hem te helpen zoeken, maar tot Jakes verbazing werd hij na zijn korte uiteenzetting opnieuw vastgepakt en meegevoerd, de kamer uit. Ditmaal begeleid door twee agenten.

'Hé, wat doen jullie? Waar gaan we heen?'

De agenten gaven geen kik. Ze leidden hem de gangen door tot aan een kamerdeur waarnaast een volgende agent zat te waken. Na een hoofdknik van zijn collega werd de deur geopend. Jake keek naar binnen en zodra zijn ogen gewend waren aan het duister in de kamer, ging er een schok door hem heen. Hij herkende hem direct, al was het hoofd van de halve mummie in het bed deels in verbandgaas gewikkeld.

'Ollie!' Jake zette een stap naar voren, maar de agent was nog niet bereid hem los te laten.

'U kent deze man?'

Jake slaakte een gefrustreerde zucht. 'Oliver Wilson, collega-brandweerman en mijn beste vriend. We zijn samen ingevlogen om jullie eiland te blussen. Ik heb hem na de brand nog gesproken, hij zou helpen mijn zus te zoeken. Daarna is er kennelijk een boel misgegaan.' En met een boze blik op de bankschroef om zijn bovenarm: 'Zonder ons was die brand nooit zo snel getackeld. Jullie hebben een vreemde manier om dankjewel te zeggen.'

De agent liet hem los en verruilde zijn bokitohouding voor een milde glimlach. 'Oké. Ik moest checken of je de waarheid sprak. Dit is inderdaad brandweerman Wilson, hij had zijn ID op zak.'

'Wat is er met hem gebeurd?' Jake keek opnieuw de kamer in. De apparaten naast Ollies bed bevielen hem maar matig.

'Hij is aangevallen en de dader is ervandoor. Collega's zijn al op zoek.' De agent tikte Jake tegen zijn arm. 'Heb jij enig idee wie dit gedaan kan hebben? Had Wilson vijanden?'

'Nee,' zei Jake, niet geheel naar waarheid; hij had al eerder bedacht dat Randall het mogelijk op het hele team had voorzien. 'Kan ik naar hem toe?'

De agent twijfelde. 'De arts zei dat hij rust nodig had.'

'Heel even maar.'

'Goed. Maar kom zo naar de balie, we hebben nog wat vragen.'

'Wacht…' Met een wanhopige blik keek Jake de agent aan. 'Ik ben hier omdat ik mijn zus en zoontje al een tijdje niet kan bereiken. Misschien is er iets gebeurd… Emily en Sam Ryan. Is er een melding over hen binnengekomen?'

De agent schudde zijn hoofd. 'Niet bij mij, maar ik zal het checken.' Hij krabbelde de namen in een notitieblokje. 'Ik zie je zo.' Na een kort knikje lieten de agenten Jake met rust.

Jake ging de kamer in en trok de deur achter zich dicht. De aanblik van Ollie, zo akelig wit en zonder spottende lach om de schrale lippen, maakte hem bang. Veel tijd voor emotie kreeg hij echter niet, want nog geen minuut later stond de receptionist in de deuropening. Met één hand wriemelde hij aan zijn haaienketting, in de andere hield hij een telefoon.

'Eh… sorry, Jake Ryan, zei u toch?'

Jake knikte verbaasd.

'Er is telefoon voor u… ik mocht geen boodschap aannemen…' Onbeholpen gaf hij de telefoon aan Jake. 'Normaal doe ik dit niet, maar het leek… belangrijk.'

Jake nam de telefoon aan. 'Bedankt.'

Hij drukte het toestel tegen zijn oor en noemde zijn naam. Er klonk geruis aan de andere kant van de lijn. Toen een korte klik, gevolgd door een ingesproken bericht van een bekende stem, het was Emily!

'Hi Jake, ik ben het, Emily… je moet goed luisteren, want dit is belangrijk.'

Met zijn hart in zijn keel gebaarde Jake naar de jongen. Die begreep de hint en verliet de kamer.

'Als je mij en… en Sam… levend terug wil zien, moet je naar ons toe komen. Ik ben hier met iemand die jou graag wil spreken. Je weet wel wie. Kom je snel? Alleen jij. Als je de politie meeneemt, loopt het slecht met ons af. Hoe eerder, hoe beter, de klok tikt. Ik weet niet wat dat betekent, maar ik moet het zeggen… de klok tikt. Eh… dit is het adres: Howard Lane 18. Oké, Jake? Alleen jij. I love…'

Het bericht eindigde abrupt met een pieptoon. Met bonkend hart zocht Jake in het toestel naar de recente oproepen, maar het nummer bleek anoniem, terugbellen was geen optie. Zijn eerste reactie was om de kamer uit te rennen, maar dat zou te veel opvallen. Getergd kneep hij zijn ogen dicht. Nadenken nu, Ryan, de politie omzeilen en zo snel mogelijk naar je auto. Ongezien wegkomen zou lastig worden, met zijn gehavende uiterlijk en in zijn blote bast viel hij te veel op. In een kast vond hij Ollies kleding, waaronder een grijs shirt met bloedvlekken bij de boord. Hij draaide het binnenstebuiten, propte het in zijn broekzak en opende de kamerdeur. Na een groet naar de bewaker slenterde hij de gang uit, ogenschijnlijk kalm, maar vanbinnen stond hij doodsangsten uit. De stem van Emily, hoorbaar ontdaan, hoewel ze flink probeerde te blijven, galmde aanhoudend door zijn hoofd. *Als je mij en Sam levend terug wil zien, levend terug wil zien, levend terug wil zien…* De spanning drukte zijn keel bijna dicht, rustig lopen ging niet meer. Hij sloeg de hoek om, trok Ollies shirt aan en begon hinkend te rennen, zo hard als zijn gezwollen knie het toestond. Niet naar de hal, waar het wemelde van de agenten, maar naar de nooduitgang aan de zijkant van het pand.

In het donker van de nacht lukte het hem ongezien zijn auto te bereiken. Rustig reed hij het terrein af, om er daarna als een speer vandoor te gaan.

Op de tweede verdieping van het ziekenhuis dwaalde Sam slaperig door de gangen. Hij was gaan plassen en had naar tante Em gezocht. De nachtzuster zag hem lopen en bracht hem terug naar bed, in de gastenkamer waar hij eerder ook lag, maar bij die vreemde mensen met hun rare geluiden vond hij het helemaal niet leuk. Hij was stilletjes weer uit bed geklommen en had de lift genomen naar de eerste verdieping en daarna naar de tweede. De lift was best leuk, maar verder vond hij er hier niks aan. Hij wou thuis in zijn eigen stapelbed, maar hij kon tante Em nergens vinden. Ze was toch niet weggegaan zonder hem? Moest hij dan hier blijven? Alleen?

53

02.45 AM

Het pand op Howard Lane 18 was geen verlaten loods of een afgelegen leegstaande boerderij, zoals Jake had verwacht. Waarschijnlijk waren zulke plekken op dit strak geconstrueerde eiland niet eens aanwezig. Het was een winkeltje waar strandartikelen werden verkocht, ingesloten door een bagelbakkerij aan de linkerzijde en een tattooshop op rechts. De etalages waren donker, de straat werd spaarzaam verlicht door een enkele lantaarn en in de broeierige nachtlucht geurden de gebluste branden van de dag ervoor nog na.

Jake had de Mazda aan de overkant van de straat geparkeerd en stak over, vol in het zicht, verstoppen had geen zin. Bang was hij nog steeds, maar dwars door die angst heen kwam een woede opzetten die hem kracht gaf. Wat die slappe zak van een Randall met hem had uit te vechten, wist hij niet, maar van Em en Sam moest hij afblijven. Als de man iets te zeggen had, kon hij dat recht in zijn gezicht doen, Jake was er klaar voor. Dat het Randall was die Emily en Sam had meegenomen, wist hij vrijwel zeker. Die had hem eerst zelf opgesloten en toen hij erachter kwam dat Jake uit de kelder was ontsnapt, koos hij een andere manier om hem naar zich toe te lokken. Waarom, dat bleef de grote vraag, en er was maar één manier om daarachter te komen.

De klink gaf mee, de deur was niet op slot. Jake kneep zijn

ogen iets samen en scande de met luchtbedden, bodyboards en parasols gevulde ruimte voordat hij naar binnen liep. Het was doodstil in de winkel, het enige geluid kwam van zijn eigen voetstappen en van een grote klok aan de muur. Jake liep naar een open plek in het midden van de winkel en balde zijn vuisten. 'Ik ben er,' riep hij, luid en duidelijk. 'Vertel me wat je wilt, Randall, ik heb geen zin in spelletjes.'

Even leek het alsof een reactie uitbleef. Jake draaide langzaam om zijn as en loerde tussen de uitgestalde artikelen naar een beweging. Hij zag niets, maar hoorde wel iets, een zacht kermen, achter in de winkel. Emily? Nog steeds op zijn hoede snelde hij in de richting van het geluid, door een openstaande deur het magazijn in. Wat hij daar zag voelde als een stomp in zijn maag: Emily zat op de grond tegen een stellingkast, haar polsen en enkels waren met tiewraps aan elkaar gebonden en in haar opengesperde mond was een theedoek gepropt.

'Em!' Hij gleed op zijn knieën naast haar neer en zag nog net haar verschrikte ogen toen een harde tik op zijn achterhoofd hem vloerde. Een felle pijnscheut maakte het een paar tellen zwart voor zijn ogen.

'Welkom Ryan,' zei een stem die hem vreemd bekend voorkwam, 'fijn dat je op mijn uitnodiging bent ingegaan.'

Jake wreef over zijn gezicht. Het zwart klaarde langzaam op, maar ergens in zijn brein was de stem al aan een gezicht gekoppeld. Alleen, dat kon niet kloppen. 'Chief?'

'Bingo. Maar je kunt me Cody noemen, de tijd van verstoppertje spelen is voorbij.'

Jake keek op, recht in de loop van het pistool dat de chief op hem had gericht. Hij deinsde achteruit, maar besefte nog wel dat hij vóór zijn zus moest blijven zitten. Als dat ding afging, mocht zij niet geraakt worden. Het was een van de gedachten die hem op dat moment overvielen. Dat de chief gek was geworden, was er ook één. Dat Randall en de chief allebei niet te vertrouwen bleken. Dat ze kennelijk samenwerkten aan een of ander duister plan. Dat ze ver over de schreef waren gegaan door Emily erbij te betrekken. Dat... Wacht... Hóé had de chief zichzelf zojuist genoemd?

Cody grijnsde toen hij op Jakes gezicht eindelijk het besef zag doordringen.

'Jij?! Jij bent Cody Cox? De Vuurduivel?'

'Pleased to meet you.' Cody zette wat stappen zijwaarts, zodat hij broer én zus onder schot kon houden, en zocht steun tegen de deurpost. In het kleurige surfshirt, de bermuda en slippers die hij uit de winkel moest hebben gehaald, leek hij een totaal andere persoon dan de serieuze bevelvoerder die Jake had aangenomen en aangestuurd.

Dat wás hij ook, bedacht Jake, de man moest een meesterkameleon zijn, anders was het hem nooit gelukt zo veel mensen zo veel jaren om de tuin te leiden. Hemzelf voorop. Hij had nota bene met de man samengewerkt. Was hij dan zo blind geweest? Had hij het kunnen weten? Hoeveel slachtoffers was dan een afschuwelijke dood bespaard gebleven?

Als Emily hem op dat moment niet met haar tenen in zijn rug had gepord, had Jake zich in blinde woede op Cody gestort. Het verraad was simpelweg te groot, het overweldigde hem en maakte dat hij het gevaar niet meer zag. Emily's tenen herinnerden hem aan haar aanwezigheid en daarmee ook aan een andere persoon die hij hier verwacht had te zien.

'Waar is Sam?!' Jakes ogen schoten vuur toen hij Cody's triomfantelijke smoelwerk zag. De hufter leek nog van Jakes wanhoop te genieten ook. 'Ik zweer, als je mijn zoon hebt aangeraakt, dan...'

'Die is hier niet!' Cody greep het pistool met twee handen beet, om duidelijk te maken dat Jake zich vooral niets in zijn hoofd moest halen. 'Ik heb je zuster die tekst laten inspreken om je hierheen te lokken. Door je zoon te noemen, wist ik tenminste zeker dat je zou komen opdagen.'

Jake draaide zich om naar Emily en zag haar knikken; het klopte, Sam was hier niet. Een opluchting was dat nauwelijks, want het deed direct de vraag rijzen waar Sam dan wél kon zijn, en bij wie. 'Is-ie oké?' Hij fluisterde het en hoorde zelf hoe smekend het klonk. Ze knikte opnieuw. Nu viel er wel een last van zijn schouders. Hij blies hard uit en draaide terug naar zijn belager, de man die hij tot voor kort met zijn leven had vertrouwd.

'Oké, held,' smaalde hij, 'zeg het maar, wat wil je? Waarom zijn we hier?'

Alsof hij de denigrerende toon niet opmerkte checkte Cody zijn horloge en knikte hij gedecideerd. 'Inderdaad. Ter zake, de tijd dringt.' Uit zijn zak trok hij een klein stanleymes, dat hij behoedzaam op de grond plaatste. Hij zette zijn voet erop en waarschuwde Jake met een beweging van zijn pistool. 'Als het moet, aarzel ik geen seconde.'

Jake reageerde niet. Hij kon nog steeds niet geloven wat er gebeurde, maar probeerde dat gevoel opzij te zetten. Om überhaupt kans te maken levend te ontkomen aan de grootste schurk die het land ooit had gekend, had hij al zijn aandacht nodig. Voorlopig zou hij hem aanhoren, proberen te begrijpen wat de bedoeling was. Tijd winnen, om te verzinnen hoe hij zichzelf en zijn zus hieruit kreeg.

Cody beval hem de tiewraps om Emily's polsen los te snijden zodat zij de tablet kon bedienen die hij uit een tas tevoorschijn trok. Vervolgens moest Jake het mes terugschuiven, naast zijn zus plaatsnemen en zijn eigen enkels vastbinden met een extra set tiewraps.

Jake gehoorzaamde zonder het pistool uit het oog te verliezen. Toen hij klaar was, zag hij hoe Cody een kruk bijtrok en ging zitten. Er stonden zweetdruppels op diens voorhoofd en zijn gezicht leek opeens wat grauwer. Bij nadere inspectie bespeurde Jake donkere vlekken in het shirt die hem niet eerder waren opgevallen. De chief die hij kende – correctie: dacht te kennen – transpireerde niet buitensporig, dus moest het iets anders zijn. Was de man gewond? Een sprankje hoop schoot door zijn binnenste, maar hij wist wel beter dan dat te laten zien. In plaats daarvan trok hij zijn wenkbrauwen op. Kom maar door, wat is het plan?

'Wat ik jullie ga vertellen, moet de wereld in,' begon Cody. Hij knikte naar Emily. 'Daarom wil ik dat jij alles typt wat ik zeg. Dit wordt het artikel van je leven, dus doe je best en stel me niet teleur. En maak je geen illusies, de wifi is uitgeschakeld, alarm slaan via dat ding is niet mogelijk.' Nadat hij was gaan verzitten, wat pijnlijk was, te zien aan de subtiele verstrakking van zijn lippen, maakte hij een bezwerend gebaar. 'Als je doet wat ik zeg, overkomt jullie niets. Zodra we hier klaar zijn, vliegt Jake ons in een privévliegtuig naar een veilige bestemming. Daarna zijn jullie vrij om te gaan.'

'Waarom ik?' vroeg Jake.

Die vraag had Cody kennelijk niet verwacht. Een schamper lachje ontsnapte hem. Hij liet zijn blik over Jakes gehavende gezicht glijden en haalde zijn schouders op. 'Om dezelfde reden als waarom ik jou geselecteerd heb voor het team: een gebroken man is eenvoudiger te sturen dan iemand die wel stevig in zijn schoenen staat.'

Jake hapte meteen: 'Je zei anders dat je genoeg piloten kende, maar dat die ongeschikt waren…'

'... voor de klus die ons te wachten stond,' vulde Cody aan.

'Correct. Vliegeniers zat, maar niet voor mijn team. Jij was de perfecte kandidaat: een kundig piloot en een labiel wrak tegelijk, amper verlost van een pillenverslaving. Ik had verwacht dat ik je meer sturing moest geven, maar dat viel mee: je bent maar één keer bijna gestopt. Het kostte weinig overredingskracht om je aan boord te houden.'

Hij trok een grimas. 'Nu ik op het punt sta mijn geheimen te onthullen, wil ik best toegeven dat ik me in je vergist heb. Je was sterker dan ik dacht, doortastender ook. Die rode wolk van jou heeft mijn grande finale weinig goedgedaan.'

Er schoot een donkere gloed door zijn ogen, die hem een duivelse aanblik gaf. 'Je was een uitdaging voor mijn aanpassingsvermogen. Ik moest improviseren om mijn doel alsnog te bereiken. Of ik daarin geslaagd ben zal snel blijken: SE18 is geen eiland meer, zie je? Het is een levensgrote tijdbom. De zon komt op om één over half zes en niet lang daarna staat deze hele brok "brandveilige" hoogmoed in lichterlaaie, en geloof me, dit keer is er écht geen redden meer aan.'

54

03.13 AM

De snijwonden in zijn buik deden verrekte veel pijn en het bloedverlies had hem verzwakt. Toch voelde Cody zich sterk. Zijn oorspronkelijke plan mocht dan in het water zijn gevallen, hij had zich razendsnel hersteld en was met een aangepast plan gekomen, dat het vorige zelfs overtrof. Het verraad van Randall was onvoorzien, maar kwam gelukkig pas nadat het werk was gedaan; het hele eiland lag bezaaid met zwammen en sporen en de ochtendzon liet niet lang meer op zich wachten. Er was geen weg terug.

Emily Ryan oogde als een vaatdoek. Ze hing meer dan dat ze zat en bleef zeuren om water, al had ze al een literfles leeg. De tablet stond in haar schoot tegen haar opgetrokken benen. Over de Vuurduivel was al veel geschreven, maar nooit vanuit zijn eigen perspectief. De gedachte dat zijn kant van het verhaal het grote publiek eindelijk zou bereiken, vervulde hem met trots, en vreemd genoeg ook met zenuwen. Hij kon niet wachten om de reacties te lezen, straks, vanuit zijn schuilplaats waar niemand hem kon vinden en waar hij zich weer een nieuwe identiteit zou moeten aanmeten. Nevenschade; hij was graag nog langer chief William Kelly gebleven, die jas had hem goed gepast, maar het kon niet. Als hij niet de rest van zijn leven achter de tralies wilde doorbrengen zat er niets anders op dan opnieuw een nieuwe jas aan te trekken.

Jake leek een onzekere factor; ondanks zijn gehavende voorkomen keek hij strijdlustig uit zijn ogen. Hij zou hem scherp in de gaten moeten houden. Een direct gevaar kon de piloot met zijn geknevelde voeten niet opleveren, maar een kat in het nauw maakte rare sprongen. Het pistool, een semiautomatische Heckler & Koch, joeg hem hopelijk voldoende schrik aan, al schoot hij Jake liever niet te vroeg neer, de man moest immers nog vliegen.

'Luister,' zei hij, plots plechtig, 'dit is mijn verhaal.' Hij wachtte tot Emily begon te tikken en sprak verder. 'De Big Fires en Climate First laat ik voor wat ze zijn, daarover is al genoeg gezegd en gespeculeerd. Veel mensen dachten destijds dat ik was omgekomen en het scheelde inderdaad niet veel. Het vuur had me gegrepen en het heeft jaren gekost om daarvan te herstellen. Behalve een nieuwe huid en een nieuw uiterlijk kreeg ik een nieuwe naam: als William Kelly begon ik aan de volgende fase in mijn leven, waarin het vuur nooit ver weg is geweest. Het hoort bij mij, ik voel me er onlosmakelijk mee verbonden, al vanaf het moment dat het mijn moeder en mij het leven heeft gered.'

Jakes misprijzende blik bij die laatste opmerking ontging Cody niet. Het irriteerde hem mateloos, maar hij besloot er geen aandacht aan te schenken; de klok tikte door en het vuur zou niet wachten. 'Niemand heeft ooit sluitend kunnen verklaren hoe de Big Fires het hele land in de as hebben gelegd. Ik begrijp dat, de verklaring ligt niet bepaald voor de hand.' Een glimlach om dat understatement krulde zijn lippen. 'Ik kreeg hulp van de natuur, gemixt met een snufje wetenschap. De basis was de Fomes fomentarius. In de volksmond: de echte tonderzwam, van zichzelf al uitermate brandbaar. Ik heb er een element aan toegevoegd dat werkt als een volautomatisch ontstekingsmechanisme: vloeibaar glas. Het kostte heel wat tijd in mijn lab om het voor elkaar te krijgen, maar het resultaat overtrof mijn verwachtingen. De gemanipuleerde zwammen vatten al vlam bij het geringste straaltje zonlicht. Brandstichten was nog nooit zo makkelijk. Een doorslaand succes.' Hij slikte. 'Maar ook een valkuil. Ik... raakte de controle kwijt, de zwammensporen verspreidden zich sneller en verder dan ik ooit had vermoed; ze veroorzaakten nieuwe branden. De Big Fires gingen een eigen leven leiden.'

Hij pauzeerde een moment en hoorde Emily's vingers op het scherm roffelen. Jake had zijn blik afgewend, alsof hij weigerde publiek te zijn van de spreker op het podium.

'Hoe content ik ook was met mijn uitvinding, het verlies van controle zat me niet lekker. Ik zinde op een herkansing, geen herhaling van zetten en ook niet op de schaalgrootte van weleer; daar lag de uitdaging niet. Dit keer wilde ik een vuur dat zich niet liet temmen, dat niet met water te blussen zou zijn. Juist het tegendeel: water moest het vuur doen oplaaien, elke bluspoging, of het nu een emmer water was, een sprinklersysteem of honderden liters uit een blusvliegtuig, elke druppel moest bijdragen aan de brand.

Ik was ervan overtuigd dat er meer mogelijk was met de zwammen. Als het lukte ze met vloeibaar glas te injecteren, zou dat met andere stoffen ook moeten kunnen. Dat bleek het geval, maar de weg ernaartoe heeft veel pijn en moeite gekost en leverde ook een berg mislukkingen op. Uiteindelijk slaagde ik erin de zwammen te injecteren met een mix van stoffen, met vloeibaar magnesium als voornaamste bestanddeel. Dat goedje is niet te blussen met water, omdat de combinatie waterstofgas veroorzaakt, en waterstof plus vuur geeft meer vuur. Precies wat ik zocht. Maar ik wilde niet te vroeg juichen, ik had mijn lesje geleerd: de reacties in het lab konden in de echte wereld wel eens totaal anders uitpakken. Ik moest testen, buiten en op grote schaal.'

'Enter het eliteteam,' mompelde Emily, die zo opging in het verhaal dat ze haar ongemakken leek te zijn vergeten.

'Exact.' Cody's ogen glommen. Ook zijn pijn was naar de achtergrond verdreven, hij genoot zichtbaar. 'Al wat nodig was om het complete circus op de tuigen was één simpel mailtje met als afzender Cody Cox. De premier, de minister van Veiligheid en Justitie, de veiligheidsdienst, allemaal stonden ze op hun achterste poten. Achter de schermen uiteraard, want verder mocht niemand weten dat de Vuurduivel was herrezen. De zoektocht naar mijn persoon, of liever: naar de persoon die ik voorheen was, werd nieuw leven ingeblazen en er kwam opdracht om zo snel mogelijk een eliteteam brandweermannen bijeen te brengen. Daar lag mijn kans; ik moest er alleen nog voor zorgen dat ik als bevelvoerder van het team werd aangesteld en ook dat is gelukt, dankzij de juiste connecties.'

Jake snoof minachtend. 'Dankzij een stel verraders, bedoel je? Zoals Mingus Randall en zijn broer, diezelfde minister van Veiligheid en Justitie?'

'Dat zal ik bevestigen noch ontkennen.' Cody gniffelde. Het stemde hem tevreden dat Jake zijn aandacht bij het verhaal hield, al weigerde die nog zo stug de spreker aan te kijken. 'De selectie die volgde was een nauwkeurig proces, ik zocht een capabele maar kneedbare ploeg, geen rebellen, maar gezagsgetrouwe lieden die begrepen wat het betekent om bevelen op te volgen.' Hij knipte met zijn vingers. 'In een paar weken had ik jullie bij elkaar. Piece of cake. Het grote testen kon beginnen.

In het museum in Cairns wilde ik onderzoeken of de zwammen in aanraking met water een ontploffing konden veroorzaken. De vissentank liet ik springen met wat semtex, zodat een bescheiden vloedgolf in aanraking kwam met de clusters gemanipuleerde zwammen die ik onder de tank had geplaatst. De ontploffing volgde vrijwel direct; de eerste test was geslaagd. Op naar nummer twee, het outdoorcentrum in Alice Springs, waar ik specifiek wilde testen of sporen van de zwammen een klein vuur konden laten uitgroeien tot een grote, uitslaande brand. Daarvoor had ik de binnenkant van de toren behandeld met sporenpoeder. Ik betwijfelde eerlijk gezegd of het voldoende zou zijn, maar het tegendeel werd bewezen: kort nadat de toren op mijn bevel werd natgespoten, zogenaamd om hem voor brand te behoeden, vatte hij vlam.'

'En dat heeft een jongen het leven gekost!' Jake had zich ingehouden, maar het zelfingenomen toontje waarop Cox zat te oreren deed zijn bloed koken. Het geblaat over brandende gebouwen was nog tot daaraan toe, maar Kevin, brandend aan het elastiek, herinnerde hij zich maar al te goed. De wetenschap dat die jongen was geofferd voor een experiment van een zieke geest was onverteerbaar. Enkel de op zijn voorhoofd gerichte loop van het pistool weerhield hem ervan Cody naar de strot te vliegen.

Emily legde een hand op haar broers knie en keek hem doordringend aan. Met haar lippen vormde ze een woord dat Cody niet kon verstaan: Sam. Jake wist dat ze gelijk had: als hij zichzelf niet bij elkaar hield, zag hij Sam waarschijnlijk nooit meer terug. Dus liet hij zijn kin tegen zijn borst zakken en probeerde hij het beeld van de brandende Kevin uit zijn geheugen te wissen.

'De derde test was de meest complexe,' vervolgde Cody onverstoorbaar. 'De mijnschacht in Coober Pedy was een ingewikkeld decor, maar de lat moest hoog. Hier was het doel te onderzoeken of water het vuur over een langere afstand zou kunnen verspreiden. Als jullie beter hadden opgelet, had je ze kunnen zien: de brandende zwammen dreven zichtbaar door het water in de mijngangen, maar daar was geen oog voor.' Hij schudde zijn hoofd. 'De eerste aandacht gaat altijd naar de slachtoffers, terwijl er zoveel meer winst te behalen valt als je je concentreert op de aard en potentie van de brand zelf.

De branden in Canberra waren een ongepland en waardeloos intermezzo waaraan ik verder geen woorden vuilmaak. Daarna viel mijn gedroomde finale op SE18 in het water, excuus voor de flauwe woordspeling.' Hij schokschouderde. 'Te weinig zwammen, geen sporen en de overmacht van een horde fanatieke brandblussers deden me de das om.' Een diepe zucht. 'Moeilijk, maar een lesje nederigheid was in wezen niet verkeerd. Succes maakt overmoedig. Ik heb de neiging te denken in mogelijkheden en sla de risico's graag in de wind. Dat heeft me tijdens de Big Fires bijna de kop gekost, en dit keer kostte het me mijn finale. Althans, de eerste aanzet daartoe.' Hij keek op zijn horloge en knikte tevreden. 'De echte finale volgt nu snel en dat zal een klapstuk zijn.'

Er viel een stilte. Cody schoof van de kruk en vroeg Emily de tablet naar hem toe te draaien, zodat hij kon zien wat ze geschreven had. Terwijl hij las, focuste Jake op het shirt van Cody, waarin de donkere vlekken rondom zijn middel zich hadden uitgebreid. Dat was geen zweet, het moest een wond zijn. In gedachten zag Jake voor zich hoe hij opsprong en als een dolle stier met zijn hoofd tegen Cody's buikwond zou beuken. Cody zou van zijn kruk vallen en misschien glipte het pistool dan uit zijn handen. Maar misschien ook niet… Het risico was te groot. Hoe moeilijk ook, Jake moest wachten tot er een betere kans voorbijkwam. Hij ontspande zijn spieren, die al in aanvalsmodus hadden gestaan, en zag opeens dat Cody hem in de gaten hield met ogen die dwars door hem heen leken te kijken.

Jake staarde onverschrokken terug, maar voelde dat hij het niet zou winnen als het op een staredown aankwam. Om zichzelf een houding te geven, stelde hij een vraag. 'Hoe wist je dat ik in het ziekenhuis was en dat ik je bericht zou horen?'

'Omdat ik weet hoe je denkt.' Cody tikte met een vinger tegen zijn slaap. 'Ik heb jou en je teammaten nauwlettend geobserveerd, ik weet al wat jullie gaan doen voordat jullie het zelf weten. Daarbij was ik het die Randall opdracht gaf je in de schuilkelder op te bergen. Ik moest zeker weten dat je niet opnieuw roet in mijn eten ging gooien. Helaas liepen de zaken alweer anders dan gepland. Randall vond het nodig zich tegen me te keren en stal daarbij de boot waarmee ik mijn escape zou maken. Ik had op stel en sprong iemand nodig die me van dit eiland af kon krijgen, iemand met een boot, of beter nog, iemand met een blusvliegtuig.'

Hij keek Jake meewarig aan. 'Toen ik je niet meer in de kelder aantrof, was het niet moeilijk te bedenken waar je naartoe was gegaan: het ziekenhuis, om je zus en Oliver Wilson te zoeken. Die zus van je is overigens een fijne bijvangst. Ik had het verhaal ook zelf naar buiten kunnen brengen, maar geschreven door een geprezen journalist heeft het toch meer overtuigingskracht.'

Emily meesmuilde. 'Zijn we klaar? Ik wil dit graag afronden.'

Een hinnikende lach vulde de ruimte. 'Mevrouw wil het graag afronden? Dan zullen we haast maken.' Cody stond op en vuurde onverwacht in de lucht. Het schot klonk alsof er een kanon was afgegaan. Emily gilde, Jake dook ineen. Beiden durfden pas op te kijken toen Cody de tablet uit Emily's handen griste.

‘Opstaan, allebei, het hok in, tempo!’ Op luid volume en met het wapen in zijn gestrekte arm dreef hij hen een krappe, donkere ruimte in.

Jake zag nog net een voorraad dozen en een stellage met plastic kweekbakken toen de deur achter hen dichtsloeg en het pikdonker werd.

55

03.59 AM

Jake betastte de inventaris in het hok. Wat hij precies hoopte te vinden wist hij niet, iets waarmee hij Cody kon neerslaan, zodra die de deur opendeed om hen mee te nemen naar het vliegveld. Of iets om de deur mee open te wrikken, dat was hem eerder ook gelukt. Alles om hier weg te komen. Emily had net verteld hoe zij in het ziekenhuis had ontdekt dat een nieuw binnengebrachte patiënt de Vuurduivel zelf was. Dat die Ollie met een monitor op zijn hoofd had geramd en haar had gedwongen met hem mee te gaan. Sam was alleen in het ziekenhuis achtergebleven. Het personeel zou het ventje vast goed in de gaten houden, maar hoe eerder ze hem daar konden ophalen, hoe liever het Jake was. Een tochtje in een vliegtuig met Cody Cox was hoe dan ook het laatste wat hij nu kon gebruiken.

'Ga even zitten, spaar je krachten.'

Jake hoorde hoe verzwakt zijn zus klonk. Zelf was hij ook bepaald niet fit; zijn knie had inmiddels het formaat van een voetbal en naar de toenemende pijn te oordelen had Randall behalve een paar ribben vermoedelijk ook wat botjes in zijn hand gebroken. Toch wilde hij niet zitten en passief wachten op wat komen ging. Met zijn goede hand streek hij langs een plastic bak met een handvat aan de korte kant. Het was afgebroken en zat maar half vast. Hij rukte eraan, het plastic kraakte. Na nog een paar flinke rukken schoot er een stevige splinter van het handvat af, iets kleiner dan zijn hand, maar behoorlijk scherp. Zou hij dit als mes kunnen gebruiken?

'Jake, ga alsjeblieft zitten, ik moet je iets vertellen.'

'Ik heb een mes, Em,' mompelde Jake, 'tenminste, iets wat erop l...'

'Ik weet waaraan Kirstie is overleden.'

'Wat?' Jakes hart sloeg een paar slagen over. Hij zakte op de grond, tastte zoekend om zich heen en voelde hoe Emily's koude handen zich om de zijne sloten. 'Wat... Hoe...?'

'Het was het eekhoorntjesbrood in de salade die ze ophad. Bij Abby Thomas waren het de cantharellen in de soep. En bij Angus Ferrigan de champignons bij zijn ontbijt.' Emily ratelde. Nu ze haar broer eindelijk kon vertellen wat ze had ontdekt wilde ze geen seconde verspillen. 'Drie slachtoffers die op dezelfde manier om het leven zijn gekomen: door zelfontbranding. En die alle drie, vlak voordat het gebeurde, paddenstoelen hebben gegeten.'

Jake kon het niet bevatten. 'Maar... waren ze dan toch giftig? Dat kan niet, haar resten zijn onderzocht op toxische stoffen...'

Emily nam een hap lucht om moed te verzamelen. Tijdens het optypen van Cody's verhaal waren de stukjes van de puzzel in elkaar gevallen en begreep ze wat er met Kirstie, Abby en Angus gebeurd moest zijn. Het gaf een voldaan gevoel, maar tegelijkertijd wist ze dat ze met deze informatie Jakes nauwelijks geheelde wonden opnieuw zou openrijten. 'Ik ben geen wetenschapper, maar ik ben er vrij zeker van dat de paddenstoelen die zij hebben gegeten op de een of andere manier besmet zijn door de gemanipuleerde zwammen waarover Cody net vertelde. Die met vloeibaar magnesium... Als je dat spul combineert met water ontstaat er vuur... Vuur dat zich niet door water laat blussen... Kirstie at de salade en waarschijnlijk dronk ze water. In haar maag is dat gaan werken...' Emily viel stil. Ze wist dat Jake de laatste momenten van Kirstie herbeleefde. Voorzichtig streelde ze zijn rug.

'Dus de chief, Cody Cox... Hij is niet alleen verantwoordelijk voor de Big Fires... Hij heeft ook Kirstie... Hij heeft... Hij...' Jake ademde zwaar, in zijn hoofd duizelde het.

'Ik weet niet of hij zich daarvan bewust is,' zei Emily zacht, 'misschien was het een onvoorzien bijeffect van zijn experimenten, maar dat maakt hem niet minder schuldig. Ik weet van drie slachtoffers, waarschijnlijk zijn er meer, dat is lastig te achterhalen.'

Gemorrel aan de deur maakte een abrupt einde aan hun gesprek. De deur zwaaide open en daar was Cody, het pistool dreigend in zijn hand. 'Tijd om te gaan,' zei hij, alsof ze op schoolreisje gingen. 'We rijden in het donker naar het vliegtuig, zodat we paraat staan als de zon opkomt. Na een half uur zal de zonkracht sterk genoeg zijn om de zwammen te ontsteken en dan moeten we maken dat we wegkomen. Het uitzicht van bovenaf...' Hij floot tussen zijn tanden. 'Geloof me, het zal spectaculair zijn.' Hij probeerde niet eens meer zijn enthousiasme te verhullen.

Emily's hand lag nog op Jakes rug. Vanaf het moment dat de deur was opengegaan had ze de spieren onder zijn shirt voelen verstrakken en dat maakte haar bang. Cody had met zijn pistool nog steeds de macht in handen. Een aanval van Jake was geen goed idee. Had ze moeten wachten met haar verhaal? Ze roffelde zachtjes met haar vingers, maar Jake reageerde niet. Ze moest iets doen om Cody af te leiden. 'Het verhaal is nog niet af,' zei ze stellig. 'Als je wilt dat ik mijn werk goed doe en je verhaal geloofwaardig overbreng, moeten we het afmaken voordat we gaan.'

'Ik dacht dat je wou afronden?' sneerde Cody hoorbaar geïrriteerd.

'Waarom koos je SE18 voor je finale?'

Cody lachte schamper. 'Om te bewijzen dat een "brandveilig eiland" een utopie is. Brandveiligheid bestaat niet, het vuur is altijd sterker, het maakt niet uit wat die arrogante lui achter hun bureautjes bedenken. Dat wilde ik ze maar wat graag onder de neus wrijven.'

'Dus dat was je motivatie? Bewijzen dat brandveiligheid niet bestaat?' Het ongeloof in Emily's toon was niet te missen. 'Daarvoor had je ook in je lab kunnen blijven, dat had nogal wat slachtoffers gescheeld.' Emily wist dat ze beethad toen ze de verkilling in Cody's ogen zag. Tegelijkertijd voelde ze dat Jake verschoof, hij trok zijn benen naar zich toe, langzaam, om Cody niet te alarmeren. Misselijk van de zenuwen tikte ze tegen zijn rug, in de hoop dat hij begreep dat ze hem doorhad.

'Waarom noemde je je moeder? Je zei dat je je verbonden voelt met vuur, sinds het jouw leven en dat van je moeder heeft gered. Weet zij wat je doet? Wat vindt ze ervan?'

'Ze leeft niet meer,' zei Cody verraderlijk zacht. Hij zette een stap dichter bij zijn gijzelaars. Zijn focus lag nu volledig op Emily, hij loerde naar haar als een hyena naar een prooi. 'Maar ik weet dat ze mijn vondsten revolutionair zou vinden en dat ze zou zeggen dat ik een onuitwisbare positie heb verworven in de geschiedenis van dit land. Dat ik geen nietsnut ben, zoals mijn vader continu beweerde, maar dat ik grootse prestaties heb geleverd, dat het nieuws over mijn daden de wereld zal blijven verbijsteren en dat niemand mij ooit zal overtreff...'

Jake dook naar voren en ramde zijn hoofd in Cody's buik. Die was zo verrast dat hij achteroverviel en op zijn rug op de vloer van het magazijn landde. Jake viel boven op hem, strekte zijn arm en plantte de plastic splinter met kracht in Cody's keel. Die brulde en vuurde het pistool af, drie kogels vlogen lukraak door de ruimte, voordat hij in ademnood kwam en op zijn zij rolde om het bloed uit zijn keel te spugen. Jake duwde zichzelf overeind en schopte het wapen uit Cody's hand. Daarna draaide hij zich om naar Emily, die zichzelf had kleingemaakt en in doodsangst toekeek.

Cody probeerde zijn luchtwegen vrij te maken door het bloed uit zijn mond te laten lopen. Dat lukte hem, maar ondertussen gulpte het bloed ook langs de splinter, die zo ver zijn keel in was geramd dat nog maar een klein deel ervan naar buiten stak. Gorgelend bewoog hij in de richting van het pistool, maar het had geen zin meer: met zijn bloed stroomde ook de kracht uit zijn lichaam en hij moest zijn poging staken. Hij zakte tegen de vloer en kon enkel nog oppervlakkig ademhalen.

Jake vond Cody's autosleutels in diens broekzak. Daarna boorde hij zijn blik in de zijne. 'Jij hebt mijn vriendin vermoord. Door jou heeft mijn zoon zijn moeder zien doodgaan, op een afschuwelijke manier. Dat zal ik je nooit vergeven. Nu is het jouw beurt. Jij sterft alleen.'

Hij wenkte Emily, maar in plaats van op te staan, staarde ze hem met grote ogen aan. Ze drukte twee handen tegen haar rechterbovenbeen, tussen haar vingers sijpelde bloed.

'Nee! Ben je geraakt?' Jake sprong naar haar toe.

'Het is mijn been maar,' pufte Emily, 'ik red het wel. Snel, we moeten weg hier.' Ze greep Jakes hand en liet zich op één been overeind hijsen.

Jake trok het shirt uit dat hij even eerder in het ziekenhuis van Ollie had geleend en knoopte het flink strak om de wond. Daarna sloeg hij een arm om haar schouders. Samen stapten ze over Cody heen, in de richting van de winkel, toen Emily een hand om haar enkel voelde, geen stevige greep, eerder een vluchtige aanraking.

Cody keek smekend naar haar op. Hij zag lijkbleek, de naderende dood zichtbaar in zijn ogen. ‘Please…’

‘You lose,’ zei ze, ‘je verhaal eindigt hier. En wees blij dat je moeder er niet meer is, ze zou zich kapot schamen.’

56

05.29 AM

Al in de winkel zag Jake door de etalageruit dat de nacht voorbij was. Het eerste zonlicht zette de straat in een betoverend goudgeel licht. Als Cody de waarheid had gesproken, lieten de eerste vlammen nu niet lang meer op zich wachten. Omdat Emily niet op haar gewonde been kon steunen, hing ze zwaar aan Jakes arm. Zijn eigen pijn registreerde hij nauwelijks, het verpletterende nieuws over Kirsties doodsoorzaak had hem murw geslagen. Dat had ook een voordeel: de chaos in zijn hoofd was naar de achtergrond verdreven. Duizenden krioelende vragen en gedachten hadden plaatsgemaakt voor één helder doel: met Sam en Em veilig van dit eiland af komen. Meer was nu niet van belang.

Hij hielp zijn zus in Cody's pick-up, die sneller was dan de Mazda van de douane, en trok het hemd aan dat hij uit de winkel had meegegrist. Daarna stoof hij weg. Hij hield zijn ogen strak op de weg gericht, en wierp af en toe een peilende blik naar boven. Bewolking zou deze ochtend meer dan welkom zijn, elke minuut respijt voordat de zwammen ontbrandden had hij hard nodig. Maar het was ijdele hoop: toen hij de afslag naar het vliegveld voorbijraasde, ontwaarde hij de eerste rookpluim. De dunne sliert steeg gestaag op uit de berm en ontlokte Emily een angstkreet. Al de hele route hield ze de omgeving angstvallig in de gaten, met één hand drukkend op de provisorisch verbonden wond in haar bovenbeen en de andere tegen het dashboard voor houvast.

'Jake?' piepte ze.

'Ik zie het.' Hij scheurde de bocht door, negeerde een rood stoplicht en haalde slingerend drie auto's in. Het ziekenhuis kwam in zicht, maar dat gold ook voor drie, nee, vier nieuwe rookpluimen in de berm. Jake vloog bijna de parkeerplaats op en moest al zijn kracht gebruiken om de auto niet tegen maar naast een brandkraan te parkeren. Hij had het portier nog niet geopend, of buiten ging een oorverdovend alarm af. Emily dook van schrik ineen en sloeg haar handen tegen haar oren. De hand waarmee ze op de wond had gedrukt droop van het bloed, net als het shirt dat als kompres diende.

Jake schrok van de aanblik. Hij had bedacht zijn zus naar binnen te dragen, maar wist dat dat nu geen zin meer had. 'Brandalarm!' riep hij, om boven het lawaai uit te komen. 'Evacuatieprotocol, niemand wordt nog opgenomen. Ik ga iemand halen die je kan helpen. En ik zoek Sam. Blijf hier, ik kom zo snel mogelijk terug!'

Hij spurtte naar binnen. Wat hij daar aantrof liet zich maar op één manier omschrijven: blinde paniek. De baliemedewerker die hij herkende van de vorige keer had tegen elk oor een telefoon. Personeel in witte jassen rende door de gangen, sommigen duwden bedden voort, anderen een rolstoel. Het leek erop alsof iedereen zich in de hal wilde verzamelen om vandaaruit een veilig heenkomen te zoeken, met als gevolg dat de hal én de daarop uitkomende gangen al snel blokkeerden. Er werd gejammerd en geschreeuwd. Een infuusstandaard kukelde om, een grote pot met een kunstig bloemstuk werd van de balie gestoten en spatte kapot op de vloer. Jake duwde zichzelf langs een reeks bedden en trok een van de telefoons uit de handen van de receptionist.

'Mijn zoon, Sam Ryan, vier jaar! Waar is hij?'

De jongen keek hem onbeholpen aan. Even leek hij niet uit zijn woorden te komen, maar hij herpakte zich en dreunde een regel op uit het protocol dat hij kennelijk vanbuiten had geleerd: 'Bij een brandalarm worden alle patiënten met spoed geëvacueerd: afdeling A en B per ambulance naar de ferry's, de ic buitenom naar het helikopterplatform of per ambulance naar het vliegveld. Op welke afdeling ligt uw zoon?'

Een voortgeduwd bed beukte Jake bijna omver. Hij greep zich vast aan de balie en aanschouwde de chaos. 'Weet ik niet. Vertrekt iedereen vanuit deze hal?'

De jongen schudde zijn hoofd. 'Er gaan ambulances vanaf de voor-, achter- en westkant en het heliplatform ligt aan de oostkant. Maar het kan ook anders...' Uit het lood geslagen staarde hij over Jakes schouder door de glazen pui naast de entree. Jake keek om en zag wat hij bedoelde: twee verplegers tilden een couveuse in de achterbak van een pick-uptruck. Daarna werd razendsnel een stel kinderen aan boord gehesen. Jakes hart maakte een sprongetje, maar Sam was er niet bij. De verplegers sprongen in de auto en snelden de parkeerplaats af, wat niet eenvoudig was door de chaos die ook hier in een mum van tijd was ontstaan. Tijdens het rijden klampte een man zich aan de laadklep van de truck vast en klom eroverheen in een ultieme poging een snelle lift te bemachtigen.

'Die gaan naar het vliegveld,' wist de receptionist. 'De couveuse komt van de ic.' Hij keek Jake aan. 'Als ik moet gokken, denk ik dat uw zoontje daar ook naartoe wordt gereden. Waarschijnlijk is hij al weg. Kinderen worden het eerst in veiligheid gebracht en het vliegveld is dichterbij dan de ferry's...'

Jake wist genoeg. Hij beende naar buiten en griste in het voorbijgaan een laken van een verlaten bed. In de auto trof hij

Emily nog maar amper bij kennis. Hij bond het laken om haar been en trok het flink strak aan. 'Volhouden, Em!'

Hij startte de wagen en baande zich een weg tussen de andere auto's, ambulances en omgevallen bedden door. Vlak voordat hij de ringweg op draaide en vol gas wilde geven, sprong een vrouw met een meisje aan de hand voor zijn auto. Hij kon nog net op tijd remmen.

'Damn it! Wat doe je?' Zijn schrik sloeg om in medelijden toen hij de smekende blik van de vrouw zag. Hij stapte uit, hielp haar en het meisje achterin te klimmen en maakte dat hij wegkwam. Door de chaos in en om de kliniek had hij even geen oog voor de omgeving gehad, maar nu hij de weg op schoot, zag hij op verschillende plekken vuur opvlammen. Het was zover, de zon had de glassplinters in Cody's zwammen gevonden. Hoeveel tijd hij nog had voordat de vuurzee het eiland zou verzwelgen, wist hij niet, maar het deed er ook niet meer echt toe. Hij kon maar één ding doen: rijden en hopen dat Sam ook onderweg was.

Binnen vijf minuten was hij op het vliegveld, waar de wanorde mogelijk nog groter was dan in het ziekenhuis. Ambulances met zwaailicht en sirene, toeterende auto's en busjes reden brutaal de landingsbaan op, mensen klauterden zinloos in twee zweefvliegtuigjes. Douaniers en grondpersoneel probeerden de menigte tot kalmte te manen, maar met weinig effect. Mensen lieten zich niet meer sussen, de angst voor de Vuurduivel had hen in de greep en maakte het onmogelijk rustig te blijven of logisch na te denken. Het decor van rook en vlammen dat het vliegveld omringde, hielp ook niet mee.

In zijn spiegel zag Jake de vrouw en het meisje de achterbak uit klauteren. Hij tikte Emily tegen haar krijtwitte wang. 'Ben je er nog? Wakker blijven, hoor je me?'

Ze humde zwakjes. Het laken om haar been leek de wond nu redelijk af te binden, maar ze was al veel te veel bloed verloren. Meer dan in haar stoel hangen zat er niet in.

'Ik heb een idee!' Jake reed een stuk achteruit, keerde, stoof naar de andere kant van het vliegveld, waar het nog wat rustiger was, en stampte op de rem. Een groepje volwassenen en kinderen stapte uit een ambulance en gingen een gereedstaand vliegtuig binnen. In zijn haast viel Jake half uit de auto. Hij hervond zijn evenwicht en snelde ernaartoe. Een man in een geel hesje hield hem tegen.

'Alleen patiënten, meneer,' zei hij streng.

'Neem mijn zus mee, ze is gewond!' Jake wees op zijn auto. 'Ze zit daar.'

De man aarzelde even, keek over zijn schouder naar een collega op de vliegtuigtrap en stak één vinger omhoog. Toen de collega wenkte dat ze moesten opschieten, spoedde Jake zich terug. Hij reed de truck tot aan de trap en tilde Emily naar boven, waar ze door een verpleger van hem werd overgenomen. 'Kogelwond in het been!' schreeuwde hij. Binnen was het overvol. Tijd om afscheid te nemen of om te checken of Sam binnen zat was er niet. Een douanier trok hem hardhandig aan zijn broekband mee terug. Ze waren de trap nog niet af of het ding werd al losgekoppeld, zodat het vliegtuig kon vertrekken.

Radeloos keek Jake om zich heen. De horde mensen verderop werd steeds groter. Ze renden kriskras door elkaar, sommigen compleet met koffers en tassen, huisdieren in manden en kooitjes, op zoek naar een vliegtuig, een kwijtgeraakt familielid, veiligheid… Zijn hart zakte in zijn keel. Hoe ging hij Sam ooit vinden in deze mierenhoop? Laat hem veilig zijn, laat hem alsjeblieft veilig zijn. Zijn oog viel op de hangar waar Randall hem eerder doorheen had geloodst en opeens ging er een lampje branden. De Cessna's! Zo snel hij kon hinkte hij naar de hangar en klampte een man in overall aan die kennelijk dezelfde gedachte had gehad als hij.

'Ik ben piloot!' riep Jake. 'Laat me vliegen, ik kan mensen meenemen!'

De man had geen verdere overreding nodig. Voor identificatie of papieren was de tijd te kort en de nood te hoog. Hij wees naar een sleutelkast aan de muur. 'Ik pak de Skylane, neem jij de Courier!'

Achter elkaar taxieden de vliegtuigjes de hangar uit. Mensen snelden toe en stapten in, hijgend, huilend, dankbaar. De Skylane schoot als eerste de lucht in, Jake volgde in de Courier. Het vliegen ging vanzelf, de moed erin houden kostte hem aanzienlijk meer moeite. Sam zou vast al naar Sydney zijn gebracht. Hij zou hem daar vinden en daarna nooit meer loslaten. Toch?

Het snoeiharde alarm had Sam bang gemaakt. Een alarm betekende immers vuur en voor vuur was hij als de dood. Daarom had hij zich heel goed verstopt. Achter de wasmachine in de kleedkamer op de tweede verdieping van het ziekenhuis, waar witte jassen en broeken aan hangers hingen, kon niemand hem vinden. Het rook er lekker naar wasmiddel en door het geluid van de wasmachine kon hij het alarm bijna niet horen. Hij had zijn ogen dichtgedaan en zong keer op keer het liedje waar hij blij van werd:

Kookaburra sits in the old gum tree
Eating all the gumdrops that he can see
Stop, kookaburra,
Stop, kookaburra,
Leave some there for me.

57

De vlucht van SE18 naar Sydney Airport duurde nog geen tien minuten, maar de toestemming om te landen liet op zich wachten. De luchtverkeersleiding had haar handen vol aan de plotse toestroom van vliegverkeer dat op stel en sprong tussen de reeds geplande vluchten moest worden doorgeleid. Daarbij kregen de ic-patiënten voorrang en die vervoerde Jake niet. Dus cirkelde hij boven de stad en probeerde hij niet te veel na te denken. Dat viel niet mee. Vanaf het moment dat Randall hem had aangevallen en opgesloten stond de wereld op zijn kop. Randall bleek een hulpje van chief Kelly, ofwel Vuurduivel Cody Cox. Sam was spoorloos, Emily zwaargewond en hij kon hierboven níéts doen totdat hij groen licht kreeg om te landen. Het was haast te veel om te bevatten. Het beeld van de bloed spugende chief met het stuk plastic in zijn keel bleef hem achtervolgen. Spijt van zijn daad had hij geen seconde, maar wat zou het fijn zijn de tijd vooruit te kunnen spoelen, zodat hij verlost was uit dit vacuüm en eindelijk kon beginnen aan een nieuw hoofdstuk in zijn leven.

Was Ollie er maar, met hem erbij leek het altijd makkelijker de boel op een rij te krijgen en de dingen in perspectief te plaatsen. Maar helaas, ook Ollie was het slachtoffer geworden van Cox en lag... niet meer in het ziekenhuis. Dat kwartje viel nu pas: Emily had verteld dat Cox Ollie knock-out had geslagen en met een open hoofdwond had achtergelaten. Waarschijnlijk had hij op de ic gelegen toen het brandalarm afging en werd ook hij op dit moment naar het ziekenhuis in Sydney geëvacueerd. Jake gaf een harde klap op het stuurwiel. De machteloze woede werd hem bijna te veel.

Hij dwong zichzelf naar beneden te kijken, naar de stad met de haven en de kustlijn, een prachtig gezicht. De golven rolden rustig richting het strand en trokken zich weer terug, in een eeuwigdurende herhaling. Hij had het vaker vanuit de lucht aanschouwd en herinnerde zich hoe hij ervan kon genieten. Dat lukte nu niet. Alles werd overschaduwd door de zorgen om zijn geliefden en de haat tegen de man die verantwoordelijk was voor deze ellende: een ordinaire pyromaan die zich vol bluf en branie verschool achter een gladgestreken masker en zogenaamde wetenschappelijke vondsten. En die daar nog trots op was ook. Zwammen met glas, zwammen met magnesium, het was van een... Jakes ademhaling stokte. Magnesium! Hoe kon hij dat vergeten zijn!

Razendsnel tikte hij emergency-code 7700 in de transponder, draaide de radio naar de noodfrequentie en riep: 'Mayday, mayday, mayday! Ik heb belangrijke informatie over de brand op SE18. Het is een magnesiumbrand, dus niet blussen met water, níét blussen met water!'

De reactie liet zo lang op zich wachten dat Jake de boodschap herhaalde. Tegen het einde van die noodoproep werd hij onderbroken. 'Victor Hotel Papa Alpha Sierra, uw noodsignaal is ontvangen. What's your emergency?'

'Ik ben niet in nood, mijn toestel ook niet, dit gaat over de brand op SE18...'

Opnieuw werd hij onderbroken. 'Die informatie is genoteerd. Wilt u landen?'

'Já! Ik wil landen, maar luister, als SE18 geblust wordt met water, FIKT IN EEN UUR DAT HELE EILAND AF!'

De persoon aan de andere kant van de lijn leek niet onder de indruk. 'Ik herhaal, die informatie is genoteerd. Please, stay calm.'

Jake zat zich te verbijten. Rustig blijven was het laatste wat hij wilde.

'Victor Hotel Papa Alpha Sierra, you are cleared to land, runway three four left, de wind is three three zero, ten knots.'

'Roger.' Jake klemde zijn kaken op elkaar. Hoe frustrerend ook, hij kon nu niet meer doen dan bidden dat de boodschap werd doorgegeven en zich concentreren op een snelle, soepele landing.

Tweeëntwintig minuten later stapte hij uit de ziekenwagen waarin hij een lift naar St. Vincent's Hospital had gekregen. Volgens de ambulancebroeders werden alle evacués van SE18 naar dit enorme ziekenhuis gebracht. Ook hier was het een komen en gaan van mensen, maar vergeleken bij de kliniek op SE18 leek dit een oase van rust. Hij spoedde zich naar een van de aanmeldbalies en vroeg naar Sam en Emily Ryan. Emily was een directe hit, zij werd op dit moment behandeld. Sam kwam niet in de database voor, maar geen zorgen, er waren nog diverse ambulances en vliegtuigen met patiënten onderweg, wist de dame aan het loket, die hem vriendelijk verzocht in een van de wachtruimtes plaats te nemen. Zodra Sam Ryan werd binnengebracht zou ze hem direct een seintje geven. Moedeloos slofte hij in de richting van de wachtkamer, toen hij op zijn schouder werd getikt.

'Jake? Ben jij dat?'

Hij draaide zich om en keek recht in de betraande ogen van een sportief geklede blonde vrouw. 'Jody?'

Voor hij er erg in had stortte ze zich huilend in zijn armen. Het was lang geleden dat Jake Ollies echtgenote had gesproken, maar dat deed er nu niet toe. Hij leidde haar naar de wachtruimte en ging naast haar zitten.

'Heb je Ollie al gevonden?' vroeg hij.

Ze knikte en veegde met haar mouw haar wangen droog. 'Hij heeft een schedelbreuk en een vochtophoping in zijn hersenen, die moet worden afgevoerd. De dokter zei dat de komende uren heel belangrijk zijn. Als hij die doorkomt...'

'Natuurlijk lukt dat, Ollie is een sterke vent.' Jake knikte haar bemoedigend toe. 'Hoe wist je zo snel dat je hier moest zijn?'

'Toby belde me... Dat is Ollies neef.' Ze snoot haar neus in een papieren zakdoekje. 'Hij zit bij de veiligh... o...' Aarzelend keek ze naar Jake op.

'Bij de veiligheidsdienst, ik weet ervan.'

'Oké. Toby krijgt een signaal als de mensen die voor de dienst werken bij een politiebureau of ziekenhuis worden aangemeld en hij zag dat Ollie op SE18 was opgenomen. Ik heb de kinderen bij de buurvrouw gestald en ben linea recta naar de pont geracet om de oversteek te maken. Dat was nog net vóór de brand. Gelukkig hoorde ik op tijd dat Ollie hierheen was gebracht.' Ze zuchtte diep en toverde een waterig glimlachje tevoorschijn. 'Nu loop ik rondjes om mezelf af te leiden. Loop je mee?'

Jake schudde zijn hoofd. 'Mijn zus ligt hier ook en ik zoek Sam.'

'Oh my God! Zijn ze oké?'

Hij trok een grimas. 'Emily wordt behandeld aan haar been en Sam zou hierheen gebracht worden, maar hij was net nog niet binnen.' Hij stond op. 'Ik ga het nog een keer vragen.' Jody liep met hem mee naar de balie.

De vriendelijke dame had geen nieuws. Sam was er nog steeds niet en een overzicht van hoeveel kinderen er mogelijk nog aan zouden komen, ontbrak volledig. 'Het hele eiland loopt leeg,' zei ze, merkbaar meer in de stress dan zojuist. 'Ik begrijp dat er ook mensen naar andere ziekenhuizen worden gebracht. Misschien is uw zoon daar. Het spijt me, ik weet het niet.' Ze maakte een hulpeloos gebaar.

Jake draaide zich om naar Jody. 'Geef me het nummer van neef Toby.'

Zonder vragen te stellen schreef ze het op een briefje. Jake stak het in zijn zak en greep haar bij de schouders. 'Vang jij Sam op als hij hier opduikt? Zeg hem dat zijn tante ook hier is en dat ik zo snel mogelijk kom.'

Ze knikte ferm, blij met een taak die als afleiding kon dienen. 'Ga jij de andere ziekenhuizen langs?'

In plaats van een antwoord gaf Jake haar een kus op haar wang. Daarna snelde hij naar buiten, waar hij in no time een lift geregeld had, alleen niet naar een ander ziekenhuis.

58

Jake wist dat het te lang zou duren om met dezelfde Cessna terug te vliegen naar het eiland, daarvoor was Sydney Airport een maatje te groot. Zelfs al zou hij de beveiliging kunnen overtuigen van zijn bedoelingen, dan nog zou de luchtverkeersleiding hem laten wachten totdat er een geschikt tijdstip was om hem, tussen de andere vluchten door, te laten opstijgen. Die tijd had hij niet. En erop gokken dat Sam ergens al in goede handen was, durfde hij niet. Als de jongen nog op het eiland zat, en die kans was aanwezig, moest hij hem eerder vinden dan de vlammen zouden doen. Hij zou het zichzelf later nooit vergeven als hij er niet alles aan gedaan had. Daarom had hij met spoed een vliegtuig nodig en neef Toby moest hem daarbij helpen. Met de telefoon van de rastafari die hem een lift gaf, was dat inderdaad in een mum van tijd geregeld. Toby begreep de noodzaak en loodste Jake naar een vliegschool even buiten de stad, waar hij een Piper Seneca kon lenen, een licht tweemotorig vliegtuigje dat vooral werd ingezet voor privé- en zakenreisjes.

In de lucht zag Jake de rook al van ver boven SE18 hangen en ineens schoot jeugdvriend Wally in zijn gedachten. Het was alsof de geschiedenis zich herhaalde. Jaren geleden had hij Wally gezocht, nu was het Sam. In beide gevallen was het vuur de vijand. Voor Wally kwam hij te laat, ook al had hij de longen uit zijn lijf gerend om hulp te halen. Zou hij voor Sam wel op tijd komen? Jake kreeg het Spaans benauwd en voelde dat hij ging hyperventileren als hij niet rap de grip terugpakte. Focus, Ryan! Wat had Toby gezegd? De zuid- en westkant van het eiland brandden het felst. Landen ging waarschijnlijk het beste op noordoost, al kon de situatie snel veranderen. Dat ze met een magnesiumbrand te maken hadden, was Toby nog niet ter ore gekomen, maar hij beloofde chief Kelly direct te informeren. 'Die is dood!' Jake had het door de telefoon geschreeuwd, de rastafari naast hem schrok ervan. In een notendop had Jake verslag gedaan van de gebeurtenissen van afgelopen nacht, maar zodra de auto voor de vliegschool stilhield, was hij weggesprint, zowel Toby als de chauffeur in verwarring achterlatend.

Met een bocht vloog hij om de dikste rook heen. Onder zich zag hij grote delen van het eiland branden, maar Toby had gelijk gehad, de noordoostzijde was nog niet gevangen door de vlammen. Hij zette de Piper zonder veel problemen op een strook grasland aan de grond en klom naar buiten. De scherpe rooklucht sloeg meteen op zijn ademhaling. Met de boord van zijn shirt voor zijn neus en mond rende hij naar de eerste geparkeerde auto die hij zag. Op slot. De volgende ook. Er was geen kip op straat en ook de huizen oogden verlaten. Sommige voordeuren stonden wagenwijd open, op een deurmat lag een lege Maxi-Cosi. Mensen waren halsoverkop gevlucht. Het was te hopen dat iedereen een veilig heenkomen had gevonden. Iedereen, en Sam voorop. Hij wist dat het egoïstisch was om zo te denken, maar een ander scenario overleefde hij niet: als hij zijn zoon ook nog verloor, hield alles op. Hij moest nú een auto hebben.

Of... Een eindje verderop lag een motor op zijn kant op de weg. Er zaten krassen in de lak en de spiegel was verbogen, verder leek er weinig mis mee. Er stak zelfs een helm achter op het zadelrek. Hij trok het ding overeind, kruiste in gedachten zijn vingers en drukte de startknop in. Met een brul kwam de machine tot leven. Thank god. Hij zette de helm op en spoot weg.

Jakes eerste doel was het ziekenhuis. Als Sam niet was meegenomen naar het vliegveld of de ferry's, zou hij daar gebleven zijn. Jake wist dat Sam niet weg zou lopen, dat had hij één keer eerder gedaan en daarna had hij zijn moeder nooit meer teruggezien. Hij zou standhouden en wachten tot tante Em of papa hem kwam halen. Zo was hem dat ingeprent, al was het in de huidige omstandigheden misschien niet het beste advies. Jake draaide de gashendel vol open, voor het eerst blij dat Randall zijn linkerhand vertrapt had en niet zijn rechter, en reed door totdat hij niet verder kon. Twee bluswagens blokkeerden de ringweg en een stel brandweermannen had hun slangen op een brandend viaduct gericht. Tot Jakes grote opluchting spoten ze met schuim in plaats van water; zijn noodsignaal was aangekomen. Met het blusschuim werd als het ware een schuimdeken over het vuur gedrapeerd, die ervoor zorgde dat de brand geen zuurstof kreeg en doofde.

Hij reed naar de rechterkant van de weg om te zien of hij langs de bluswagen kon komen, maar dat was kennelijk niet de bedoeling. Een van de brandblussers had hem gespot en gebaarde driftig dat hij om moest keren. Dat was Jake niet van plan; voor het ziekenhuis moest hij onder het viaduct door en niets of niemand hield hem tegen. Op rechts was geen ruimte, dus moest het over links. Hij was er bijna toen de brandweerman zijn straal op hem richtte en een laag schuim over de motor en Jakes benen spoot. Met grote passen kwam hij op hem af.

Jake minderde vaart en wachtte tot de blusser dicht genoeg genaderd was, zodat hij om hem heen in het gat naast de bluswagen kon duiken. Maar vlak voordat hij gas wilde geven, zag hij iets wat zijn plan spontaan veranderde. Hij remde af, ging staan en trok de helm van zijn hoofd. De brandweerman hield zijn pas in en liet de straal zakken. Het was Noah.

59

Jake peilde de blik van zijn collega. Hun laatste ontmoeting was op z'n zachtst gezegd niet soepel verlopen. Noah had het volste recht hem een hengst terug te verkopen, maar niet nu, er was simpelweg geen tijd voor. Jake legde een hand op zijn borst. 'Noah, ik zat fout en dat spijt me, ik had je niet moeten slaan. Ik leg het later wel uit, nu moet je me erdoor laten.'

'Dat doe ik niet.'

Ergens registreerde Jake hoeveel rust de pezige man zelfs in deze omstandigheden uitstraalde. Het was indrukwekkend, maar op dit moment frustreerde het hem ook. Hij wees naar de geblokkeerde weg. 'Sam is daar! Ik ga naar hem toe, hou me niet tegen.' Hij trok de helm weer over zijn hoofd en zakte terug in het zadel.

Noah verroerde zich niet. Achter hem verscheen Lily, die in de gaten kreeg dat er iets speelde. Ze tikte een blusser naast haar aan, die Jake herkende als Ethan. Lucas was er ook. De drie gingen naast Noah staan, die kort een paar woorden met hen wisselde. Noah zette de eerste stap. Jake gaf gas, maar voordat hij twee meter verder was, werd hij door vier man van de motor getrokken, die op eigen houtje de berm in rolde en daar op zijn kant viel.

'Laat me los!' brulde Jake. 'Ik moet naar Sam!'

'Nee, Jake!' Terwijl de drie mannen Jakes wild protesterende lijf in bedwang hielden, greep Lily de helm met beide handen beet. Ze dwong hem haar aan te kijken. 'We staan op de grens, verder kun je niet, achter het viaduct is het één vuurzee.'

'Ik moet! Het ziekenhuis is daar!' Hij worstelde een arm los en greep Lily's schouder. 'Je kunt me niet tegenhouden, ik ga erheen, al moet ik lopen!'

'Zodat Sam geen vader meer heeft? Is dat wat je wil?' Ze trok de helm van zijn hoofd. 'Luister, Jake, er zijn heli's onderweg. We roepen er één hiernaartoe en vliegen naar het ziekenhuis om Sam te zoeken. Wat zeg je daarvan? Dat is snel en veilig. Over de weg is echt geen optie meer.'

Jake hoorde haar wel, maar de betekenis van Lily's woorden drong niet direct tot hem door. Hij moest naar Sam, dat was het enige wat telde. De manier waarop kon hem gestolen worden.

'Geloof me, mate, een heli is de manier. Ik wil Sam straks niet vertellen dat zijn vader in de vlammen is omgekomen, puur omdat hij te koppig was om naar mij te luisteren!' Lily bleef hem dwingend aankijken. In haar ogen school behalve vastberadenheid ook oprechte vriendschap.

Jake zag het en staakte zijn protest. De mannen lieten hem los, Noah stak zijn hand uit en trok hem overeind.

'Thanks.' Opeens ongemakkelijk knikte Jake zijn collega's toe.

'Good on ya,' zei Lily. Ze wees naar de lucht. 'Volgens mij hoor ik de heli's al. Ik vraag of er nu één deze kant uit komt.' Op een drafje liep ze naar de cabine van de bluswagen, waar de bevelvoerder contact hield met de andere hulptroepen op en boven het eiland.

'Sorry, mate,' zei Jake nogmaals tegen Noah, 'ik dacht dat...'

Noah grijnsde. 'Forget it, help ons liever.' Hij pakte de slang van de grond en duwde die in Jakes handen. 'Goed je te zien, we zijn met zijn vieren aangehaakt bij het korps van het eiland. Van ons eigen team was niet veel over: de chief, Randall, Ollie en jij waren opeens pleite.'

'De chief is dood,' zei Jake, 'Ollie ligt in Sydney in het ziekenhuis en Randall is 'm gepeerd.' Hij zag de verbijsterde gezichten van de anderen en maakte een wegwerpgebaar. 'Fingers crossed voor Ollie. Die andere twee kunnen we missen als kiespijn. Ik praat jullie later wel bij.'

Ze blusten totdat ze door een helikopter werden opgepikt. Jake klom eerst aan boord, de anderen volgden zonder dat hij hun gevraagd had mee te gaan. De vanzelfsprekendheid ervan raakte hem. Dit waren niet zomaar collega's, dit was familie.

60

Vanuit de helikopter was goed te zien hoe slecht het eiland eraan toe was. Het was Cody Cox' gedroomde grande finale: zijn overload aan zwammen en sporen had doel getroffen en het eerste bluswerk, gewoon met water, had voor de gewenste stroomversnelling gezorgd. Een ontelbaar aantal relatief kleine vuren had zich op diverse plekken samengesmeed tot één grote vlammenzee. Met de inzet van blusschuim, op de grond en uit de lucht, kon waarschijnlijk nog voorkomen worden dat het eiland finaal affikte, maar de schade zou onherstelbaar zijn en de illusie van brandveiligheid was voorgoed van tafel. Precies wat Cox wilde, dacht Jake mismoedig, al maakte de klootzak het in ieder geval zelf niet meer mee.

Volgens de piloot zou het zeven minuten duren voordat ze konden landen op het platform bij het Tom Callaghan Memorial Hospital. Het ziekenhuis stond nog niet in brand, dat was het goede nieuws, maar slecht nieuws was er ook: in het gebied rondom de kliniek woedden hevige branden, wat de bereikbaarheid over de weg nagenoeg onmogelijk had gemaakt. De afvoer van patiënten met ambulances of elk ander voertuig op wielen was al enige tijd gestaakt. Die wetenschap bezorgde Jake maagkrampen. Was Sam op tijd weggekomen? Hij kneep zijn ogen stijf dicht en beet zijn onderlip stuk.

Lily zag het en stootte hem aan. 'Je zou ons nog bijpraten over de chief en Randall. Hebben ze wat geflikt?'

'Zo zou je het kunnen noemen.' Dankbaar voor de afleiding vertelde Jake wat hij had meegemaakt en te weten was gekomen. Hij deed het op hoofdlijnen en skipte de details die Cox wel had genoemd, maar het was genoeg om vier man stil te krijgen.

Jake richtte zich tot Noah. 'Toen Ollie naar de chief stapte met de info van zijn neef Toby, over het vermoeden dat de Vuurduivel een brandweerman was, zei de chief dat hij dat zelf ook al had bedacht en dat hij zelfs vreesde dat de Vuurduivel iemand uit ons eigen team kon zijn.' Hij schudde zijn hoofd. 'Toen zagen we het niet, Ollie en ik, maar nu begrijp ik dat hij dat deed om tweedracht te zaaien. En dat lukte; ik ging jou verdenken, Noah, het is niet goed te praten, maar jij was de enige die wel eens verdween, zonder dat we wisten waar je uithing. Toen jij me meldde dat de volgende brand op SE18 was, waar mijn zus en zoontje zaten, knapte er iets. Daarom viel ik aan, precies wat Kelly wilde. Het leidde de aandacht van hem af, zodat hij zijn gang kon gaan.'

Noah wisselde een blik uit met Lily en zuchtte. 'Ik had naar Lily moeten luisteren. Sorry man, ik zat een barak verder, bij een jongen die ik leuk vind, een militair. Jullie wisten niet dat ik... Nou ja, ik wilde het privé houden...' Hij haalde zijn schouders op. 'Je hebt een verdomd goeie rechtse.' Hij stak een vuist uit naar Jake, die hem een boks gaf.

Voor meer verhalen was geen tijd, de heli dook omlaag en landde op het platform bij het ziekenhuis. 'Tien minuten!' riep de piloot. 'Anders wordt de rook te dik om op te stijgen.'

Ze spurtten de hal van de kliniek in, waar ze direct een jammerende vrouw tegen het lijf liepen. In het verband om haar hoofd zaten rode vlekken en ze keek allesbehalve helder uit haar ogen. 'Zijn jullie daar eindelijk,' stamelde ze, toen Lily voorzichtig haar hand vastpakte.

‘Sorry dat het even duurde,’ antwoordde Lily, ‘kom maar mee, we gaan een stukje vliegen.’ Met een subtiele hoofdknik naar de anderen gaf ze aan dat zij de vrouw naar de heli zou brengen.

‘Ik pak de eerste verdieping, daar lag Sam!’ Jake holde naar het trappenhuis. Noah, Ethan en Lucas namen de begane grond en de tweede verdieping voor hun rekening.

Niemand zei het, maar het feit dat er een gewonde vrouw ronddwaalde zorgde voor gemengde gevoelens. Hoeveel patiënten waren er nog meer achtergelaten? Meer dan zes volwassenen konden ze niet meenemen. Kinderen misschien acht. Wat te doen als het er meer waren? Aan de andere kant, als de vrouw hier nog was, zou Sam er ook nog kunnen zijn. Ze doorzochten alle kamers, inclusief de toiletruimtes, de operatiekamers, keukens en wachtruimtes, maar kwamen niemand meer tegen. Van Sam ontbrak ieder spoor, al weigerde Jake zich daarbij neer te leggen. Hij bleef Sams naam roepen en rende als een kip zonder kop door de gangen, totdat Noah en Lucas hem na vijftien minuten zoeken naar buiten sleepten. De temperatuur was voelbaar gestegen, het vuur kwam in rap tempo dichterbij. Rook belemmerde het zicht bijna volledig, de piloot kon niet langer wachten: als ze nu niet instapten, liet hij ze achter.

Zonder Sam, maar met de verwarde vrouw als passagier, stegen ze op. Niemand zei iets. Jake probeerde zichzelf ervan te overtuigen dat hij elke hoek van het ziekenhuis had doorzocht, dat Sam er echt niet was en dat dat niets anders kon betekenen dan dat het mannetje naar een van de ziekenhuizen op het vasteland was overgebracht. Hij bleef het herhalen, een mantra als reddingsboei, om te voorkomen dat hij in zijn wanhoop verzoop.

61

De heli vloog in een rechte lijn naar het helikopterdek boven op het dak van St. Vincent's Hospital in Sydney. Jake was als eerste buiten en wist niet hoe snel hij bij de balie moest komen om te vragen of Sam inmiddels was aangemeld. Het antwoord kwam hard aan: er was geen Sam Ryan in St. Vincent's en hij stond ook niet vermeld op de lijst van patiënten die naar de andere ziekenhuizen waren gebracht. Het was alsof twee grote, koude handen Jakes binnenste vastgrepen en uitwrongen totdat hij geen lucht meer kreeg. Lily was hem achternagerend en kon nog net voorkomen dat hij neerzeeg. Ze hield hem overeind en vroeg de baliemedewerker naar het kamernummer van Emily Ryan. Daarna trok ze Jake mee.

'Kom op, mate, misschien weet je zus meer.' Het was hopen tegen beter weten in, maar iets beters kon Lily op dat moment niet verzinnen. Met haar arm om zijn middel leidde ze hem de gangen door naar kamer 126, waar Emily lag bij te komen van een operatie aan haar been. Ze lachte opgelucht toen ze Jake zag, maar die lach was van korte duur. Jake zakte op de stoel die Lily voor hem bijtrok, stortte voorover op het bed en begroef zijn gezicht in de lakens. Alle ingehouden spanning, de woede om Cody en de wanhoop om Sam baanden zich een weg naar buiten. Zijn schouders schokten hevig en minutenlang kon hij geen zinnig woord uitbrengen. Lily was met stille trom vertrokken, Emily hield haar broer vast en streelde zijn haar.

'Ik weet niet waar hij is, Em, hij is weg... Hij was niet in het ziekenhuis, we hebben overal gezocht... Wat als hij naar buiten is gegaan, als hij op eigen houtje naar ons is gaan zoeken... Wat als hij ergens op dat eiland loopt?' Hij wreef hardhandig in zijn ogen om de afschuwelijke beelden uit zijn op hol geslagen fantasie te verdrijven.

'Dat moet je niet denken,' suste Emily. Ze voelde zich net zo lamgeslagen als haar broer, maar voelde dat tenminste één van hen nu sterk moest blijven. Als hij het niet kon opbrengen, was het aan haar. 'We blijven positief,' zei ze ferm, 'ik geloof nooit dat hij is gaan zwerven, hij weet dat dat niet mag. En dan nog iets, de administratie van de evacués is vast nog niet op orde. Het gaat om heel veel mensen die op verschillende plaatsen terecht zijn gekomen. Het komt goed, geloof me.'

Het hielp een beetje. Jake droogde zijn gezicht af aan het laken en keek zijn zus voor het eerst sinds zijn binnenkomst recht aan. 'Ik ben blij dat jij oké bent, zus.' Hij pakte haar hand en gaf er een kus op. 'Is de kogel verwijderd?'

Ze knikte. 'We hebben het samen overleefd.'

Ze keken op van een bescheiden klopje op de deur. Een man met rossig haar en een opgeruimde blik keek Jake vragend aan. 'Jake Ryan? Ik ben Toby.'

Jake wilde opstaan, maar Toby gebaarde hem te blijven zitten. Hij kwam de kamer binnen, sloot de deur en schudde broer en zus de hand. 'Ik blijf niet lang, ik wilde alleen even mijn gezicht laten zien. Jullie hebben flink wat achter de rug. We hebben veel vragen, maar dat komt later.' Hij richtte zich tot Jake. 'Op basis van de informatie die jij me hebt gegeven hebben we Cody Cox gevonden. Hij is dood, zijn lichaam is geruimd. Mingus Randall is nog niet gepakt, maar ik verwacht niet dat dat nog lang duurt.'

De spottende glimlach op zijn gezicht leek exact op die van zijn neef.

'Hoe is het met Ollie?' vroeg Jake.

De glimlach verdween. 'Ik ben net bij hem geweest. Hij sliep weer, maar heeft wel al met Jody kunnen praten. De klap op zijn hoofd heeft misschien blijvende schade opgeleverd. Vooralsnog heeft hij geen gevoel in zijn onderlichaam, het is niet zeker of hij ooit nog kan lopen.'

Een tankautospuit van de collega's in Sydney haalde Jake, Lily, Noah, Lucas en Ethan op uit het ziekenhuis en bracht ze naar kazerne 33 in The Rocks, waar ze welkom waren om te blijven eten en overnachten, voordat ze de volgende dag de reis naar huis zouden maken. De missie was over, de Vuurduivel verslagen, maar opgelucht voelden ze zich geen van allen. Het avontuur had te veel gekost. Tijdens de rit waren ze in gedachten bij Tank en Kenny, en natuurlijk bij Sam. Jake hield zich afzijdig, de anderen lieten het zo. Woorden schoten tekort, want wat moesten ze zeggen? De armen over zijn schouder, de meelevende blikken, ze waren goedbedoeld, maar Jake werd er kriegel van. Hij wilde alleen nog maar slapen, alles vergeten, geen pijn meer voelen.

De wagen stond stil, ze stapten uit. Uit de kantine kloste een gedrongen man met stevige passen op hen af. Hij had doorlopende wenkbrauwen en een vettig staartje in zijn nek. Schaamteloos scande hij hun gezichten.

'Kunnen we u helpen, meneer?' vroeg Lily niet al te vriendelijk.

De man zei niets, liep op Jake af en bleef voor hem staan. 'Jake? Broer van Emily?'

Jake had niet eens de puf te reageren. Hij duwde de man opzij en wilde doorlopen, toen de man hem tegenhield.

'Vader van Sam?'

Dat veranderde alles. Met een ruk draaide Jake zich om. In zijn ogen vlamde hoop op. 'Ja?'

De man knikte. Hij kloste terug naar de kantine, floot zacht tussen zijn tanden en wenkte iemand met zijn hoofd.

Jake stond als bevroren en hoorde de voetstappen, de rennende voetstappen van een klein kind. Ze vulden zijn hart met zo veel hoop en vrees tegelijk dat het voelde alsof het zou exploderen en toen Sam eindelijk verscheen en met een opgetogen gezichtje en een langgerekt 'Daddy!' op hem afrende, deed het dat ook; zijn hart explodeerde van liefde. Hij spreidde zijn armen en ving het jochie op. Alle wanhoop verdampte, na alle ellende lachte het leven hem weer toe, want dit was het enige wat telde: Sam was terug.

62

Twee weken later

Het Sydney War Cemetery baadde in het zonlicht. Behalve soldaten, mariniers en helden uit de luchtmacht werden hier op verzoek ook brandweermannen begraven die hun leven hadden gegeven om dat van anderen te redden. Enorme witte parasols beschutten de honderdvijftig gasten tegen de felle zonnestralen, maar toch drupte bij velen het zweet van het voorhoofd. De begrafenis en eredienst voor luitenant Thomas 'Tank' Smith was het eerste moment waarop de teamleden van missie Wasteland weer bij elkaar kwamen sinds die ten einde was gekomen. Op een verre neef en nicht na waren er geen bloedverwanten aanwezig; Tanks familie was zwaar getroffen door de Big Fires, maar dat werd ruimschoots gecompenseerd door de hoge opkomst van collega's en vrienden die Tank stuk voor stuk een warm hart toedroegen. De sympathieke reus had in zijn leven veel harten geraakt; zijn dood werd als een groot verlies ervaren. Delen van zijn lichaam en van de omgekomen mijnwerkers waren in de mijngang teruggevonden en in een lab geïdentificeerd, andere delen waren vermoedelijk in de explosie verloren gegaan. Het onderzoek in Coober Pedy zou nog maanden duren.

Na afloop van de plechtigheden zochten de mannen en Lily elkaar op bij de koffietafel in de aula van het Memorial Center.

Partners waren niet aanwezig, behalve Jody, die Ollie begeleidde. Zijn revalidatie was pas net gestart en hij was duidelijk nog niet aan zijn rolstoel gewend, maar de dienst voor Tank had hij per se niet willen missen. Met wat pijnstillers zou hij een paar uurtjes in die stoel heus overleven, vond hij, en de artsen gingen overstag. 'Vervelen jullie je al?' vroeg hij gekscherend, terwijl hij zich tegoed deed aan een groot stuk pavlovataart.

'Not me,' zei Lily, 'toen ik thuiskwam heb ik twee dagen geslapen voordat ik alweer uit mijn nest werd gebeld. Een ordinaire keukenbrand, ook wel weer eens lekker, hoor.' Ze grinnikte.

'Ik ben ook weer aan de slag,' zei Lucas. 'Bosbrand bij Melbourne, een hele zwik jonge aanplant in rook op, maar gelukkig geen slachtoffers.'

'We blijven nodig,' knikte Ethan. 'Zelfs zonder doorgedraaide pyromanen is er voor ons genoeg te doen.'

'Voor ons wel,' stemde Noah in. 'Voor Mingus Randall niet meer. Blij dat die verrader is opgepakt.'

'Ik hoorde dat ze levenslang tegen hem willen eisen,' wist Lily.

'Als zijn broer hem niet redt,' smaalde Ethan. 'Die rijke stinkerds houden elkaar altijd de hand boven het hoofd.'

Ollie veegde de slagroom van zijn lippen. 'Dit keer komen ze er niet mee weg. Randall moet hangen en ik weet bijna zeker dat broerlief zijn straf ook niet ontloopt, zelfs al is het de minister van Veiligheid en Justitie. Die twee hebben voor Cox dat baantje geregeld als chief van ons team, maar ze stonden al langer voor hem klaar. In het leger heeft Mingus zijn vriendje ook al in het zadel geholpen, dankzij hem kon Cox als William Kelly opklimmen tot bevelvoerder.'

'Niet alleen dankzij hem,' vond Lucas. 'Als de man zelf geen kwaliteiten had gehad was dat nooit gelukt.'

Ollie trok een vies gezicht. 'Ik zie Cox liever niet als iemand "met kwaliteiten".'

Lucas knikte. 'Dat zal Randall met je eens zijn. Hij heeft de Vuurduivel gefaciliteerd, Cox kon hem daar eeuwig mee blijven chanteren. Toen Randall dat eindelijk doorhad, heeft hij hem de rug toegekeerd. Helaas voor hem te laat.'

'Zullen we ophouden over die losers?' Jake keek de kring rond. Lichamelijk was hij aardig hersteld, zijn neus, knie en ribben heelden voorspoedig, alleen zijn linkerhand zat nog ingegipst om zijn gebroken vingers en middenhandsbeentjes beter te laten genezen. Geestelijk ging het met ups en downs. Overdag had hij nergens last van, maar 's nachts lag hij wakker en kon hij de gebeurtenissen maar moeilijk van zich afzetten. Dat kwam ook door de vele vragen van de politie en de veiligheidsdienst die hij moest beantwoorden en die het onmogelijk maakten de hele toestand af te sluiten. Het zou tijd kosten, stelde de psycholoog die hij op aanraden van Emily bezocht. Diezelfde man had hem aangeraden leuke dingen te doen, zodat hij weer van het leven kon leren genieten. Dat advies volgde hij graag op.

Hij hief zijn glas tonic. 'We zijn hier voor Tank, de beste luitenant die we ons konden wensen. Cheers!'

De anderen volgden zijn voorbeeld. Glazen klonken tegen elkaar. 'Op Tank!'

63

Drie maanden later

Sam rende gillend door de tuin, langs het opblaasbadje de trap op, over de veranda en naar binnen. Zijn natte voeten lieten sporen achter op de houten vloer. Emily zag het, maar zei er niets van. Ze sprong opzij om Sam de ruimte te geven en lachte naar Jake, die in zijn zwembroek achter zijn zoontje aan kwam.

'Ik ga je pakken!' riep hij.

Sam had zich in de keuken verschanst en sprietste over de bar een straal water naar zijn vader. 'Raak! Je bent af!' Hij schaterde van pret.

Jake stak zijn handen met pistool de lucht in en gaf zich over. 'Alweer! Goed gedaan, buddy, maar de volgende keer win ik.' Hij pakte een handdoek van de stoel en wreef de natte vlekken van de vloer.

'Laat maar, ik doe het straks wel,' zei Emily, maar daar wilde Jake niets van weten. Sinds anderhalve maand bewoonden ze dit strandhuis met zijn drieën en dat beviel hun uitstekend. Emily had het kunnen overkopen van een collega die naar een van de eilanden vertrok. Voor haarzelf was het te groot, met Jake en Sam erbij paste het perfect. Manly, een buitenwijk van Sydney, had fijne stranden en je kon er prima surfen, een vaardigheid die Jake steeds beter onder de knie kreeg. Zijn huis in Alice Springs was verkocht en hij had het nog geen seconde gemist. Net als Kirstie was hij dol geweest op de 'zandbak', zoals Kirstie de outback noemde, maar het was hoog tijd voor een ander decor. Dit lichte huis met tuin en veranda, het strand en de zee gaven nieuwe energie, precies wat hij nodig had.

Een school voor Sam was snel gevonden. Tot zijn grote vreugde trof hij daar zijn voormalige buurmeisje Bindi, wier ouders hadden afgezien van een verhuizing naar een eiland en ook in een buitenwijk van Sydney waren neergestreken. Na de brand op SE18 hadden veel eilanden hun aantrekkingskracht verloren. De wachtlijsten droogden op en de populariteit van huizen in een kustplaats nam weer toe.

Emily was weg bij de krant. De druk om voor een baas te werken, vooral voor een bullebak als Hanks, stond haar al langer tegen. Tijdens haar herstel van de kogelwond in haar been was ze tot het besef gekomen dat ze het anders wilde. Ze nam ontslag en registreerde zich als zelfstandig journalist, naar het voorbeeld van Doug, die regelmatig over de vloer kwam voor een kop koffie of een biertje. Niemand wist hoe het met Sam zou zijn afgelopen als Doug hem niet uit het ziekenhuis was gaan halen en naar de kazerne had gebracht. Jake en Emily dachten er ook liever niet over na. Doug bleef een eigenheimer met een gebruiksaanwijzing, maar hij was een vriend voor het leven geworden, ook voor Sam, die dol op hem was.

Zowel Doug als Emily had aan werk geen gebrek. Hun onthullende reportage over de gemanipuleerde zwammen die hadden geleid tot meerdere zelfontbrandingen was een primeur van jewelste en ging de hele wereld over. Emily werd gelauwerd om haar moed en doorzettingsvermogen, meerdere nieuwsplatforms boden haar een baan aan. Die sloeg ze af en uit de opdrachten voor nieuwe reportages koos ze de zaken die haar het meest aanspraken. Ze zou de hele week kunnen werken, maar hield het bij vier dagen, zodat ze er drie overhad voor zichzelf, Sam en Jake. Het deed hun alle drie goed samen op te trekken. Wat de toekomst bracht zouden ze wel zien, voorlopig was het fijn zoals het was.

De reportage had nog een staartje gehad. Vier nabestaanden uit verschillende delen van het land meldden zich met het verzoek de dood van hun geliefden opnieuw tegen het licht te houden. Ze zagen overeenkomsten met de manier waarop Kirstie, Abby en Angus waren overleden. De politie stelde een groot onderzoek in. Andrew Ferrigan, Angus' zoon, had Emily persoonlijk opgezocht en bedankt met een bos bloemen. Zij was de eerste geweest die zijn twijfels serieus had genomen. Dankzij haar verhaal voelde hij zich gehoord én minder alleen. Hij vertelde dat hij contact had gehad met de ouders van Abby Thomas en dat dat een waardevolle ontmoeting was geweest.

De nationale schoonmaakactie waarin tonderzwammen in alle mogelijke varianten werden opgespoord en vernietigd was inmiddels achter de rug. Duizenden vrijwilligers waren eropuit getrokken om zwammen te zoeken en in te leveren bij speciale inzamelpunten. Het nieuws over de dood van de Vuurduivel en zijn modus operandi – waarmee eindelijk ook het mysterie van de Big Fires was verklaard – had onder de bevolking een golf van opluchting veroorzaakt. Bijna iedereen bleek bereid de handen uit de mouwen te steken. Na een paar dagen was nergens nog een zwam te bekennen. Uiteenlopende varianten in winkels, ook die verwerkt in soepen, sauzen, salades en spreads, werden massaal uit de schappen gehaald en er kwam een tijdelijk verbod op de handel en verkoop van een lange lijst paddenstoelensoorten. Om mogelijk resterende sporen van de gemanipuleerde zwammen te vernietigen gingen natuurbeheerders aan de slag met spuitzwavel. Die operatie zou de rest van het jaar in beslag nemen. De kosten voor de schoonmaakacties werden grotendeels betaald van het geld dat naar Cody Cox' rekening was overgemaakt en kon worden teruggehaald. De premier maakte er goede sier mee: op deze manier betaalde de Vuurduivel zelf de rekening, in ieder geval voor een deel van de ellende die hij had veroorzaakt.

De telefoon ging maar één keer over voordat Ollie opnam. Zijn vrolijke hoofd vulde het scherm van de telefoon. Jake grijnsde. Zijn vriend was de rest van zijn leven tot de rolstoel veroordeeld, zo luidden de exacte woorden van zijn arts, en had zich daar verrassend genoeg in no time bij neergelegd. Branden blussen ging niet meer, lesgeven wel, dus was hij een paar weken terug begonnen als trainer op de academie in Sydney. Hij had het reuze naar zijn zin.

'Good day mate, ik zie dat je er klaar voor bent.'

'Waarvoor?'

Ollie trok met een wijsvinger de huid onder zijn oog omlaag. 'Ik geef je groot gelijk, hoor. Optreden in je zwembroek zal de kaartverkoop flink omhoogstuwen.'

Jake lachte hardop.

'Gratis tip: gebruik een plantenspray vlak voordat je opgaat. Die meiden worden gek!'

'Welke meiden?' Jake schudde zijn hoofd. 'Daar belde ik voor, jij komt toch wel?'

'Tuurlijk! Jake met zijn Tribe terug op het podium, dat wil ik voor geen goud missen.'

Sam was het huis uit gehuppeld en kwam naast zijn vader staan. Toen hij Ollie zag, zwaaide hij enthousiast. 'Vind je het een mooi liedje, Ollie?'

Jake deed of hij schrok en legde een vinger tegen zijn lippen.

'Hey Sam, welk liedje bedoel je?'

De jongen wierp zijn vader een ondeugende blik toe. 'Een geheim liedje voor jou.'

Jake lachte. 'Nu niet zo geheim meer. Ik eh… heb een liedje voor je geschreven, Ollie, om je te bedanken voor… nou ja, voor alles.' Plots verlegen met de situatie aaide hij Sam over zijn bol. 'Je hebt het verklapt, mister, nu moet ik je… opeten!' Sam gilde en rende joelend weg. Toen Jake opkeek zag hij Ollie glimlachen.

'Ik ben benieuwd, mate.'

'Je hoort het vanavond.'

'You bet. Tot dan.' Ollie zwaaide en hing op.

Jake liet zijn hoofd in zijn nek vallen en ademde diep in. Hij had er absurd veel zin in om het podium weer op te gaan. De band had meteen enthousiast gereageerd op zijn voorstel. Een paar repetities waren genoeg geweest, de oude hits rolden als vanouds naar buiten. Een mooie stap naar meer, vond ook de psycholoog. Een baan kwam nog wel. Branden blussen wilde hij nooit meer en datzelfde had hij een tijdje over vliegen gedacht, maar die overtuiging was verdampt. Langzaam begon er een idee te rijpen. Misschien kon hij Airmail Australia een belletje geven. In de lucht had hij zich altijd vrijer gevoeld dan op de grond. Eens een piloot, altijd een piloot. Met een hand boven zijn ogen tuurde hij naar de wolkeloze hemel. Een vliegtuig trok een witte streep door het eindeloze blauw.

Als echtscheidingsadvocate Diana van Assendelft onverwacht haar kapitale villa wordt uitgezet en met drie kinderen op de verloederde camping Oosthoek in Brabant terechtkomt, staat haar wereld op zijn kop. Haar man John blijkt torenhoge schulden te hebben waar zij niets vanaf wist. Hem om opheldering vragen gaat niet, want John is spoorloos verdwenen. Dan ontvangt ze een briefje waarin tien miljoen euro losgeld wordt geëist voor zijn vrijlating. Diana is de wanhoop nabij. Waar haalt ze dat geld vandaan?

Criminele campingbaas Franco Bergmans biedt uitkomst: hij is bereid bij te springen in ruil voor een riskante klus die Diana voor hem mag opknappen. Diana zet voet in een wereld waarin ze beter blijkt te passen dan ze ooit had kunnen vermoeden. Met haar verborgen talenten maakt ze snel naam als ijskoude 'Lady'. Dan is het losgeld verdiend en lijkt Johns terugkeer nabij. Maar wil Diana nog wel terug naar haar normale leven?